Bernard Shaw
Gesammelte Stücke in
Einzelausgaben

Herausgegeben von
Ursula Michels-Wenz

Band [illegible]

Bernard Shaw
Der Teufelsschüler

Ein Melodrama

Deutsch von
Hans Günter Michelsen

Begleittexte deutsch
von Ursula Michels-Wenz

Man kann nie wissen

Komödie in vier Akten

Deutsch
von Harald Mueller

Suhrkamp

Originaltitel: *The Devil's Disciple (Der Teufelsschüler)*
Erstmals erschienen in: *Three Plays for Puritans*, London 1901;
You Never Can Tell (Man kann nie wissen). Erstmals erschienen in: *Four Pleasant Plays*, London 1898.
Umschlagbild: Bernard Shaw in Maybury Knoll, 1906
Foto: The Raymond Mander And Joe Mitchenson Theatre Collection

suhrkamp taschenbuch 1852
Erste Auflage 1990

Satz: Uhl + Massopust, Aalen
Druck: Nomos Verlagsgesellschaft, Baden-Baden
Printed in Germany
Umschlag nach Entwürfen von
Willy Fleckhaus und Rolf Staudt

1 2 3 4 5 6 – 95 94 93 92 91 90

Inhalt

Der Teufelsschüler

Ein Melodrama in drei Akten

Personen:

MRS. DUDGEON
RICHARD (DICK) DUDGEON } ihre Söhne
CHRISTOPH (CHRISTY) DUDGEON } ihre Söhne
WILLIAM DUDGEON } ihre Schwäger
TITUS DUDGEON } ihre Schwäger
ESSIE, ihre Pflegetochter
ANTHONY ANDERSON, Pastor
JUDITH, seine Frau
HAWKINS, Advokat
GENERAL BURGOYNE
MAJOR SWINDON
EIN FELDWEBEL
FELDPREDIGER BRUDENELL
OFFIZIERE, SOLDATEN, VOLK

Ort der Handlung:
Websterbridge, eine kleine Stadt in Nordamerika
Zeit:
Das Jahr 1777 (Amerikanische Befreiungskriege)

Erster Akt

Im Morgengrauen des Winters 1777, zur unwirtlichsten Stunde nach einer dunklen Nacht. Mrs. Dudgeon aus New Hampshire sitzt in der Wohnküche ihres Bauernhauses bei Websterbridge. Sie ist keine angenehme Frau. Niemand sieht nach einer durchwachten Nacht gut aus, Mrs. Dudgeons Gesicht aber, selbst wenn sie am besten aussieht, ist von Furchen durchzogen, die leere Formen und Regeln eines toten Puritanismus im Kampf gegen ein bitteres Temperament und einen leidenschaftlichen Stolz hinterlassen haben. Sie ist eine ältliche Frau, die ihr Leben lang gearbeitet und nichts erreicht hat als die unbedingte Herrschaft in ihrem dürftigen Haus und den unantastbaren Ruf großer Frömmigkeit und Ehrbarkeit bei den Nachbarn, denen Trunk und Ausschweifung noch immer so viel verführerischer scheinen als Religion und Redlichkeit, daß sie Frömmigkeit für Selbstverleugnung halten, eine Auffassung, die bequem auf die Verleugnung anderer Menschen erweitert und schließlich so verallgemeinert werden kann, bis sie alles Unangenehme beinhaltet. Und so wird Mrs. Dudgeon, weil sie außerordentlich unangenehm ist, für außerordentlich fromm gehalten.

1777 sind die Leidenschaften, die durch den Abfall der amerikanischen Kolonien von England hervorgerufen wurden, auf dem Höhepunkt. Die Engländer verstehen die Unterdrückung des Aufstandes als Aufrechterhaltung britischer Macht und Ordnung, die Amerikaner andererseits sehen sich im Widerstand gegen die Tyrannei als Vorkämpfer für Freiheit und Menschenrechte. Beide Seiten sind jedenfalls davon überzeugt, daß das Hochherzigste, was sie tun können, darin besteht, sich gegenseitig so zahlreich wie möglich umzubringen. Die militärischen Operationen, die durch zuversichtliche Gebete der beiderseitigen Geistlichkeit, Gott möge ihre Waffen segnen, moralisch unterstützt werden, sind in vollem Gang.

Unter diesen Umständen bleiben außer Mrs. Dudgeon noch

viele andere Frauen die ganze Nacht über wach und warten auf Nachrichten. Wie sie, schlafen auch diese Frauen gegen Morgen ein, selbst auf die Gefahr hin, sich am offenen Küchenfeuer zu verbrennen. Mrs. Dudgeon, mit Kopftuch und die Füße auf dem breiten eisernen Gitter, ist vor der Feuerstelle, über der an einem Pflock ein Kessel hängt, eingeschlafen. Ein drehbarer Bratspieß ragt über den rauchgeschwärzten Kaminsims. Der einfache Küchentisch mit einer Kerze in einem Zinnleuchter steht neben Mrs. Dudgeon, dem Feuer gegenüber. Der einzige Sessel, mit Rückenlehne und Armstützen, in dem sie sitzt, ist wie alle anderen Stühle ungepolstert und ungestrichen. Der Raum hat drei Türen. Zwei zu beiden Seiten, von denen die eine, in der Nähe der Feuerstelle, ins beste Schlafzimmer führt, die andere, gegenüber, in den Abwaschraum und die Waschküche. Hinten, zwischen Fenster und der Tür zum Schlafzimmer, die Haustür mit Schloß und Holzriegel. Daneben ein Kleiderhaken, an dem man erkennt, daß die Männer des Hauses abwesend sind, da weder Hüte noch Röcke daranhängen. Auf der anderen Seite des Fensters hängt die Uhr mit ihrem weißen hölzernen Zifferblatt, schwarzen Eisengewichten und Messingpendel. Zwischen Uhr und dem verschlossenen Geschirrschrank in der Ecke eine niedrige Anrichte mit gewöhnlichen Töpfereien. An der Seite, neben der Tür zur Waschküche, steht ein altes schwarzes Roßhaarsofa an der Wand. Darauf liegt Essie, ein Mädchen von sechzehn oder siebzehn Jahren, die ebenfalls eingeschlafen ist. Sie ist schwarzhaarig und hat eine bräunliche Haut. Das kurze Kleid, das sie anhat, ist zerrissen und schmutzig.

Plötzlich wird an die Tür geklopft, nicht laut genug, um die Schläfer zu wecken. Das Klopfen wiederholt sich, Mrs. Dudgeon bewegt sich und springt sofort auf, als jemand zur Klinke faßt.

MRS. DUDGEON *drohend:* Was ist, warum machst du nicht auf? *Sie sieht, daß Essie eingeschlafen ist, und ruft ärgerlich:* Mein Gott im Himmel! *Geht zu ihr.*

Das ist doch – *Schüttelt sie:* – Wach auf, aufwachen! Hörst du nicht?

ESSIE *verschlafen:* Was ist denn?

MRS. DUDGEON Wach auf und schäm dich, du gefühlloses sündiges Geschöpf. Dein Vater ist kaum unter der Erde, und du liegst da und schläfst.

ESSIE *setzt sich auf:* Das wollte ich nicht. Mir sind die Augen zugefallen –

MRS. DUDGEON *unterbricht sie scharf:* Oh ja, du hast für alles deine Ausreden, ich weiß. Die Augen sind dir zugefallen! *Zornig, als es wieder klopft:* Warum stehst du nicht auf und läßt deinen Onkel rein? Ich hab die ganze Nacht auf ihn gewartet!

Sie stößt sie vom Sofa. Laß. Ich geh selber. Auf dich kann man sich ja nicht verlassen! *Sie geht an die Tür.* Mach und kümmere dich wenigstens ums Feuer!

Essie geht verschüchtert an den Kamin und legt nach. Mrs. Dudgeon riegelt auf und öffnet die Tür. Christy, ihr zweiter Sohn, Anfang 20, dick, einfältig, mit blonden Haaren und rundem Gesicht, kommt herein. Er hat einen karierten Wollschal um den Hals gewickelt und eilt fröstelnd ans Feuer. Mrs. Dudgeon schließt hinter ihm die Tür.

CHRISTY *am Kamin:* Puh! Ist das kalt. *Sieht Essie und starrt sie träge an:* Nanu, wer bist du denn?

ESSIE *verlegen:* Essie.

MRS. DUDGEON Gute Frage, wahrhaftig. *Zu Essie:* Geh in dein Zimmer, Kind, und leg dich hin. Du hast ja doch kein Gefühl dafür, daß du eigentlich wach bleiben müßtest. Und deine eigene Geschichte ist nichts für deine Ohren!

ESSIE Ich –

MRS. DUDGEON *gebieterisch:* Keine Widerrede. Tu, was ich dir sage, und zeig, daß du gehorchen kannst. *Essie, fast in Tränen, geht.* Und vergiß nicht zu beten. *Essie geht durch die Tür zur Waschküche hinaus.* Ohne mich hätte sie sich gestern abend ins Bett gelegt, als ob nichts geschehen wäre.

CHRISTY *phlegmatisch:* Na ja, du kannst nicht erwarten, daß ihr der Tod von Onkel Peter so nahe geht wie jemandem von der Familie.

MRS. DUDGEON Was redest du da, du Kindskopf? Ist sie nicht seine Tochter – die Schande und Strafe seiner Gottlosigkeit? *Sie setzt sich in ihren Sessel.*

CHRISTY *starr:* Onkel Peters Tochter!

MRS. DUDGEON Warum sollte sie sonst hier sein? Meinst du, ich hätte nicht genug Mühe und Arbeit gehabt, meine eigenen Töchter großzuziehn, abgesehen von dir und deinem Taugenichts von Bruder, auch ohne die Bastarde deines Onkels –

CHRISTY *unterbricht sie mit ängstlichem Blick zur Tür:* Scht! Wenn sie dich hört.

MRS. DUDGEON *lauter:* Sie soll mich ruhig hören. Leute, die Gott fürchten, haben keine Angst, die Werke des Teufels beim richtigen Namen zu nennen. *Christy starrt ungerührt ins Feuer und wärmt sich.* Und du, wie lange willst du noch so vor dich hinstieren wie ein gestochenes Kalb? Gibt es was Neues für mich?

CHRISTY *geht an den Kleiderhaken:* Der Pfarrer hat Neuigkeiten. Er wird gleich hier sein.

MRS. DUDGEON Was für Neuigkeiten?

CHRISTY *hängt Hut und Schal auf, fast ungerührt:* Vater ist auch tot.

MRS. DUDGEON *heftig:* Dein Vater?

CHRISTY *geht zurück an die Feuerstelle, um sich zu wärmen; mürrisch:* Ich kann nichts dafür. Als wir nach Nevinstown kamen, lag er schon krank zu Bett. Zuerst erkannte er mich gar nicht. Der Pfarrer wachte bei ihm und schickte mich weg. In der Nacht starb er.

MRS. DUDGEON *mit zorniger Trauer:* Das ist hart für mich, muß ich sagen – sehr hart für mich. Sein Bruder, der sein ganzes Leben lang eine Schande für uns gewesen ist, wird als Rebell öffentlich am Galgen gehenkt, und dein Vater, anstatt zu Hause bei seiner eigenen Familie zu bleiben, wie es sich gehört hätte, läuft ihm nach und stirbt und lädt alles mir auf die Schultern, nachdem er mir gerade erst dieses Mädchen aufgehalst hat! *Sie zieht sich ärgerlich das Kopftuch über die Ohren.* Das ist sündhaft, jawohl, durch und durch sündhaft.

CHRISTY *nach einer Pause, mit langsamer, schwerfälliger Heiterkeit:* Ich glaube, es wird ein schöner Tag, trotz allem.

MRS. DUDGEON *beschimpft ihn:* Ein schöner Tag! Und dein Vater ist eben gestorben! Hast du kein Gefühl?

CHRISTY *hartnäckig:* Ich hab es nicht so gemeint. Aber man kann doch über das Wetter reden, auch wenn der Vater tot ist.

MRS. DUDGEON *bitter:* Ein schöner Trost sind meine Söhne für mich! Der eine ist ein Narr, und der andere ein verlorener Sünder, der sein Vaterhaus verlassen hat und mit Schmugglern, Zigeunern und Schurken zusammenlebt, dem Abschaum der Menschheit!

Es klopft.

CHRISTY *rührt sich nicht:* Das ist der Pfarrer.

MRS. DUDGEON *scharf:* Und willst du Mr. Anderson nicht reinlassen?

Christy geht linkisch an die Tür. Mrs. Dudgeon vergräbt ihr Gesicht in den Händen, wie von Kummer überwältigt. Christy öffnet und läßt den Prediger der Presbyterianerkirche, Anthony Anderson, herein. Anderson, ein gesunder, starker Mann um die 50, ohne Zweifel ein ausgezeichneter Geistlicher, aber doch ein Mensch, der ganz in dieser Welt lebt und sich wohler in ihr fühlt, als es einem echten Prediger vielleicht zukommt.

ANDERSON *sieht Mrs. Dudgeon an, zieht seinen Mantel aus, zu Christy:* Haben Sie's ihr gesagt?

CHRISTY Sie hat mich ausgefragt. *Er macht die Tür zu, gähnt, geht ans Sofa, setzt sich hin und nickt ein. Anderson sieht Mrs. Dudgeon teilnahmsvoll an. Dann hängt er seinen Mantel an den Kleiderhaken. Mrs. Dudgeon wischt sich die Augen und sieht zu ihm hin.*

ANDERSON Schwester, Gott hat seine Hand schwer auf Sie

gelegt.

MRS. DUDGEON *mit widerspenstiger Ergebung:* Es ist sein Wille, nehm ich an, und ich muß mich fügen. Aber ich finde es hart. Was hatte Timothy in Springtown zu suchen und aller Welt zu zeigen, daß er zu einem Menschen gehört, den man aufhängt? *Gehässig:* Und der es verdient hat, wenn es jemals einer verdiente.

ANDERSON *sanft:* Sie waren Brüder, Mrs. Dudgeon.

MRS. DUDGEON Timothy hat ihn nach unsrer Heirat nie als Bruder anerkannt. Er hatte viel zu viel Respekt vor mir, um mir einen solchen Bruder zuzumuten. Glauben Sie, daß ein so egoistischer Schuft wie Peter dreißig Meilen zurückgelegt hätte, um Timothy hängen zu sehn? Keine dreißig Meter, der nicht. Aber ich muß das Kreuz wohl tragen, so gut ich kann. Vom vielen Reden wird es auch nicht besser.

ANDERSON *geht an den Kamin und stellt sich mit dem Rücken zum Feuer:* Ihr ältester Sohn war bei der Hinrichtung auch dabei.

MRS. DUDGEON *unangenehm überrascht:* Richard?

ANDERSON *nickt:* Ja.

MRS. DUDGEON *rachsüchtig:* Das soll ihm eine Warnung sein. Er wird noch genauso enden, dieser unverschämte, liederliche, gottlose – *Die Stimme versagt ihr, und sie fragt ängstlich:* – Hat Timothy ihn gesehn?

ANDERSON Ja.

MRS. DUDGEON *atemlos:* Und?

ANDERSON Er sah ihn nur in der Menge. Sie haben nicht miteinander gesprochen. *Mrs. Dudgeon atmet erleichtert auf.* Ihr Mann war sehr ergriffen und beeindruckt von dem furchtbaren Tod seines Bruders. *Mrs. Dudgeon lacht höhnisch.* Ist das nicht ganz natürlich, Mrs. Dudgeon? Und dieser Anblick machte ihn milder seinem verlorenen Sohn gegenüber. Er ließ Richard bitten, zu ihm zu kommen.

MRS. DUDGEON *wieder ängstlich:* Ließ Richard bitten!

ANDERSON Ja, aber Richard wollte nicht. Er machte seinem Vater eine Mitteilung, die, wie ich gestehe, Ihnen kaum gefallen wird.

MRS. DUDGEON Was teilte er ihm mit?

ANDERSON Daß er gegen seine guten Eltern zu seinem bösen Onkel halten will, in dieser Welt und in der nächsten.

MRS. DUDGEON *unversöhnlich:* Dafür wird er bestraft! Er wird dafür bestraft – in beiden Welten.

ANDERSON Das liegt nicht in unsrer Macht, Mrs. Dudgeon.

MRS. DUDGEON Hab ich das gesagt, Mr. Anderson? Aber wir haben gelernt, daß das Böse bestraft wird. Warum wollten wir unsre Pflicht tun und Gottes Gebote halten, wenn es keinen Unterschied gibt zwischen uns und denen, die nach eigenen Vorstellungen leben und sich über uns und das Wort ihres Schöpfers lustig machen?

ANDERSON Nun, Richards irdischer Vater war gnädig zu ihm, und sein himmlicher Richter ist der Vater von uns allen.

MRS. DUDGEON *vergißt sich:* Richards irdischer Vater war ein schwachsinniger –

ANDERSON *schockiert:* Oh!

MRS. DUDGEON *mit einem Anflug von Scham:* Ich bin Richards Mutter. Wenn ich gegen ihn bin, wer hat dann noch ein Recht, für ihn zu sein? *Versucht ihn zu versöhnen:* Wollen Sie sich nicht setzen, Mr. Anderson? Ich hätte es Ihnen längst anbieten sollen, aber ich bin so durcheinander.

ANDERSON Danke. *Nimmt einen Stuhl und setzt sich ans Feuer, mit bedeutsamer Stimme:* Hat Christy Ihnen von dem geänderten Testament erzählt?

MRS. DUDGEON *Ihre Angst kehrt zurück:* Ein anderes Testament! Hat Timothy etwa –

ANDERSON Ja. In der letzten Stunde hat sich sein Sinn geändert.

MRS. DUDGEON *wütend:* Und Sie haben das zugelassen?

ANDERSON Ich konnte ihn nicht daran hindern, sein Eigentum seinem ältesten Sohn zu vermachen.

MRS. DUDGEON Er hatte kein Eigentum. Sein Geld war das Geld, das ich ihm mit in die Ehe gebracht habe. Es war mein Recht, darüber zu verfügen. Er hätte es nie gewagt, wenn ich bei ihm gewesen wäre, und das wußte er. Deshalb hat er sich weggestohlen wie ein Dieb, um das Gesetz auszunützen und hinter meinem Rücken ein neues Testament zu machen und mich zu berauben. Sie sollten sich was schämen, Mr. Anderson – Sie, ein Verkünder des Evangeliums –, an so einem Verbrechen teilzunehmen.

ANDERSON *steht auf:* Ich nehme Ihnen nicht übel, was Sie mir in der ersten Bitterkeit Ihres Kummers sagen.

MRS. DUDGEON *verächtlich:* Kummer!

ANDERSON Oder Ihrer Enttäuschung, wenn das Ihrem Herzen nach das bessere Wort ist.

MRS. DUDGEON Mein Herz! Mein Herz! Und seit wann, bitte, haben Sie angefangen, der Stimme unsrer Herzen zu vertrauen?

ANDERSON *unsicher:* Ich – nun –

MRS. DUDGEON *heftig:* Lügen Sie nicht, Mr. Anderson. Wir haben gelernt, daß das Herz falsch spricht und ein schlechter Ratgeber ist. Mein Herz gehörte nicht Timothy, sondern seinem armen, unglücklichen Bruder, den man jetzt aufgehängt hat – jawohl, es gehörte Peter Dudgeon. Sie wissen es. Der alte Eli Hawkins, dessen Nachfolger auf der Kanzel Sie wurden, obwohl Sie ihm nicht das Wasser reichen können, erzählte es Ihnen, als er unsre Seelen in Ihre Hand gab. Er warnte mich und machte mich hart gegen mein Herz, und ich heiratete einen gottesfürchtigen Mann – wie er dachte. Hat mich dieser Zwang nicht zu der Frau gemacht, die ich bin? Und Sie, der Sie Ihrem Herzen gefolgt sind, als Sie heirateten, Sie reden zu mir von dem, was in meinem Herzen sein soll. Gehen Sie nach Hause zu Ihrer hübschen Frau, und überlassen Sie mich meinen Gebeten. *Sie wendet sich von ihm ab, stützt den Kopf in die Hände und brütet über ihr Unglück, ohne weiter Notiz von ihm zu nehmen.*

ANDERSON *froh, wegzukommen:* Verhüte Gott, daß ich zwischen Sie und die Quelle allen Trostes trete!

Er geht zum Kleiderhaken.

MRS. DUDGEON *ohne ihn anzusehen:* Gott wird wissen, was er verhütet und was er nicht verhütet, auch ohne Ihre Hilfe.

ANDERSON Und wem er vergibt, hoff ich – Eli Hawkins und mir, wenn wir jemals in unsrer Seelsorge gegen sein Gesetz verstoßen haben. *Er nimmt seinen Mantel und will gehen.* Noch ein Wort – es ist unbedingt nötig, Mrs. Dudgeon. Das Testament wird hier eröffnet werden, und Richard hat ein Recht, dabei zu sein. Er ist in der Stadt, aber er war so anständig, zu sagen, daß er sich sein Hiersein nicht erzwingen möchte.

MRS. DUDGEON Er soll herkommen. Oder erwartet er von uns, daß wir ihm zuliebe seines Vaters Haus verlassen? Sie sollen alle kommen, und schnell kommen, und schnell wieder gehn. Das Testament braucht kein Grund zu sein, sich von der Arbeit zu drücken. Keine Angst, ich bin bereit.

ANDERSON *zögernd:* Mrs. Dudgeon, ich hatte sonst immer einigen Einfluß auf Sie. Wann habe ich ihn verloren?

MRS. DUDGEON *noch immer ohne ihn anzusehen:* Als Sie aus Liebe heirateten. Jetzt haben Sie die Antwort.

ANDERSON Ja. Allerdings. *Er geht nachdenklich hinaus.*

MRS. DUDGEON *zu sich, denkt an ihren Mann:* Dieb! Du Dieb! *Sie springt ärgerlich auf, reißt sich das Kopftuch ab und beginnt für die Lesung des Testaments aufzuräumen. Sie stellt Andersons Stuhl an die Wand und ihren Sessel vors Fenster. Dann ruft sie laut:* Christy! *Keine Antwort, Christy ist fest eingeschlafen.* Christy! *Sie schüttelt ihn unsanft.* Los, auf mit dir und schäm dich – du schläfst, und dein Vater ist tot. *Sie geht an den Tisch zurück, stellt die Kerze auf den Kaminsims und nimmt aus der Tischschublade ein rotes Tischtuch, das sie über den Tisch ausbreitet.*

CHRISTY *steht widerwillig auf:* Denkst du, wir kommen ohne Schlaf aus, bis die Trauer vorbei ist?

MRS. DUDGEON Verschone mich mit deiner Maulerei. Komm, faß mit an! *Sie stellen den Tisch in die Mitte des Raums, zwischen Kamin und Sofa. Christy läßt den Tisch sobald wie möglich los, stellt sich wieder ans Feuer und überläßt der Mutter das letzte Zurechtrücken.* Bevor du dich richtig gewärmt hast, wird der Pfarrer zurück sein mit dem Notar und der ganzen Familie, um das Testament zu verlesen. Geh und weck das Mädchen, und dann mach den Ofen im Schuppen an, du kannst heute nicht hier frühstücken. Und vergiß nicht, dich zu waschen, und mach dich zurecht, um die Gesellschaft zu empfangen, wie sichs gehört. *Sie geht an den Schrank, schließt auf, nimmt eine Karaffe mit Wein heraus und stellt sie zusammen mit einigen Gläsern auf den Tisch. Daneben zwei Tonschüsseln, auf eine legt sie Schwarzbrot und ein Messer, auf die andere schüttet sie aus einer Zinnbüchse Kuchenstücke, nimmt einige wieder zurück und zählt die übrigen.* Merk dir, das sind zehn Stück Kuchen, daß die noch da sind, wenn ich mich angezogen habe! Und laß die Finger von den Rosinen. Und sag Essie dasselbe. Und kann ich euch zumuten, den Käfig mit den ausgestopften Vögeln herzubringen, ohne ihn fallen zu lassen? *Sie stellt die Zinnbüchse in den Schrank, schließt ab und steckt den Schlüssel ein.*

CHRISTY *bleibt am Feuer stehn:* Du hättest besser Schreibzeug hergelegt, für den Notar.

MRS. DUDGEON Das ist keine Antwort auf meine Frage, der Herr! Mach und tu, was man dir gesagt hat. *Christy schickt sich mürrisch an zu gehorchen.* Halt. Mach den Fensterladen auf, bevor du gehst. Es wird schon hell. Du erwartest doch nicht, daß ich alle Arbeit im Haus allein mache, während ein so großer Kerl wie du herumlungert. *Christy öffnet die Fensterläden und läßt das graue Morgenlicht herein. Mrs. Dudgeon nimmt den Leuchter hoch, bläst die Kerze aus, drückt mit angefeuchteten Fingern den glimmenden Docht aus und stellt den Leuchter zurück.*

CHRISTY *sieht zum Fenster hinaus:* Da kommt die Frau vom Reverend

MRS. DUDGEON *mißgestimmt:* Was! Zu uns?

CHRISTY Ja.

MRS. DUDGEON Und ich bin noch nicht angezogen, um jemand zu empfangen. Was will sie so früh?

CHRISTY Das fragst du besser sie.

MRS. DUDGEON *zornig:* Und du bleibst besser höflich. *Christy geht mürrisch auf die Tür zur Waschküche zu.* Sag Essie, sie soll gleich, nachdem sie gefrühstückt hat, zu mir kommen. *Folgt ihm.* Und sag ihr, sie soll sich so herrichten, daß sie sich vor den Leuten sehen lassen kann. *Christy geht hinaus und schlägt ihr die Tür vor der Nase zu.* Schöne Manieren, das! *Es klopft, sie wendet sich um und ruft unfreundlich:* Herein. *Judith Anderson, die Frau des Reverends, kommt herein. Judith ist zwanzig Jahre jünger als ihr Mann, obwohl sie nie so jung an Lebenskraft sein wird wie er. Sie sieht blendend aus und ist soviel bewundert und verwöhnt worden, daß ihr Selbstbewußtsein die mangelnde Kraft ersetzt.* Ach, Sie sind's, Mrs. Anderson, nicht wahr?

JUDITH *sehr höflich, fast herablassend:* Ja. Kann ich irgendwas für Sie tun, Mrs. Dudgeon? Vielleicht brauchen Sie meine Hilfe vor der Testamentseröffnung?

MRS. DUDGEON *steif:* Danke, Mrs. Anderson, mein Haus ist immer bereit, jemand zu empfangen.

JUDITH *liebenswürdig:* Ja, wirklich, das ist wahr. Aber vielleicht wäre es Ihnen lieber, wenn ich Sie jetzt nicht störte –

MRS. DUDGEON Einer mehr oder weniger heute morgen, das macht nichts aus, Mrs. Anderson. Wo Sie einmal hier sind, bleiben Sie schon. Wenn Sie so freundlich wären und die Tür zumachten! *Judith nickt lächelnd und schließt die Tür.* Danke. Ich muß gehn und mich zurecht machen. Ich nehme an, Sie haben nichts dagegen, solange hierzubleiben und die Leute zu empfangen, bis ich fertig bin.

JUDITH Gewiß doch, Mrs. Dudgeon, das mach ich, und lassen Sie sich ruhig Zeit. *Sie hängt ihren Mantel und Hut an den Kleiderhaken.*

MRS. DUDGEON *spöttisch:* Ich dachte mir, daß Ihnen das

mehr liegt, als das Haus in Ordnung zu bringen. *Essie kommt zurück.* Da bist du ja! *Streng:* Zeig her, wie du aussiehst. *Essie geht schüchtern zu ihr.* Na! *Sie faßt sie rauh bei den Armen und dreht sie herum.* Das nennst du deine Haare in Ordnung bringen, nehm ich an. Man sieht doch gleich, wer du bist und woher du kommst. *Sie läßt sie los.* Hör zu und tu, was ich dir sage. Du setzt dich in die Ecke neben das Feuer, und wenn die Leute da sind, sprichst du nur, wenn du gefragt wirst. Verstanden? *Essie geht an den Kamin.* Die Familie deines Vaters soll dich ruhig sehn und merken, daß du da bist. Sie sind genauso verpflichtet wie ich, dich vor Hunger zu bewahren. Jedenfalls könnten sie was dazugeben. Und daß du nicht mit ihnen herumschnatterst und dich benimmst, als ob du ihresgleichen wärst. Hörst du?

ESSIE Ja.

MRS. DUDGEON Gut, dann tu, was ich dir gesagt habe! *Essie setzt sich niedergeschlagen in die Ecke neben dem Kamin.* Kümmern Sie sich nicht um sie, Mrs. Anderson. Sie wissen ja, wer und was sie ist. Wenn sie Ihnen Ärger macht, sagen Sie mir's. Ich werd's ihr schon zeigen. *Sie geht ins Schlafzimmer und wirft die Tür hinter sich ins Schloß.*

JUDITH *rückt die Sachen auf dem Tisch zurecht, gönnerhaft:* Mach dir nichts draus, wenn deine Tante so streng mit dir ist. Sie ist eine gute Frau und will nur dein Bestes.

ESSIE *teilnahmslos:* Ja.

JUDITH *etwas verärgert:* Ich will nicht hoffen, daß du bockig bist, Essie.

ESSIE Nein.

JUDITH Das ist brav! *Sie rückt ein paar Stühle zurecht.* Kennst du sonst noch Verwandte von dir?

ESSIE Nein. Sie wollten nichts mit mir zu tun haben. Sie waren zu fromm. Vater erzählte nur von Dick Dudgeon, aber den habe ich nie gesehn.

JUDITH *betont schockiert:* Dick Dudgeon! Essie, möchtest du ein wirklich anständiges und dankbares Mädchen sein und dir durch gutes Betragen hier ein neues Zuhause verdienen?

ESSIE *laut:* Ja.

JUDITH Dann darfst du den Namen von Richard Dudgeon niemals aussprechen – du darfst nicht mal an ihn denken. Er ist ein schlechter Mensch.

ESSIE Was hat er denn getan?

JUDITH Stell keine Fragen über ihn, Essie. Du bist noch zu jung, um zu wissen, was ein schlechter Mensch ist. Er ist ein Herumtreiber. Er lebt wie ein Zigeuner und liebt weder seine Mutter noch seine Geschwister, und sonntags schlägt er sich und spielt, anstatt in die Kirche zu gehn. Gib dich niemals mit ihm ab, Essie, wenn du irgend kannst, und versuche, dich von solchen Männern fernzuhalten.

ESSIE Ja.

JUDITH *verärgert:* Ich fürchte, du sagst Ja und Nein, ohne dir was dabei zu denken.

ESSIE Ja. Aber –

JUDITH *streng:* Aber?

ESSIE *fast weinend:* Ich meine nur – mein Vater war auch ein Herumtreiber, und – *Es klopft.*

JUDITH Da kommen sie schon. Nun denk dran, was die Tante dir gesagt hat, Essie, und folg ihr. *Christy kommt zurück. Er bringt den Käfig mit den ausgestopften Vögeln und Schreibzeug und stellt beides auf den Tisch.* Guten Morgen, Mr. Dudgeon.

CHRISTY Morgen.

JUDITH Machen Sie auf? Es hat geklopft. *Christy öffnet die Haustür. Es ist hell und wärmer geworden. Anderson, ohne Mantel, kommt als erster herein. Er wird begleitet von Hawkins, dem Notar, einem lebhaften Mann in mittleren Jahren, der in seinen gelben Reithosen und Gamaschen eher aussieht wie ein Großgrundbesitzer. Ihnen folgt die Familie, angeführt von dem ältesten Bruder, William Dudgeon, einem breiten, unförmigen Mann mit einer Säufernase. Sowohl seine Kleidung als auch das ängstliche Ge-*

sicht seiner Frau weisen darauf hin, daß er nicht zu den erfolgreichen Menschen gehört. Der jüngste Bruder, Titus Dudgeon dagegen, ein drahtiger Mann mit einer ungeheuer beleibten und sichtlich geldstolzen Frau, kennt die Sorgen seines Bruders nicht.

Hawkins geht sofort zum Tisch und setzt sich auf den Stuhl neben dem Sofa, wo Christy das Schreibzeug hingelegt hat. Seinen Hut stellt er neben sich auf den Boden und kramt das Testament hervor. Onkel William geht zum Kamin und läßt seine Frau hilflos an der Tür stehen. Onkel Titus, der ein höflicher Mann ist, reicht ihr den Arm, führt sie ans Sofa, wo er sich behaglich zwischen seiner eigenen und der Frau seines Bruders niederläßt. Anderson hängt seinen Hut an den Kleiderhaken.

JUDITH *zu Anderson:* Sie kommt gleich. Bitte die Leute zu warten. *Sie klopft an die Schlafzimmertür, öffnet und geht hinein.*

ANDERSON *setzt sich gegenüber von Hawkins an den Tisch:* Unsre arme, schwergeprüfte Schwester wird im Augenblick hier sein. Sind wir alle da?

CHRISTY *schließt die Haustür:* Alle, außer Dick. *Dieser Name trifft die Familie. Onkel William schüttelt den Kopf, die Frau von Titus atmet laut durch die Nase, und ihr Mann antwortet.*

ONKEL TITUS Nun, ich hoffe, er wird den Anstand haben, nicht zu kommen. Das hoff ich doch sehr.

Die Dudgeons murmeln zustimmend, Christy ausgenommen, der ans Fenster geht und hinaussieht. Hawkins lächelt heimlich vor sich hin. Anderson, der feierliche Familiensitzungen nicht liebt, besonders die aus Anlaß des Todes nicht, fühlt sich unbehaglich. Judith erscheint in der Schlafzimmertür.

JUDITH *eindrucksvoll:* Freunde, Mrs. Dudgeon. *Sie nimmt den Sessel und stellt ihn für Mrs. Dudgeon an den Tisch, die schwarz gekleidet, ein sauberes Taschentuch vor den Augen, aus dem Schlafzimmer kommt. Alle stehen auf, nur*

Essie nicht. Die Frauen von Titus und William nehmen ebenfalls Taschentücher heraus und weinen. Es ist ein rührender Augenblick.

ONKEL WILLIAM Würde es dich trösten, Schwester, wenn wir mit einem Gebet beginnen?

ONKEL TITUS Oder mit einem Lied?

ANDERSON *schnell:* Liebe Freunde, ich war heute morgen schon hier. Bitten wir in unserem Herzen um den Segen.

ALLE *außer Essie:* Amen.

Alle setzen sich, nur Judith bleibt hinter Mrs. Dudgeon stehen.

JUDITH *zu Essie:* Essie, hast du Amen gesagt?

ESSIE *erschrickt:* Nein.

JUDITH Dann tu es, wie es sich gehört.

ESSIE Amen.

ONKEL WILLIAM *ermutigt sie:* So ist's recht. Sehr recht. Wir wissen, wer du bist, aber wir wollen dich gut behandeln, wenn du ein braves Mädchen bist und es verdienst. Vor Gott sind wir alle gleich.

Dieses republikanische Gefühl mißfällt den Frauen, die überzeugt sind, daß Gott gerade die Stelle ist, wo ihre Überlegenheit, die so oft in dieser Welt bezweifelt wird, zur Geltung kommt.

CHRISTY *am Fenster:* Da kommt Dick.

Anderson und Hawkins geben sich ungezwungen. Essie sieht interessiert auf. Christy grinst und starrt erwartungsvoll auf die Tür. Alle anderen sitzen bewegungslos und fühlen sich bedroht durch die Erscheinung des Lasters. Richard erscheint in der Tür. Er ist ohne Zweifel das am besten aussehende Mitglied der Familie, aber sein Gesichtsausdruck ist rücksichtslos und höhnisch, sein Auftreten herausfordernd und seine Kleidung malerisch sorglos. Nur seine Stirn und sein Mund verraten eine ungewöhnliche Festigkeit, und er hat fanatische Augen.

RICHARD *nimmt seinen Hut ab:* Ladies und Gentlemen, Ihr Diener, Ihr ganz ergebener Diener. *Er wirft seinen Hut*

Christy zu, der ihn erschrocken auffängt, und kommt in die Mitte des Raums, um die Gesellschaft zu mustern. Wie glücklich ihr alle ausseht! Wie froh, mich zu sehn! *Er wendet sich an Mrs. Dudgeon:* Und du, Mutter, wahrst den Schein, wie gewöhnlich? Das ist gut so. *Judith entfernt sich sofort von ihm, hält ihren Rock instinktiv so, als wollte sie eine ansteckende Berührung vermeiden, und geht auf die andere Seite der Küche, wo Onkel Titus vom Sofa aufsteht, ihr seine Zustimmung zu erkennen gibt und ihr einen Stuhl anbietet.* Was! Onkel William! Ich hab dich nicht mehr gesehn, seit du aufgehört hast zu trinken. *Der arme Onkel William schämt sich und möchte protestieren, aber Richard klopft ihm herzlich auf die Schulter:* Du hast doch aufgehört? Natürlich, gut so! Du hast es ja auch übertrieben. *Er wendet sich dem Sofa zu:* Und nun, wo ist der aufrechte Pferdehändler Onkel Titus? Komm, zeig dich. *Sieht, wie er sich um Judith kümmert.* Der Kavalier, wie gewöhnlich!

ONKEL TITUS *entrüstet:* Du solltest dich was schämen, du –

RICHARD *unterbricht ihn und schüttelt ihm gegen seinen Willen die Hand:* Tu ich, tu ich ja. Aber ich bin stolz auf meinen Onkel – stolz auf alle meine Verwandte – *Sieht sich um.* – Wer könnte sie ansehn und nicht stolz und erfreut sein? *Onkel Titus setzt sich überwältigt wieder hin.* Ah, Mr. Anderson, noch immer fromm am Werk als Hüter der Seelen. Kommen Sie! *Er setzt sich mit einem Sprung auf den Tisch und nimmt die Karaffe in die Hand.* Stoßen Sie mit mir an, Reverend, auf die alten Zeiten!

ANDERSON Sie wissen doch, Mr. Dudgeon, daß ich vor Abend nicht trinke.

RICHARD Eines Tages werden Sie auch so weit sein, Reverend. Onkel William trank schon vor dem Frühstück. Versuchen Sie's mal, das wird Ihren Predigten Salbung geben. *Er riecht an dem Wein und verzieht das Gesicht.* Aber machen Sie nicht mit Mutters Party-Sherry den Anfang. Ich habe als Sechsjähriger heimlich davon getrunken und bin seitdem Abstinenzler. *Er stellt die Karaffe zurück auf den Tisch.* Wie ich höre, sind Sie inzwischen verheiratet, Reverend, und Ihre Frau soll verteufelt hübsch sein.

ANDERSON *zeigt ruhig auf Judith:* Das ist meine Frau. *Judith steht auf, sittsam und wie versteinert.*

RICHARD *steht ebenfalls auf, höflich:* Ihr Diener, Madam, und nichts für ungut. *Sieht sie aufmerksam an.* Sie verdienen Ihren Ruf, aber es tut mir leid, nach Ihrem Aussehen schließen zu müssen, daß Sie eine anständige Frau sind. *Sie ist schockiert und setzt sich hin. Die anderen murren entrüstet. Nur Anderson bleibt vollkommen beherrscht.* Trotzdem schätze ich Sie mehr als vorher, Reverend. Übrigens, was ich noch gehört habe: unser verstorbener Onkel Peter war Vater, ohne verheiratet zu sein. Oder irre ich mich?

ONKEL TITUS Er hatte nur ein uneheliches Kind.

RICHARD Nur eins! Er denkt, eins ist nur eine Lappalie! Ich erröte für dich, Onkel Titus.

ANDERSON Mr. Dudgeon, denken Sie an Ihre Mutter und an deren Kummer.

RICHARD Ich bin tief gerührt, Reverend. Aber mich würde interessieren, was aus dem Kind geworden ist?

ANDERSON *zeigt auf Essie:* Dort, Sir, es hört Ihnen zu.

RICHARD *ehrlich erschrocken:* Was! Warum zum Teufel habt ihr mir das nicht gleich gesagt? Kinder leiden so schon genug in diesem Haus. *Er geht zu Essie und tröstet sie:* Kleine Kusine, sei mir nicht böse! Ich wollte dir nicht weh tun. *Sie sieht dankbar zu ihm auf, ihre Tränen rühren ihn heftig; und in einem Anfall von Wut bricht es aus ihm heraus:* Wer hat sie zum Weinen gebracht? Wer hat sie mißhandelt? Bei Gott –

MRS. DUDGEON *steht auf und unterbricht ihn:* Hör auf zu lästern. Ich ertrag das nicht länger. Verlaß mein Haus!

RICHARD Woher weißt du, daß es dein Haus ist? Du kennst das Testament ja noch nicht. *Sie sehen einander haßerfüllt an, dann sinkt sie ermattet auf einen Stuhl. Richard geht an Anderson vorbei auf das Fenster zu und stützt sich auf die*

Lehne des Sessels. Ihr lieben Leute, als ältester Sohn meines verstorbenen Vaters und als das unwürdige Haupt dieses Hauses heiße ich euch willkommen. Mit Ihrer Erlaubnis, Mr. Anderson, und mit Ihrer, Mr. Hawkins, den ersten Platz am Tisch für das Oberhaupt der Familie. *Er nimmt den Sessel und setzt sich ans Ende zwischen Anderson und Hawkins.* Ein trauriger Anlaß führt uns zusammen. Ein Vater tot! Ein Onkel aufgehängt und wahrscheinlich verdammt. *Er schüttelt den Kopf voll Bedauern. Die Verwandten erstarren vor Entsetzen.* So ist's recht. Macht eure längsten Gesichter. *Er sieht Essie an, und seine Stimme wird freundlich:* Wenn nur das Kind ein bißchen Hoffnung in den Augen hat. *Plötzlich:* Und jetzt zur Sache, Mr. Hawkins, zur Sache. Her mit dem Testament!

ONKEL TITUS Lassen Sie sich von dem nichts befehlen, Mr. Hawkins.

HAWKINS *lächelt freundlich:* Mr. Dudgeon meint es nicht so, das weiß ich genau. Sie sollen auch nicht länger warten. Ich will mir nur die Brille aufsetzen – *Er sucht nach der Brille. Die Dudgeons sehen sich besorgt an.*

RICHARD Meine lieben Verwandten bemerken Ihre Höflichkeit, Mr. Hawkins. Sie sind auf das Schlimmste gefaßt. Trinken Sie ein Glas mit mir, bevor Sie anfangen. Das ist gut für die Stimme. *Er schenkt ein, reicht Mr. Hawkins ein Glas und nimmt selber eins.*

HAWKINS Danke, Mr. Dudgeon. Auf Ihre Gesundheit, Sir.

RICHARD Auf Ihre, Sir. *Er nippt an dem Wein, schüttelt sich und sagt mit Betonung:* Ein Glas Wasser wär mir lieber. *Essie, die ihn die ganze Zeit über angesehen hat, steht sofort auf, schleicht sich hinter dem Rücken von Mrs. Dudgeon ins Schlafzimmer, kommt mit einem Krug zurück und geht unbemerkt aus dem Haus.*

HAWKINS Das Testament ist nicht ganz nach den geltenden Regeln abgefaßt.

RICHARD Nun, mein Vater ist ja auch ohne regelrechten Trost gestorben.

HAWKINS Gut, Mr. Dudgeon, sehr gut. *Er setzt die Brille auf.* Sind wir soweit?

RICHARD Ja, es kann losgehn! Möge Gott uns dankbar machen für das, was wir zugeteilt bekommen. Fangen Sie an.

HAWKINS *liest:* ›Dies ist der letzte Wille von mir, Timothy Dudgeon, auf meinem Sterbebett in Nevinstown, an der Straße von Springtown nach Websterbridge, an diesem 24. September 1777. Ich widerrufe hiermit alle bisher von mir gemachten Testamente und erkläre, daß ich bei klarem Verstand bin und genau weiß, was ich tue, und daß dies mein wirklicher Wille ist, der übereinstimmt mit meinen eigenen Wünschen und Neigungen.‹

RICHARD *wirft einen Blick auf seine Mutter:* Aha!

HAWKINS *schüttelt den Kopf:* Das ist schlecht ausgedrückt, Sir. Na ja.

Liest weiter: ›Ich gebe und vermache 100 Pfund meinem jüngeren Sohn Christopher Dudgeon, fünfzig Pfund sind ihm zu zahlen am Tag seiner Heirat mit Sarah Wilkins, wenn sie ihn haben will, und zehn Pfund bei der Geburt jedes seiner Kinder, bis zum fünften.‹

RICHARD Und wenn sie ihn nicht haben will?

CHRISTY Sie will, wenn ich fünfzig Pfund habe.

RICHARD Gut, Bruder! Weiter!

HAWKINS ›Ich gebe und vermache meiner Frau Annie Dudgeon, geborene Annie Primrose‹ – es muß natürlich nur heißen, geborene Primrose, denn als Annie ist sie ja nicht geboren, das ist der Taufname. Aber lassen wir das – ›eine Jahresrente von 52 Pfund pro Jahr auf Lebenszeit, die ihr ausgezahlt werden sollen von den Zinsen ihres eigenen Geldes‹ – das ist eine Art sich auszudrücken, Mr. Dudgeon! Ihr eigenes Geld!

MRS. DUDGEON *auf die alle Augen gerichtet sind und die sich krampfhaft aufrecht hält:* Eine sehr hübsche Art, die Wahrheit zu verdrehen. Es war alles mein Geld. Und jetzt – 52 Pfund pro Jahr!

HAWKINS ›Und ich empfehle sie, um ihrer Tugend und Frömmigkeit willen, der verzeihenden Obhut ihrer Kinder, die ich ihrem Einfluß zu entziehen versuchte, so gut ich konnte und nach besten Kräften.‹

MRS. DUDGEON Und das ist der Lohn! *Wütend:* Sie wissen, was ich davon halte, Mr. Anderson! Sie wissen, wie ich das nenne.

ANDERSON Das hilft jetzt nichts, Mrs. Dudgeon. Wir müssen es nehmen, wie es kommt. *Zu Hawkins:* Weiter, Sir.

HAWKINS ›Ich gebe und vermache mein Haus bei Websterbridge mit dem dazugehörigen Land und allem übrigen Besitz, meinem ältesten Sohn und Erben Richard Dudgeon.‹

RICHARD Oho! Das Kalb wird gemästet, Reverend, das Kalb wird fett.

HAWKINS ›Unter folgenden Bedinungen.‹

RICHARD Zum Teufel! Bedingungen?

HAWKINS ›Nämlich erstens, daß er sich um die Tochter meines Bruders Peter kümmert und sie vor aller Not bewahrt.‹

RICHARD *schlägt mit der Faust auf den Tisch:* Einverstanden. *Mrs. Dudgeon dreht sich wütend nach Essie um, vermißt sie, blickt im Raum umher, sieht, daß sie ohne Erlaubnis hinausgegangen ist, und beißt sich rachsüchtig auf die Lippen.*

HAWKINS ›Zweitens, daß mein altes Pferd Jim gut behandelt wird‹, --

RICHARD Jim wird ein üppiges Gnadenbrot kriegen. Weiter!

HAWKINS ›– und daß er außerdem meinen tauben Knecht Prodger Feston in seinen Diensten behält.‹

RICHARD Prodger Feston soll sich jeden Samstag betrinken dürfen.

HAWKINS ›Drittens, daß er Christy von den Nippsachen in der guten Stube zur Hochzeit ein Geschenk macht.‹

RICHARD *zeigt auf die ausgestopften Vögel:* Das ist für dich, Christy.

CHRISTY *enttäuscht:* Ich hätt lieber die Porzellan-Pfauen.

RICHARD Du sollst beides haben. *Christy ist sehr erfreut.*

Weiter!

HAWKINS ›Viertens und letztens, daß er versucht, in Frieden mit seiner Mutter zu leben, sofern sie darin einwilligt.‹

RICHARD *unbestimmt:* Hm. Sonst noch was, Mr. Hawkins?

HAWKINS *feierlich:* ›Zum Schluß gebe ich meine Seele meinem Schöpfer in die Hände, erbitte demütig Vergebung für all meine Sünden und Fehler, und hoffe, er wird meinen Sohn so führen, daß niemand sagen kann, ich hätte unrecht getan, weil ich ihm mehr vertraute als allen anderen, im Schrecken meiner letzten Stunde, an einem fremden Ort.‹

ANDERSON Amen.

ALLE *außer Mrs. Dudgeon:* Amen.

RICHARD Meine Mutter sagt nicht Amen.

MRS. DUDGEON *steht auf, unfähig, ihr Eigentum ohne Kampf aufzugeben:* Ist das Testament gültig, Mr. Hawkins? Sie wissen, daß ich ein rechtmäßig gesetzliches Testament habe, von Ihnen selber aufgesetzt, in dem er mir alles vermacht.

HAWKINS Es ist zwar ein ziemlich schlecht formuliertes Testament, dennoch – *Wendet sich höflich an Richard:* – enthält es nach meinem Dafürhalten eine ausgezeichnete Verfügung über sein Eigentum.

ANDERSON *fällt ein, bevor Mrs. Dudgeon etwas sagen kann:* Danach sind Sie nicht gefragt worden, Mr. Hawkins. Ist es ein gesetzmäßiges Testament?

HAWKINS Jedes Gericht wird es gegen das andere aufrechterhalten.

ANDERSON Und warum, wenn das andere mehr den Regeln entspricht?

HAWKINS Weil ein Richter den Anspruch eines Mannes – hier des ältesten Sohnes – gegen jede Frau in Schutz nimmt, wenn irgend möglich. Ich habe Sie gewarnt, Mrs. Dudgeon, als Sie mich baten, ein Testament nach Ihrem Sinne aufzusetzen. Ich sagte Ihnen, daß er, auch wenn Sie ihn dazu bringen, es zu unterschreiben, nicht ruhen wird, bis er es widerrufen hat. Aber Sie wollten ja nicht auf mich hören. Und jetzt ist Richard Herr im Hause. *Er nimmt seinen Hut vom Boden, setzt die Brille ab, steht auf und packt zusammen.*

Die ist für alle das Zeichen, aufzubrechen. Anderson nimmt seinen Hut vom Kleiderhaken und geht zu Onkel William ans Fenster. Titus holt die Sachen von Judith. Mrs. Dudgeon, niedergeschmettert von der Erkenntnis ihrer Ohnmacht, steht unbeweglich, bis Essie mit ihrem Krug voll Wasser zurückkommt.

MRS. DUDGEON *drohend:* Wo warst du? *Essie ist unfähig zu antworten.* Wie kannst du es wagen, gegen meinen ausdrücklichen Befehl deinen Platz zu verlassen?

ESSIE *mit versagender Stimme:* Er wollte etwas trinken –

JUDITH *sanft, aber bestimmt:* Wer wollte etwas trinken? *Essie zeigt auf Richard.*

RICHARD Was! Ich?

JUDITH *schockiert:* Essie! Wie kannst du nur!

RICHARD Ach, Wasser? Natürlich. *Er hält Essie ein Glas hin, ihre Hand zittert beim Einschenken.* Hast du Angst vor mir?

ESSIE *schnell:* Nein. Ich –

RICHARD *trinkt:* Ah. Da bist du ja die ganze Straße hochgelaufen bis zum Brunen am Markttor! Köstlich! Ich danke dir. *Er sieht zufällig Judith an, die ihn mißbilligend betrachtet. Sein höhnisches Wesen kehrt sofort zurück, er stellt das Glas ab, legt den Arm um Essies Schulter und führt sie, an Mrs. Dudgeon vorbei, in die Mitte des Raums.* Wenn du erlaubst, Mutter. *Mrs. Dudgeon weicht zornbebend zurück.* Wie heißt du nochmal? Bessie?

ESSIE Essie.

RICHARD Essie, richtig. Und bist du ein braves Mädchen, Essie?

ESSIE *sehr enttäuscht, daß er so zu ihr spricht wie alle:* Ja. *Sie sieht Judith an, zweifelnd:* Ich glaube. Ich meine – ich hoffe.

RICHARD Hast du schon mal was vom Teufel gehört, Essie?

ANDERSON *aufgebracht:* Schämen Sie sich, mit einem halben Kind so zu –

RICHARD *unterbricht ihn:* Erlauben Sie, Reverend. Ich unterbreche Ihre Predigten auch nicht. Und jetzt predige ich. *Zu Essie:* Weißt du, wie man mich nennt?

ESSIE Dick.

RICHARD *amüsiert:* Richtig. Aber auch noch anders. Man nennt mich den Teufelsschüler.

ESSIE Warum läßt du dir das gefallen?

RICHARD *ernst:* Weil es wahr ist. Man hat mich zwar zur Gottesfurcht erzogen, aber ich wußte von Anfang an, daß der Teufel mein wirklicher Herr und Meister und Freund ist. Ich spürte, daß er recht hat und daß die Welt nur aus Angst vor Gott auf den Knien liegt. Ich betete heimlich zum Teufel, und er tröstete mich und bewahrte mich davor, an diesem Haus und seiner freudlosen Jugend zu zerbrechen. Ich versprach ihm meine Seele und schwor einen Eid, in dieser Welt für ihn zu streiten und ihm in der anderen beizustehn. *Feierlich:* Dieses Versprechen und dieser Eid haben einen Mann aus mir gemacht. Und von heute an ist dieses Haus sein Haus, und kein Kind soll darin weinen. Dieser Herd ist sein Altar, und kein Mensch soll jemals wieder an dunklen Abenden hier kauern und sich fürchten. *Zu allen:* Und nun, ihr guten Leute, möchte jemand von euch dieses Kind zu sich nehmen und aus dem Haus des Teufels retten?

JUDITH *legt den Arm um Essie:* Sie kommt zu mir. Und Sie sollte man lebendig verbrennen.

ESSIE Nein, ich will nicht! *Essie weicht zurück. Richard und Judith stehen sich gegenüber.*

RICHARD *zu Judith:* Sie will nicht, Sie tugendhafter Engel, Sie!

ONKEL TITUS Nimm dich in acht, Richard Dudgeon. Das Gesetz –

RICHARD *wendet sich drohend zu ihm:* Nimm du dich in acht! In einer Stunde gibt es kein Gesetz mehr, da regiert hier das Kriegsgericht. Ich bin sechs Meilen von hier den englischen

Soldaten begegnet. Noch vor Mittag steht auf unserem Marktplatz der Galgen, um Rebellen aufzuknüpfen.

ANDERSON *ruhig:* Was haben wir davon zu fürchten, Sir?

RICHARD Mehr als Sie denken. In Springtown haben sie den Falschen gehenkt. Die dachten, Onkel Peter sei ein angesehener Mann, weil die Dudgeons einen guten Namen haben. *Zu allen:* Aber das nächste Mal wird man den richtigen finden, den besten Mann aus der Stadt, dem man nur ein einziges Wort der Rebellion nachweisen kann. Und wir sind alle Rebellen, das wißt ihr.

ALLE *außer Anderson:* Nein, nein, nein!

RICHARD Doch, das seid ihr, auch wenn ihr nicht landauf landab öffentlich gegen den englischen König protestiert habt wie ich. Aber ihr habt für seine Niederlage gebetet, und Sie, Anthony Anderson, haben den Segen des Himmels dazu erfleht. Sie haben Bibeln verkauft und sich dafür Pistolen angeschafft. Mich hängen sie wahrscheinlich nicht auf, weil der moralische Effekt eines baumelnden Teufelsschülers gleich Null ist. Aber einen Geistlichen! *Judith klammert sich an Anderson.* Oder einen Anwalt des Rechts! *Hawkins lächelt wie ein Mann, der schon weiß, wie er für sich selber sorgen wird.* Oder einen aufrechten Pferdehändler! *Onkel Titus knurrt vor Wut und Angst.* Oder einen bekehrten Säufer! *Onkel William, mit den Nerven am Ende, zittert vor Angst.* Würde das nicht beweisen, daß der englische König es ernst meint?

ANDERSON *gefaßt:* Komm, mein Kind. Er will dich nur erschrecken. Es ist keine Gefahr. *Er führt sie hinaus. Die anderen drängen zur Tür, ihm zu folgen, außer Essie, die in Richards Nähe bleibt.*

RICHARD *höhnisch:* Und wer bleibt bei mir und hißt die amerikanische Fahne auf dem Haus des Teufels, und kämpft für die Freiheit? *Alle laufen, einander stoßend, hinaus.* Lang lebe der Teufel! *Zu Mrs. Dudgeon:* Was, Mutter! Gehst du auch?

MRS. DUDGEON *bleibt stehen, totenbleich, die Hand auf dem*

Herzen: Ich verfluche dich! Bis zum letzten Atemzuge! *Sie geht hinaus.*

RICHARD *lacht, ruft ihr nach:* Das wird mir Glück bringen!

ESSIE *ängstlich:* Darf ich bleiben?

RICHARD Was! Haben sie vergessen, deine Seele zu retten, vor lauter Angst um ihre eigenen Leiber? Ja, ja, du darfst bleiben. *Er blickt zur Tür und droht mit der Faust. Essie küßt seine herabhängende Hand und benetzt sie mit Tränen. Er läßt die Faust sinken und sieht auf seine feuchte Hand.* Tränen! Die Taufe des Teufels! *Essie fällt schluchzend auf die Knie. Er beugt sich über sie, um sie aufzuheben.* Oh ja, wein' du nur, Essie, wenn es dir wohltut.

Zweiter Akt

Andersons Haus liegt in der Hauptstraße von Websterbridge, in der Nähe des Rathauses. Der Wohnraum ist dem der Dudgeons ähnlich, obwohl er einem damaligen Betrachter großartiger vorgekommen sein mag. Er hat dieselbe Art von Feuerstelle mit den gleichen Geräten. Auf dem Sims steht ein Kessel und ein Teller mit Toast. Der Tisch, ein einfacher Küchentisch, ist mit einer sirupfarbenen Decke aus amerikanischem Tuch bedeckt, die an den Ecken vom vielen Gebrauch zerschlissen ist. Darauf, auf einem schwarzlackierten Tablett, das Teegeschirr aus billigstem Porzellan. Daneben, in der Mitte des Tisches, ein hölzernes Brett mit einem Brot und einem halben Pfund Butter. Die Haustür, zwischen Kamin und Zimmerecke, ist unverschlossen. Der große Eichenschrank, dem Feuer gegenüber auf der anderen Seite des Zimmers, hat seitlich einen Haken, an dem der alte Rock des Geistlichen hängt, was bedeutet, daß er nicht zu Hause ist, denn wenn er da ist, hängt dort sein neuer Rock. Große Reitstiefel stehen neben dem Schrank. Die Tür zum Schlafzimmer befindet sich seitwärts gegenüber. Im Gegensatz zu dem Bauernhaus der Dudgeons ist der Boden mit einem Teppich bedeckt, sind die Wände tapeziert und die Stühle gebeizt und poliert. Die höheren sozialen Ansprüche drücken sich weiter aus in Bildern, wie dem Porträt eines Presbyterianertheologen in Schabekunstmanier, einem Kupferstich nach Raffaels ›Paulus predigt in Athen‹, in einer Rokokouhr – einem Geschenk der Gemeinde – auf dem Kamin, umgeben von Miniaturen, Porzellanhunden mit Körben im Maul und zwei großen Muscheln. Der Raum ist weiter geschmückt durch ein niedriges Gitter, das vom Fenster aus fast über die ganze Breite der Wand mit roten Vorhängen versehen ist, die als Sonnenschutz dienen und die man auf- und zuziehen kann. Statt eines Sofas gibt es eine Bank mit Rücken und Seitenlehnen.

Es ist Abend. Bis auf den Feuerschein des Kamins und die

trüben Öllaternen, die man durch das Fenster auf der nassen Straße stehen sieht, ist es dunkel. Es regnet in Strömen. Die Rathausuhr schlägt Viertel. Judith kommt aus dem Schlafzimmer. Sie hat einen Leuchter mit Kerzen in der Hand und stellt ihn auf den Tisch. Ihr Selbstbewußtsein vom Morgen ist verschwunden, sie sieht ängstlich und schreckhaft aus. Sie geht ans Fenster, blickt auf die Straße und sieht ihren Mann, der im Regen nach Hause eilt. Sie stößt einen Seufzer der Erleichterung aus, der Ähnlichkeit mit einem Schluchzen hat, und geht auf die Tür zu. Anderson, in einem sehr nassen Mantel, kommt herein.

JUDITH *läuft zu ihm hin:* Da bist du ja endlich! *Sie will ihn umarmen.*

ANDERSON *wehrt sie ab:* Warte, Liebling, ich bin naß. Ich zieh erst den Mantel aus. *Er stellt einen Stuhl mit der Lehne zum Feuer, hängt seinen Mantel zum Trocknen darauf, schüttelt den Hut ab, legt ihn auf den Kaminsims und breitet die Arme aus.* Jetzt! *Sie wirft sich in seine Arme.* Komm ich zu spät? Die Rathausuhr hat doch gerade erst Viertel geschlagen, als ich vor der Haustür stand, und die geht immer vor.

JUDITH Heute geht sie bestimmt nach. Ich bin so froh, daß du wieder da bist.

ANDERSON *drückt sie an sich:* Hattest du Angst um mich?

JUDITH Ein bißchen.

ANDERSON Und du hast geweint.

JUDITH Ja. Aber kümmer dich nicht drum. Jetzt ist alles wieder gut. *Von fern ist ein Hornsignal zu hören. Sie erschrickt, läßt sich auf die Bank nieder und lauscht.* Was ist das?

ANDERSON *folgt ihr und setzt sich zu ihr.* König Georg, Kind. Er kehrt ins Lager zurück, bläst zum Sammeln, läßt zum Tee bitten, will die Stiefel ausziehen oder sonstwas. Soldaten klingeln und rufen nicht, wenn sie was brauchen, die schicken einen Kerl mit einer Trompete vor die Tür und erschrecken alle Leute.

JUDITH Glaubst du wirklich nicht, daß eine Gefahr droht?

ANDERSON Nicht die geringste.

JUDITH Das sagst du nur, um mich zu trösten, und nicht, weil du es glaubst.

ANDERSON Mein Liebes, in dieser Welt drohen ständig Gefahren für die, die sie fürchten. Jede Nacht kann hier im Haus Feuer ausbrechen, und wir schlafen trotzdem so gut und fest wie immer.

JUDITH Du hast sicher recht. Ganz sicher. Das weiß ich. Aber – ich bin nicht so tapfer. Daran liegt es. Mir bleibt jedesmal das Herz stehn, wenn ich an die Soldaten denke.

ANDERSON Mach dir nichts daraus. Tapferkeit ist eine Tugend, die jedem schwerfällt.

JUDITH So wird es sein. *Umarmt ihn wieder.* Aber du bist tapfer, Lieber! Ich will auch tapfer sein. Du sollst dich meinetwegen nicht schämen müssen.

ANDERSON Das ist recht. Damit machst du mich glücklich. Gut so!

Er steht auf und geht an das Feuer, um seine Schuhe zu trocknen. Ich habe auf dem Rückweg Richard Dudgeon besucht, aber er war nicht zu Hause.

JUDITH *steht bestürzt auf:* Diesen Menschen wolltest du besuchen!

ANDERSON *beruhigt sie:* Es ist nichts passiert, Kind. Er war nicht da.

JUDITH *fast in Tränen, als ob dieser Besuch für sie selber demütigend wäre:* Aber warum bist du hingegangen?

ANDERSON *ernst:* Wie es heißt, will Major Swindon dasselbe tun, was er in Springtown getan hat – ein Exempel statuieren an einem notorischen Rebellen, wie er uns nennt. In Springtown ließ er als den gefährlichsten von allen Peter Dudgeon hängen, und alle glauben, daß er sich hier an Richard halten wird, der bei uns als der schlimmste Rebell gilt.

JUDITH Aber Richard sagte –

ANDERSON *unterbricht sie:* Ach was! Richard sagte! Er wollte dir Angst einjagen, oder mir. Er sagte, was er vielleicht wünscht. Gott verzeih ihm! Für so einen Menschen muß der Tod schrecklich sein. Ich wollte ihn warnen. Ich hab ihm eine Nachricht hinterlassen.

JUDITH *verdrossen:* Was für eine Nachricht?

ANDERSON Daß er vorbeikommen soll. Daß es sehr wichtig für ihn wäre und daß er willkommen ist.

JUDITH *entsetzt:* Du hast diesen Menschen aufgefordert, herzukommen!

ANDERSON Das hab ich getan.

JUDITH *sinkt auf einen Stuhl und schlägt die Hände zusammen:* Ich hoffe, er kommt nicht! Ja, ich bete darum, daß er nicht kommt!

ANDERSON Warum denn? Möchtest du nicht, daß ich ihn warne?

JUDITH Er muß die Gefahr selber erkennen. Oh, Tony, ist es schlimm, einen Gotteslästerer und Schurken zu hassen? Ich hasse ihn. Ich komm nicht davon los. Ich weiß, es nimmt ein böses Ende mit ihm. Er hat dich beschimpft. Er hat mich beschimpft. Er hat seine Mutter beschimpft.

ANDERSON *überlegen:* Also vergeben wir ihm, und der Fall ist erledigt.

JUDITH Ich weiß, es ist unrecht, jemand zu hassen, aber –

ANDERSON *geht zu ihr, unterbricht sie zärtlich:* Laß doch, Kind, du bist nicht so schlecht, wie du denkst. Die schlimmste Sünde an unseren Mitmenschen ist nicht, sie zu hassen, sondern gleichgültig ihnen gegenüber zu sein. Das ist der Kern der Unmenschlichkeit. Und wenn du die Menschen genau beobachtest, wirst du erstaunt sein, wie sehr Haß und Liebe einander gleichen. *Sie reagiert halb ergriffen, halb erschreckt. Das amüsiert ihn.* Ich meine das ganz ernst. Denk nur, wie viele unserer verheirateten Freunde sich gegenseitig quälen, wie sie einander belauern und einer auf den anderen eifersüchtig sind. Sie können es nicht ertragen, sich für einen Tag aus den Augen zu lassen und sind eher Gefängniswärter und Sklavenhalter als Liebende. Aber wie dieselben Leute mit ihren Feinden umgehn! Gewissenhaft, erhaben, voller Selbstachtung, entschlossen, voneinander unabhängig zu bleiben, und wie sorgfältig sie überlegen, was sie voneinander sagen! Hast du nicht oft gedacht, daß sie ihren Feinden bessere Freunde wären als ihren eigenen Männern und Frauen? Wenn sie das nur wüßten. Verlaß dich drauf, Kind, du hast Richard im Grunde lieber als mich, wenn du es nur wüßtest! Wie?

JUDITH Nein, sag das nicht. Das sag nicht, Tony, auch nicht im Spaß. Du weißt nicht, was für ein schreckliches Gefühl ich dabei habe.

ANDERSON *lacht:* Na, na, Kind, laß es gut sein. Er ist ein schlechter Mensch, und du haßt ihn, wie er es verdient. Und jetzt machst du uns einen Tee, nicht wahr?

JUDITH Ach, natürlich! Das hab ich ganz vergessen und laß dich so lange warten! *Sie geht an das Feuer und hängt den Kessel an den Haken.*

ANDERSON *geht an den Schrank und zieht den Rock aus:* Hast du den alten Rock genäht?

JUDITH Ja, Lieber. *Sie geht an den Tisch und gibt Teeblätter in die Kanne.*

ANDERSON *zieht den alten Rock an und hängt den neuen auf:* War jemand hier, solange ich weg war?

JUDITH Nein. Nur – *Es klopft. Judith erschrickt und weicht, Löffel und Teebüchse in Händen, zurück ans Ende des Tisches.* – Wer ist das?

ANDERSON *geht zu ihr und klopft ihr ermutigend auf die Schulter:* Alles in Ordnung, Kind, alles in Ordnung. Er wird dich nicht beißen. *Sie versucht zu lächeln. Er geht an die Tür und öffnet. Richard steht draußen ohne Mantel.* Es ist auf. Bei uns kann jeder herein. *Einladend:* Treten Sie näher. *Richard kommt unbefangen herein, geht an den Tisch und sieht sich um. Judith starrt auf ihre Teebüchse.* Regnet es noch? *Er macht die Tür zu.*

RICHARD Es regnet, als ob der Teufel – *Er bemerkt Judiths*

Blick, die ihn schnell und hochmütig ansieht: – Pardon. *Zeigt auf seinen Rock:* Aber Sie sehen ja –!

ANDERSON Ziehen Sie Ihren Rock aus und hängen Sie ihn ans Feuer. Meine Frau wird Ihre Hemdsärmel entschuldigen. Judith, noch einen Löffel Tee für Mr. Dudgeon.

RICHARD *zynisch:* Eigentum bewirkt Wunder! Sind Sie darum so höflich zu mir, weil ich den Besitz meines Vaters geerbt habe?

Judith wirft empört den Löffel hin.

ANDERSON *ganz gelassen, hilft Richard den Rock ausziehen:* Ich denke, wenn der Herr meine Gastfreundschaft annehmen, können Sie keine so schlechte Meinung von mir haben. Nehmen Sie Platz. *Er bietet ihm einen Stuhl an. Richard sieht ihn einen Augenblick streitsüchtig an, nickt dann, zum Zeichen, daß Anderson ihn überzeugt hat, und setzt sich hin. Anderson nimmt den Mantel vom Feuer weg und hängt den Rock von Richard an seine Stelle.*

RICHARD Sie hatten mich aufgefordert, mein Herr, zu Ihnen zu kommen. Um mir etwas Wichtiges mitzuteilen, wie Sie mir sagen ließen.

ANDERSON Ich muß Sie warnen. Es ist meine Pflicht, das zu tun.

RICHARD *steht auf:* Sie wollen mir eine Predigt halten. Entschuldigen Sie, da geh ich lieber im Regen spazieren. *Er will seinen Rock nehmen.*

ANDERSON *hält ihn zurück:* Haben Sie keine Angst, ich bin kein großer Prediger. Da können Sie ganz sicher sein. *Richard lächelt gegen seinen Willen. Sein Blick wird milder, und er macht sogar eine Geste der Entschuldigung. Anderson bemerkt das und spricht nun ernsthaft mit ihm.* Mr. Dudgeon, hier in der Stadt sind Sie in Gefahr.

RICHARD In welcher Gefahr?

ANDERSON In derselben Gefahr wie Ihr Onkel. Major Swindons Galgen.

RICHARD Das ist die Gefahr, die I h n e n droht! Ich habe Sie gewarnt –

ANDERSON *unterbricht ihn:* Ich weiß, Mr. Dudgeon. Aber die Leute denken anders darüber. Und selbst wenn es so wäre, ich habe hier Pflichten, die ich nicht aufgeben kann. Aber Sie sind ein freier Mann. Warum sollten Sie irgendein Risiko eingehen?

RICHARD Glauben Sie, um mich wär es schade, Reverend?

ANDERSON Ich glaube, jeder einzelne Mensch ist wert, gerettet zu werden. *Richard verbeugt sich ironisch.* Sie trinken doch eine Tasse Tee mit uns? *Gibt die Verbeugung gutgelaunt zurück.* Damit Sie sich nicht erkälten.

RICHARD Wie ich sehe, Reverend, ist es Ihrer Frau nicht so angenehm wie Ihnen.

JUDITH *mit versagender Stimme:* Sie sind meinem Mann zuliebe willkommen. *Sie stellt die Teekanne auf den Kaminvorsprung.*

RICHARD Ich weiß, daß ich nicht um meinetwillen willkommen bin, Madam. *Er steht auf.* Und ich möchte lieber nicht an Ihrem Tisch Platz nehmen.

ANDERSON *heiter:* Dafür müssen Sie mir einen treffenden Grund angeben.

RICHARD Sie flößen mir irgendwie Respekt ein, und ich wünschte eigentlich, ich hätte Sie zum Feind.

ANDERSON Das ist gut gesagt. Mit dieser Begründung akzeptiere ich Ihre Feindschaft und die jedes anderen. Judith, Mr. Dudgeon bleibt. Setzen Sie sich. Der Tee muß noch einige Minuten ziehn. *Richard ist unschlüssig, setzt sich dann aber.* Ich sagte gerade zu meiner Frau, daß Feindschaft oder Haß – *Sie greift nach seiner Hand und sieht ihn bittend an, beides so heftig, daß er sofort verstummt.* – Gut, gut. Ich soll es Ihnen nicht sagen. Aber es war nichts, was uns zu schlechteren Freunden machen würde – Feinden, mein ich. Judith ist ein große Feindin von Ihnen.

RICHARD Wenn alle meine Feinde wären wie Mrs. Anderson, wär ich der beste Christ in Amerika.

ANDERSON *erfreut, streichelt Judiths Hand:* Hörst du das, Judith? Mr. Dudgeon versteht es, Komplimente zu machen.

Die Tür wird geöffnet.

JUDITH *erschrickt:* Wer ist das?

Christy kommt herein.

CHRISTY *bleibt stehen und starrt Richard an:* Was, du hier?

RICHARD Ja, Verschwinde, du Dummkopf. Mrs. Anderson möchte nicht die ganze Familie auf einmal zum Tee bei sich haben.

CHRISTY *kommt näher.* Mutter ist sehr krank.

RICHARD Will sie mich sehn?

CHRISTY Nein.

RICHARD Das dachte ich mir.

CHRISTY Sie will, daß der Reverend kommt – sofort.

JUDITH *zu Anderson:* Aber nicht, bevor du deinen Tee getrunken hast.

ANDERSON Er wird mir viel besser schmecken, wenn ich zurück bin, Kind. *Er will seinen Mantel nehmen.*

CHRISTY Es hat aufgehört zu regnen.

ANDERSON *läßt den Mantel und nimmt nur den Hut:* Wo ist Ihre Mutter, Christy?

CHRISTY Bei Onkel Titus.

ANDERSON Habt ihr einen Arzt geholt?

CHRISTY Nein, das hat sie mir nicht aufgetragen.

ANDERSON Gehen Sie gleich hin. Ich komme sofort nach. *Christy will gehen.* Warten Sie, noch einen Augenblick! Ihr Bruder wird Näheres wissen wollen.

RICHARD Ach wo! Er weiß sowieso nichts, und ich bin nicht neugierig. *Zu Christy, heftig:* Lauf, und beeil dich. *Christy geht hinaus.* Wir werden es bald genug erfahren.

ANDERSON Vielleicht kann ich Ihnen Genaueres sagen. Judith, schenk Mr. Dudgeon Tee ein und halte ihn hier, bis ich zurück bin.

JUDITH *blaß und zitternd:* Muß ich wirklich –

ANDERSON *nimmt ihre Hände und unterbricht sie, um ihre Erregung zu überspielen:* Kind, ich kann mich doch auf dich verlassen?

JUDITH *mit bemitleidenswerter Anstrengung, seines Vertrauens würdig zu sein:* Ja.

ANDERSON *drückt ihre Hände an sein Gesicht:* Denken Sie sich nichts dabei, Mr. Dudgeon. *Er geht.* Ich sag Ihnen nicht auf Wiedersehn. Sie bleiben hier. *Er geht hinaus. Richard und Judith sehen ihn am Fenster vorbeigehen und starren sich dann an, ziemlich fassungslos. Richard, der das Zucken ihrer Lippen bemerkt, nimmt sich als erster zusammen.*

RICHARD Mrs. Anderson, ich kenne Ihre Gefühle mir gegenüber sehr genau. Ich werde Sie nicht länger behelligen. Guten Abend. *Er geht wieder zum Kamin, um seinen Rock zu holen.*

JUDITH *hält ihn auf:* Nein, nein. Gehen Sie nicht. Bitte, gehen Sie nicht.

RICHARD *rauh:* Warum? Meine Gegenwart ist Ihnen unangenehm.

JUDITH Ja, ich weiß – *sie ringt verzweifelt die Hände* –, aber wenn ich Ihnen die Wahrheit sage, wird das Ihnen Gelegenheit geben, mich zu quälen.

RICHARD *entrüstet:* Quälen! Was für ein Recht haben Sie, so etwas zu sagen! Erwarten Sie, daß ich jetzt noch bleibe?

JUDITH Ich möchte, daß Sie bleiben. *Plötzlich wie ein zorniges Kind:* Aber nicht, weil ich Sie gern habe.

RICHARD Tatsächlich!

JUDITH Wenn Sie mich in dem Punkt mißverstehn, sollten Sie lieber gehn. Ich hasse und ich fürchte Sie, und mein Mann weiß das. Aber wenn Sie nicht mehr hier sind, wenn er zurückkommt, wird er denken, ich hab Sie gegen seinen Willen fortgejagt.

RICHARD *ironisch:* Wo Sie doch wirklich so freundlich und gastfrei und charmant zu mir gewesen sind und ich nur aus reiner Widerspenstigkeit weggehen wollte. *Judith, unfähig, das zu ertragen, sinkt auf einen Stuhl und fängt an zu weinen.* Nicht doch, nicht doch, ich bitte Sie. Hören Sie auf. *Legt seine Hand an die Brust, wie auf eine Wunde.* Er,

als Mann, martert mein Herz schon genug. Wollen Sie, als Frau, es zerreißen? Hat er Ihnen nicht beigebracht, meine Beleidigungen so gelassen zu ertragen wie er selbst? *Sie hört auf zu weinen, erholt sich ein wenig und sieht ihn mit schüchterner Neugierde an.*
So ist's gut. *Liebenswürdig:* Jetzt fühlen Sie sich schon besser, nicht wahr? *Er legt seine Hand ermutigend auf ihre Schulter. Sie steht auf und starrt ihn hochmütig an. Er fällt sofort zurück in seinen zynischen Tonfall:* Und so ist's noch besser! Sie sind wieder Sie selbst, und ich bin ich. Wollen wir jetzt Tee trinken wie ein friedlich ehrbares Paar und auf die Rückkehr Ihres Mannes warten?

JUDITH *schämt sich ein bißchen:* Wie Sie wollen. Ich – es tut mir leid, daß ich mich so albern benommen habe. *Sie nimmt den Teller mit dem Toast vom Kamin.*

RICHARD Mir tut es Ihretwegen leid, daß ich so bin – wie ich bin. Erlauben Sie. *Er nimmt ihr den Teller ab und stellt ihn auf den Tisch.*

JUDITH *folgt ihm mit der Teekanne:* Wollen Sie sich nicht setzen? *Er setzt sich ans Ende des Tisches. Vor ihm sind ein Teller und ein Messer aufgedeckt. Der andere Teller steht daneben, aber Judith setzt sich an das entgegengesetzte Ende des Tisches und zieht das Gedeck zu sich hin.* Nehmen Sie Zucker?

RICHARD Nein, aber viel Milch. Darf ich Ihnen geben? *Er legt Toast auf den anderen Teller und reicht ihn ihr mit dem Messer hin, denn er merkt genau, daß sie nicht an ihrem gewohnten Platz sitzt, um möglichst weit von ihm entfernt zu sein.*

JUDITH *schuldbewußt:* Danke. *Sie schenkt Tee ein und reicht ihm die Tasse:* Bedienen Sie sich, bitte!

RICHARD Danke. *Er legt sich Toast auf seinen Teller. Sie schenkt sich Tee ein.*

JUDITH *merkt, daß er nichts anrührt:* Mögen Sie nichts? Sie essen ja gar nicht.

RICHARD Genau wie Sie.

JUDITH *nervös:* Ich hab keinen Appetit. Kümmern Sie sich nicht um mich.

RICHARD *blickt verträumt umher:* Ich denke gerade. Es kommt mir alles so komisch vor. Ich kann die Schönheit und den Frieden dieses Hauses direkt sehn. Mir scheint, ich bin nie in meinem Leben ruhiger gewesen als in diesem Augenblick. Trotzdem weiß ich genau, daß ich niemals hier leben könnte. Es liegt nicht in meiner Natur, vermute ich, heimisch zu werden. Aber es ist sehr schön. Es ist fast heilig. *Er denkt nach und lacht dann leise.*

JUDITH *schnell:* Warum lachen Sie?

RICHARD Ich dachte eben, wenn ein Fremder hier reinkäme, er würde uns für Mann und Frau halten.

JUDITH *abwehrend:* Sie meinen wohl, daß Sie dem Alter nach besser zu mir passen als mein Mann.

RICHARD *überrascht:* Daran habe ich überhaupt noch nicht gedacht. *Zynisch:* Ich sehe, daß der häusliche Friede auch seine Schattenseiten hat.

JUDITH *ärgerlich:* Ich habe lieber einen Mann, der von jedem geachtet wird, als – als –

RICHARD Als einen Teufelsschüler. Sie haben recht. Aber ich behaupte, daß Ihre Liebe ihm hilft, ein guter Mann zu sein, genau wie Ihr Haß mir hilft, ein schlechter zu sein.

JUDITH Mein Mann ist sehr gut zu Ihnen gewesen. Er hat Ihnen Ihre Beleidigungen vergeben und versucht, Sie zu retten. Können Sie ihm nicht vergeben, daß er so viel besser ist als Sie? Wie können Sie es wagen, ihn herabzusetzen und sich an seine Stelle zu denken?

RICHARD Hab ich das getan?

JUDITH Allerdings. Sie sagten, wenn jemand reinkommt, wird er uns für Mann und Frau – *Sie verstummt und sieht entsetzt einen Trupp Soldaten am Fenster vorbeimarschieren.* Englische Soldaten! Was wollen die –

RICHARD *lauscht:* Scht!

EINE STIMME *draußen:* Halt! Vier bleiben vor der Tür. Zwei Mann kommen mit.

Judith ist halb aufgestanden, lauscht und starrt Richard an. Richard nimmt gelassen seine Tasse und trinkt Tee, als die Tür aufgerissen wird und der englische Sergeant mit zwei Soldaten den Raum betritt. Die Soldaten bleiben an der Tür stehen. Der Sergeant kommt sofort an den Tisch.

SERGEANT Ich bedaure, Sie belästigen zu müssen, Madam. Aber die Pflicht! *Zu Richard:* Anthony Anderson, ich verhafte Sie als Rebell, im Namen König Georgs.

JUDITH *zeigt auf Richard:* Aber das ist nicht – *Richard sieht sie so scharf an, daß sie verstummt. Sie bedeckt ihren Mund mit der erhobenen Hand und bleibt, entsetzt vor sich hinstarrend, stehen.*

SERGEANT Kommen Sie, Herr Pfarrer. Ziehen Sie Ihren Rock an und folgen Sie uns.

RICHARD Sofort.

Er steht auf und macht einen Schritt auf den eigenen Rock zu. Dann besinnt er sich und blickt, mit dem Rücken zum Sergeanten und ohne den Kopf zu bewegen, umher, bis er Andersons Rock entdeckt. Er geht ruhig auf ihn zu, nimmt ihn vom Haken und zieht ihn an. Die Idee, sich als Geistlicher zu kleiden, macht ihm sichtlich Spaß, und er lächelt Judith zu, deren bleiches Gesicht ihm zeigt, daß sie nur das Entsetzliche der Situation begreift, aber nicht die Komik. Er dreht sich zu dem Sergeanten um, der sich ihm mit Handschellen, die er hinter seinem Rücken versteckt gehalten hatte, nähert. Haben Sie schon mal einen Mann in diesen Kleidern verhaftet, Sergeant?

SERGEANT *instinktiv respektvoll vor dem Rock des Geistlichen und vor Richards Benehmen:* Noch nicht, Sir. Das heißt, nur mal einen Militär-Kaplan. *Zeigt auf die Handschellen:* Es tut mir leid, Sir, aber die Pflicht –

RICHARD Schon gut, Sergeant. Ich brauche mich deswegen nicht zu schämen. Immerhin, es ist nett, daß Sie sich entschuldigen. *Er hält seine Hände hin.*

SERGEANT *geht nicht darauf ein:* Ich vertraue Ihnen, Sir. Aber möchten Sie nicht noch ein Wort mit Ihrer Frau reden, bevor wir gehn?

RICHARD *lächelt:* Wir werden uns doch nochmal wiedersehn, bevor – oder?

SERGEANT *laut, mit aufgesetzter Heiterkeit:* Ja natürlich, natürlich! Kein Grund, sich zu ängstigen für Ihre Frau. Aber – *mit leiser Stimme zu Richard* – wer weiß schon, Sir. *Sie sehen sich bedeutungsvoll an. Richard seufzt und wendet sich zu Judith.*

RICHARD *sehr bestimmt:* Meine Liebe. *Sie sieht ihn an, erschreckend bleich, versucht zu antworten und will ihm entgegengehen, ist aber zu beidem unfähig und bleibt, auf den Tisch gestützt, stehen.* Der Herr ist so gütig, uns einen Augenblick für den Abschied zu gönnen. *Der Sergeant zieht sich zu den Leuten an der Tür zurück.* Er gibt sich Mühe, dir die Wahrheit zu ersparen. Aber es ist besser, du weißt Bescheid. Hörst du mir zu? *Judith nickt.* Begreifst du, daß ich in den Tod gehe? *Sie nickt.* Vergiß nicht, du mußt unsern Freund, der eben hier war, benachrichtigen. Du verstehst? *Sie nickt.* Sieh zu, daß er sich in Sicherheit bringt. Sage ihm um deinetwillen nichts von der Gefahr, in der ich schwebe. Wenn er es merken sollte, sag ihm, er kann mich nicht retten. Sie würden ihn hängen und mich nicht laufen lassen. Und sag ihm, daß ich zu meinem Glauben stehe, so wie er zu seinem, und daß er sich auf mich verlassen kann bis in den Tod. *Er will gehen und begegnet dem mißtrauischen Blick des Sergeanten. Er überlegt einen Moment und wendet sich mit einem Lächeln an Judith.* Ich fürchte, der Sergeant wird nicht glauben, daß du mich liebst wie eine gute Ehefrau, wenn du mir nicht einen Kuß gibst zum Abschied. *Er nähert sich ihr und breitet die Arme aus. Sie verläßt den Tisch und fällt ihm fast entgegen. Sie kann kaum sprechen.*

JUDITH *mit erstickter Stimme:* Das ist Mord – ich sollte –

RICHARD Nein. Nur einen Kuß. *Sanft:* Seinetwegen.

JUDITH Ich kann nicht. Sie müssen –

RICHARD *schließt sie in die Arme:* Meine arme Frau!

Judith wirft plötzlich ihre Arme um seinen Hals, küßt ihn und sinkt ohnmächtig zu Boden. Richard wendet sich ab und geht auf den Sergeanten zu.

Schnell jetzt, Sergeant, eh sie wieder zu sich kommt. *Er streckt die Hände aus:* Die Handschellen.

SERGEANT Nicht nötig, Sir. Ich traue Ihnen. *Steckt die Handschellen ein.* Sie sind in Ordnung. Sie hätten das Zeug zu einem Soldaten. Bitte, zwischen den beiden. *Die Soldaten stellen sich vor und hinter Richard. Der Sergeant öffnet die Tür.*

RICHARD *blickt zurück:* Leb wohl, Frau. Leb wohl, Heim. Und nun marsch!

Der Sergeant gibt den Soldaten ein Zeichen. Sie gehen alle rasch ab.

Nach einer längeren Pause kommt Anderson zurück. Er ist sehr erstaunt, das Haus scheinbar leer und, mit Ausnahme der Glut im Kamin, beinahe dunkel zu finden, denn eine Kerze ist abgebrannt, die andere verlöscht gerade.

ANDERSON Was ist denn –? *Ruft:* Judith, Judith! *Er lauscht, geht an den Schrank, nimmt eine Kerze, steckt sie an der noch brennenden an, sieht die unberührten Teller, nimmt seinen Hut ab und entdeckt schließlich Judith. Er geht zu ihr, läßt sich nieder und hebt ihren Kopf.* Judith!

JUDITH *wacht auf, denn sie ist nach ihrer Ohnmacht vor Erschöpfung eingeschlafen:* Ja. Hast du gerufen? Was ist?

ANDERSON Ich bin eben gekommen und finde dich am Boden, die Kerzen sind abgebrannt, und der Tee ist kalt. Was ist denn passiert?

JUDITH *noch verwirrt:* Ich weiß nicht. Hab ich geschlafen? Ich glaube – *Sie verstummt fassungslos.* – Ich weiß nicht.

ANDERSON *stöhnt:* Gott verzeih mir, daß ich dich mit diesem Kerl allein gelassen habe. *Judith erinnert sich. Mit einem Schrei umfaßt sie seine Schultern. Er hebt sie auf und nimmt sie in den Arm.* Mein armes Kind!

JUDITH *klammert sich an ihn:* Was soll ich tun? Mein Gott, was soll ich tun?

ANDERSON Schon gut, Liebling. Schon gut. Es war meine Schuld. Komm, jetzt bist du in Sicherheit. Dir tut doch nichts weh, oder? *Er läßt sie los, um zu sehen, ob sie stehen kann.* Alles andere spielt keine Rolle.

JUDITH Oh nein. Nein, nein! Ich bin nicht verletzt!

ANDERSON Gott sei Dank! Komm jetzt. *Er führt sie zur Bank und setzt sich mit ihr hin.* Sezt dich und ruh dich aus. Du kannst es mir morgen erzählen. *Er mißversteht ihr Entsetzen.* Ober überhaupt nicht, wenn es dir so schwerfällt. Beruhige dich. *Liebevoll:* Ich mach dir frischen Tee. Der wird dir gut tun. *Er nimmt die Teekanne vom Tisch und schüttet den kalten Tee in den Ausguß.*

JUDITH *gepreßt:* Tony.

ANDERSON Liebes?

JUDITH Ist es möglich, daß wir jetzt träumen?

ANDERSON *sieht sie einen Augenblick voller Angst an, obwohl er sich nichts anmerken läßt und Tee in die Kanne tut:* Vielleicht, Kind. Aber du könntest ebensogut von einer Tasse Tee träumen, wenn du schon träumen willst.

JUDITH Nein, hör auf, hör auf! Du weißt nicht – *Sie ist außer sich und verbirgt ihr Gesicht in den Händen.*

ANDERSON *verliert die Fassung und kommt zu ihr:* Mein Liebes, was war? Ich kann es nicht länger ertragen, du mußt es mir sagen. Es war mein Fehler. Ich war wahnsinnig, ihm zu trauen.

JUDITH Nein, sag das nicht. Das darfst du nicht sagen. Er – oh nein, nein. Ich kann nicht. Tony, sag nichts. Nimm meine Hände – meine beiden Hände. *Er nimmt ihre Hände und schüttelt den Kopf.* Damit ich an dich denke und nicht an ihn. Es besteht Gefahr, furchtbare Gefahr – du bist in Gefahr! Und ich kann gar nicht daran denken, ich kann nicht, ich kann nicht. Ich denk immer wieder daran, daß *er* in Gefahr ist. Er muß gerettet werden – nein, du mußt gerettet werden. Du, du, du. *Sie springt auf und weiß nicht, was tun.* Oh Gott, hilf mir!

ANDERSON *bleibt sitzen und hält sie fest:* Ruhig, Kind, ruhig.

du bist außer dir.

JUDITH Warum auch nicht? Ich weiß nicht, was ich tun soll. Was soll ich nur tun! *Reißt sich los.* Ich muß ihn retten. *Sie rennt zur Tür. Anderson steht auf. Im selben Moment kommt Essie ängstlich von draußen herein. Überrascht bleibt Judith stehen und fragt, wie zu sich gekommen, ärgerlich:* Was willst du hier?

ESSIE Ich soll herkommen.

ANDERSON Wer hat dir das gesagt?

ESSIE *starrt Anderson ungläubig an:* Sie sind da?

JUDITH Natürlich. Sei nicht albern, Kind.

ANDERSON Schimpf nicht, Liebe, du erschreckst sie. *Er stellt sich zwischen die beiden.* Komm zu mir, Essie. *Essie geht zu ihm.* Wer schickt dich?

ESSIE Dick. Er hat es mir durch einen Soldaten ausrichten lassen. Ich sollte sofort hierherkommen und alles tun, was Mrs. Anderson sagt.

ANDERSON *begreift scheinbar:* Ein Soldat! Nun versteh ich endlich. Sie haben Richard verhaftet. *Judith ist wieder verzweifelt.*

ESSIE Nein. Ich hab den Soldaten gefragt. Dick ist in Sicherheit. Aber der Soldat sagte, man hätte Sie verhaftet.

ANDERSON Mich? *Er ist ratlos, sieht Judith an wegen einer Erklärung.*

JUDITH Schon gut, Lieber. Ich weiß, worum es geht. *Zu Essie:* Dank dir, Essie, daß du gekommen bist. Aber ich brauche dich jetzt nicht. Du kannst wieder nach Hause gehn.

ESSIE *argwöhnisch:* Sind Sie sicher, daß Dick nichts passiert ist? Vielleicht hat er dem Soldaten nur gesagt, er solle erzählen, daß er den Pfarrer verhaftet hat. *Ängstlich:* Mr. Anderson, was glauben Sie? Kann das sein?

ANDERSON Sag ihr die Wahrheit, Judith! Sie wird es sowieso erfahren. *Judith wendet sich ab und schlägt die Hände vors Gesicht.*

ESSIE *klagend:* Aber was werden sie mit ihm tun? Werden Sie ihn hängen? *Judith schaudert und setzt sich auf Richards*

Platz an den Tisch.

ANDERSON *nimmt Essie bei der Schulter und beruhigt sie:* Das hoff ich nicht. Ich hoffe nicht. Vielleicht können wir ihm irgendwie helfen, wenn du ruhig und geduldig bist.

ESSIE Ja – helfen Sie – oh ja. Ich bin schon ruhig.

ANDERSON Ich muß sofort zu ihm, Judith.

JUDITH *springt auf:* Nein, nein. Du mußt weg – weit weg, irgendwohin, wo du sicher bist.

ANDERSON Dummes Zeug!

JUDITH *flehend:* Willst du mich umbringen? Glaubst du, ich kann ein Leben ertragen, wenn ich Tag für Tag bei jedem Klopfen an der Tür, bei jedem Schritt, der sich nähert, zittern muß? Und Nacht für Nacht wach liegen in Todesängsten, ob sie kommen und dich holen?

ANDERSON Meinst du, es ist besser, wenn du weißt, daß ich beim ersten Anzeichen von Gefahr meine Gemeinde im Stich gelassen habe?

JUDITH *bitter:* Ja, du wirst nicht gehn. Ich weiß. Du wirst bleiben, und ich verliere noch den Verstand.

ANDERSON Liebes, deine Pflicht –

JUDITH *wild:* Was kümmert mich meine Pflicht?

ANDERSON *schockiert:* Judith!

JUDITH Ich tu meine Pflicht. Ich klammere mich daran. Meine Pflicht ist, dich fortzujagen, dich zu retten und ihn seinem Schicksal zu überlassen. *Essie schreit verzweifelt auf und sinkt schluchzend in den Stuhl am Feuer.* Mein Gefühl ist dasselbe wie ihr Gefühl – vor allem ihn zu retten, obwohl es besser wäre, er stirbt! Und größer! Aber ich weiß, du wirst deinen eigenen Weg gehen, so wie er den seinen gegangen ist. Ich habe keine Macht. *Sie setzt sich verzweifelt auf die Bank.* Ich bin ja nur eine Frau. Ich kann immer nur dasitzen und leiden. Aber erzähl ihm, daß ich versucht habe, dich zu retten – daß ich alles getan habe, dich zu retten.

ANDERSON Aber Kind, ich fürchte, er denkt eher an die Gefahr, in der er schwebt, als an mich.

JUDITH Hör auf, oder ich muß dich hassen.

ANDERSON *beschwichtigt sie:* Ich bitte dich! Wie kann ich jetzt gehen, wenn du so sprichst? Du bist völlig außer dir. *Zu Essie:* Essie.

ESSIE *Steht sogleich auf und wischt sich die Augen:* Ja?

ANDERSON Warte einen Augenblick draußen. Ich muß mit meiner Frau sprechen. *Essie zögert.* Keine Angst. Ich komme gleich nach, und dann gehe ich zu Dick.

ESSIE Sie gehen wirklich zu ihm? *Flüstert:* Sie lassen sich nicht von ihr zurückhalten?

ANDERSON *lächelt:* Aber nein, das ist doch klar. *Essie geht hinaus.* Bist ein braves Mädchen. *Er schließt die Tür hinter ihr und geht zurück zu Judith.*

JUDITH *starr:* Du gehst in den Tod.

ANDERSON *nimmt es leicht:* Dann werde ich mir den besten Rock dafür anziehn. *Er will den Rock vom Schrank nehmen.* Wo ist er? *Er sieht sich um, sieht Richards Rock, geht hin und faßt ihn an.* Es scheint, Richard hat meinen Rock angezogen.

JUDITH Ja.

ANDERSON Haben die Soldaten sich geirrt?

JUDITH Ja, sie haben sich geirrt.

ANDERSON Er hätte es doch sagen können. Der arme Kerl. Er war sicher zu überrascht.

JUDITH Er hätte es ihnen sagen können. Und ich auch.

ANDERSON Das ist alles sehr rätselhaft, um nicht zu sagen komisch. Was so Kleinigkeiten bedeuten. *Er zieht Richards Rock an.* Ich werde ihm den Rock mitbringen. Aber ich weiß, was er sagen wird. *Er ahmt Richard nach:* Sie haben Angst um meine Seele, Reverend, und auch um Ihren besten Rock.

JUDITH Genau das wird er sagen. *Ausdruckslos:* Es ist gleichgültig. Ich werde keinen von euch wiedersehn.

ANDERSON Was für ein Unsinn, Kind! *Setzt sich neben sie.* Willst du so dein Versprechen halten, daß ich mich nie meiner tapferen Frau zu schämen brauche?

JUDITH Nein, so werde ich es brechen. Ich kann mein Versprechen ihm gegenüber nicht halten. Warum also sollte ich halten, was ich dir versprochen habe?

ANDERSON Red nicht so. Ich kann es nicht mehr hören, es klingt so falsch. *Judith sieht ihn vorwurfsvoll an.* Ja, Kind, Unsinn klingt immer falsch. Und du redest Unsinn. Lauter Unsinn. *Sie sieht weg und starrt vor sich hin. Er spürt, daß sein Spott keinen Eindruck macht, und kann seine Unruhe nicht länger verbergen.* Wenn ich nur wüßte, was dich so erschreckt hat. Gab es irgendeinen Kampf? Hat er sich gewehrt?

JUDITH Nein. Er lächelte.

ANDERSON Meinst du, er hat erkannt, in welcher Gefahr er schwebt?

JUDITH Er hat die Gefahr erkannt, in der du schwebst.

ANDERSON Ich!?

JUDITH Er sagte, sieh zu, daß er sich in Sicherheit bringt. Ich versprach es und kann mein Versprechen nicht halten. Er sagte: Laß ihn um deinetwillen nicht wissen, in welcher Gefahr ich schwebe, denn wenn er es weiß, kann er mich doch nicht retten – er sagte, daß sie ihn aufhängen und dich nicht schonen würden.

ANDERSON *steht entrüstet auf:* Und du glaubst, ich lasse einen Mann, der so edel denkt, verrecken wie einen Hund, wenn ein paar Worte genügen, daß er stirbt wie ein Christ? Ich schäme mich für dich, Judith.

JUDITH Er werde unerschütterlich an seinem Glauben festhalten, so wie du an deinem, und du könntest dich auf ihn verlassen bis in den Tod. Das sagte er.

ANDERSON Gott verzeih ihm. Was sagte er noch?

JUDITH Er sagte Lebewohl.

ANDERSON *geht auf und ab:* Armer Kerl, der arme Kerl! Ich hoffe, du hast freundlich und mit aller Nachsicht von ihm Abschied genommen.

JUDITH Ich hab ihn geküßt.

ANDERSON Was! Judith!

JUDITH Bist du böse?

ANDERSON Nein, nein, natürlich nicht. Das war richtig, ganz richtig! Armer Kerl! *Sehr bekümmert:* In dem Alter gehenkt zu werden! Und dann haben sie ihn abgeführt?

JUDITH Dann warst du da. Das ist das nächste, woran ich mich erinnere. Ich muß in Ohnmacht gefallen sein. Jetzt sagst du mir Lebewohl, Tony, und vielleicht fall ich wieder in Ohnmacht. Ich wollte, ich könnte sterben.

ANDERSON Aber nein, mein Kind, du mußt dich zusammennehmen und vernünftig sein. Ich habe nichts zu fürchten – nicht das geringste.

JUDITH *ernst:* Du gehst in den Tod, Tony – in den sicheren Tod, wenn Gott es zuläßt, daß Unschuldige ermordet werden. Sie werden dich verhaften, sobald du ihnen sagst, wie du heißt. Deinetwegen waren die Soldaten hier.

ANDERSON *wie vom Blitz getroffen:* Meinetwegen!!!? *Unter der Bürde dieser Erkenntnis verändert sich sein Aussehen, er ballt die Fäuste und blickt wild auf Judith, die noch in sich versunken dasitzt.*

JUDITH Er ist für dich gegangen. Er will sterben, um dich zu retten. Darum zog er deinen Rock an. Und darum habe ich ihn geküßt.

ANDERSON *bricht aus:* Mord und Totschlag! *Seine Stimme ist rauh und herrisch, seine Bewegungen sind stark und energisch.* Komm her! Essie, Essie!

ESSIE *kommt:* Ja?

ANDERSON *ungestüm:* Los, lauf rüber ins Wirtshaus, so schnell zu kannst. Sie sollen das beste und schnellste Pferd, das sie haben, satteln. *Judith steht verwirrt und starrt ihn ungläubig an.* Die braune Stute, wenn sie ausgeruht ist. Aber sofort. Und geh in den Stall, und sag dem Burschen, ich geb ihm ein Silberstück, wenn das Pferd fertig ist, sobald ich da bin. Ich komme gleich. Also los.

Von seiner Energie angesteckt, rennt Essie hinaus. Er nimmt seine Reiterstiefel, setzt sich ans Feuer und zieht sie an.

JUDITH *unfähig, sein Betragen zu begreifen:* Du gehst nicht zu ihm!

ANDERSON *mit den Stiefeln beschäftigt:* Zu ihm gehn! Was soll das nützen? *Er brummt vor sich hin, während er den ersten Stiefel mit einem Ruck anzieht.* Ich werd es ihnen zeigen, das werd ich. *Befiehlt:* Gib mir die Pistolen, ich brauch sie, und Geld, Geld. Ich brauche Geld – alles Geld, was im Haus ist. *Er zieht den anderen Stiefel an und brummt:* Das könnt ihm so passen, wenn ich ihm am Galgen Gesellschaft leistete. *Er hat den zweiten Stiefel an.*

JUDITH Du willst ihn im Stich lassen?

ANDERSON Halt den Mund, Weib. Bring mir die Pistolen. *Sie geht an den Schrank, nimmt einen ledernen Gürtel mit zwei Pistolen, einem Pulverhorn und einem Beutel mit Kugeln heraus. Sie wirf ihn auf den Tisch. Aus einer verschlossenen Schublade holt sie eine Brieftasche. Anderson packt den Gürtel und schnallt ihn um.* Wenn sie ihn in meinem Rock für mich gehalten haben, so halten sie mich in seinem Rock vielleicht für ihn. *Er schiebt den Gürtel zurecht.* Seh ich aus wie er?

JUDITH *sieht ihn an, mit der Brieftasche in der Hand:* Du siehst schrecklich anders aus.

ANDERSON *reißt ihr die Brieftasche aus der Hand und zählt das Geld auf den Tisch:* Das werden wir sehn!

JUDITH *setzt sich hilflos hin:* Nützt es irgendwas, wenn ich jetzt bete, Tony?

ANDERSON Beten! Was hilft das schon gegen den Strick um Richards Hals!

JUDITH Gott könnte das Herz der Engländer erweichen!

ANDERSON *steckt eine Handvoll Geld ein, verächtlich:* Von mir aus! Aber ich bin nicht Gott, ich muß mir einen anderen Weg suchen. *Judith ist über die Gotteslästerung entsetzt. Er wirft die Brieftasche auf den Tisch.* Behalte das. Ich hab mir 25 Dollar genommen.

JUDITH Hast du vergessen, daß du ein Geistlicher bist?

ANDERSON Ein Geistlicher, am – pfui! Mein Hut, wo ist mein

Hut? *Er reißt Hut und Mantel an sich und zieht sich eilig an.* Hör zu, wenn du, angeblich als seine Frau, ein Wort mit ihm reden kannst, sag ihm, er soll bis morgen schweigen. Das gibt mir den Vorsprung, den ich brauche.

JUDITH *feierlich:* Du kannst dich auf ihn verlassen bis in den Tod.

ANDERSON Du bist eine Närrin, Judith, eine Närrin. *Spricht ruhig und eindrucksvoll wie vorher:* Du kennst den Mann, mit dem du verheiratet bist, noch nicht. *Essie kommt.* Ist das Pferd fertig?

ESSIE *atemlos:* Sowie Sie kommen.

ANDERSON *geht auf die Tür zu:* Gut.

JUDITH *steht auf und hebt unwillkürlich die Hände:* Willst du mir nicht auf Wiedersehen sagen?

ANDERSON Und noch eine halbe Minute verlieren! *Er stürzt hinaus.* Ach was!

ESSIE *eilt zu Judith:* Er wird Richard retten, nicht wahr?

JUDITH Richard retten! Nein, Richard hat ihn gerettet. Er wird sich selber retten. Richard muß sterben.

Essie schreit auf, fällt auf die Knie und schlägt die Hände vors Gesicht. Judith, ohne auf sie zu achten, blickt starr vor sich hin und denkt an Richard, den sie sterbend vor sich sieht.

Dritter Akt

Das leere getäfelte Wartezimmer im Rathaus, das als britisches Hauptquartier dient. Es ist früh am Morgen des nächsten Tages. Der Sergeant schließt auf und läßt Judith eintreten. Sie hat eine schlechte Nacht hinter sich , und ihr starrer Gesichtsausdruck hat sich kaum verändert. Der Sergeant respektiert ihre Gefühle und behandelt sie zuvorkommend und mitfühlend.

SERGEANT Hier können Sie in aller Ruhe mit ihm sprechen, Madam.

JUDITH Muß ich lange warten?

SERGEANT Nein, Madam, keine Minute. Er war die Nacht über drüben im Gefängnis und wird gerade hergebracht, vors Kriegsgericht. Machen Sie sich keine Sorgen, Madam. Er hat geschlafen wie ein Kind und gut gefrühstückt.

JUDITH *ungläubig:* Er ist in guter Verfassung?

SERGEANT Tipp topp, Madam. Unser Kaplan hat gestern abend noch nach ihm gesehn, und Ihr Mann hat ihm siebzehn Shilling beim Kartenspiel abgewonnen. Er hat das Geld, als wahrer Gentleman, unter uns verteilt. Pflicht ist Pflicht, Madam, natürlich, aber sonst sind Sie hier unter Freunden. *Schritte nähern sich.* Da, er kommt schon. *Richard, sorglos und unbekümmert, kommt in Begleitung von zwei Soldaten herein. Der Sergeant nickt den beiden Soldaten zu und zeigt ihnen den Schlüssel in seiner Hand. Die Soldaten verschwinden.* Ihre Frau, Sir.

RICHARD *geht zu ihr:* Ach ja, meine Frau! Meine angebetete Frau. *Er küßt ihr die Hand mit übertriebener Galanterie.* Wieviel Zeit geben Sie denn einem Gatten mit gebrochenem Herzen, um Abschied zu nehmen von seiner Frau, Sergeant?

SERGEANT Soviel wir können, Sir. Wir werden Sie nicht stören, bis das Gericht versammelt ist.

RICHARD Aber es ist schon soweit.

SERGEANT Das stimmt, Sir. Aber es gibt eine Verzögerung. General Burgoyne ist soeben eingetroffen, wir nennen ihn den feinen Johnny, und der wird eine halbe Stunde lang nicht aufhören, irgendwelche Fehler zu suchen. Ich kenn ihn, Sir, ich hab in Portugal unter ihm gedient. Sie können mit zwanzig Minuten rechnen, Sir, und ich will nicht noch mehr von Ihrer Zeit vergeuden. *Er geht hinaus und verschließt die Tür. Richard verliert seine Gelassenheit und wendet sich teilnehmend an Judith.*

RICHARD Mrs. Anderson, es ist sehr lieb, daß Sie mich besuchen. Und wie geht es Ihnen nach gestern abend? Ich mußte weg, bevor Sie wieder zu sich kamen. Aber ich hab Essie Bescheid sagen lassen, sie soll gehn und sich um Sie kümmern. War sie da?

JUDITH *atemlos und eilig:* Denken Sie nicht an mich. Ich bin nicht hergekommen, um über mich zu sprechen. Wird man Sie – ich meine – wirklich –

RICHARD *mit Galgenhumor:* Pünktlich um zwölf. Das war jedenfalls die Uhrzeit, als Onkel Peter dran glauben mußte. *Sie schaudert.* Ist Ihr Mann in Sicherheit. Hat er die Stadt verlassen?

JUDITH Er ist nicht mehr mein Mann.

RICHARD *reißt die Augen auf:* Wie?

JUDITH Ich konnte nicht schweigen. Ich hab ihm alles erzählt. Ich dachte, er kommt her und rettet Sie. Ich wollte, daß er herkommt und Sie rettet. Aber er ist geflohen.

RICHARD Genau das, was ich beabsichtigt habe. Was sollte er hier? Sie hätten uns beide aufgehängt.

JUDITH *ernst:* Richard Dudgeon, bei Ihrer Ehre, was hätten Sie an seiner Stelle getan?

RICHARD Dasselbe, was er getan hat, natürlich.

JUDITH Warum wollen Sie es mir nicht sagen – ehrlich und aufrichtig? Wenn Sie so selbstsüchtig sind, warum haben Sie sich dann gestern abend verhaften lassen?

RICHARD *lächelt:* Bei meinem Leben, Mrs. Anderson, ich

weiß es nicht. Ich habe mir diese Frage selber gestellt, noch und noch, und kann keine Antwort darauf finden.

JUDITH Sie wissen, daß Sie es für ihn getan haben, weil Sie glauben, er ist ein wertvollerer Mensch als Sie.

RICHARD *lacht:* Oho! Nein. Das ist ein sehr netter Grund, muß ich sagen. Aber so bescheiden bin ich nicht. Nein, es war nicht seinetwegen.

JUDITH *nach einer Pause, beschämt:* War es meinetwegen?

RICHARD *galant:* Sie hatten auf jeden Fall Ihre Hand im Spiel. Es muß ein bißchen Ihretwegen gewesen sein. Und Sie haben trotzdem zugelassen, daß man mich verhaftet.

JUDITH Meinen Sie, das hätte ich mir nicht selber die ganze Nacht über vorgeworfen? *Sie streckt ihm impulsiv die Hand hin:* Wenn ich an Ihrer Stelle sterben könnte, so wie Sie an seiner Stelle sterben, ich würde es tun, und wenn der Tod noch so grausam wäre.

RICHARD *nimmt ihre Hand und lächelt:* Ich bin ganz sicher, daß ich das nicht zulassen würde.

JUDITH Glauben Sie nicht, daß ich Sie retten kann?

RICHARD Wie das? Wollen wir vielleicht die Kleider wechseln?

JUDITH *legt eine Hand auf seine Lippen:* Nicht so, nein. Im Ernst. Wenn ich dem Gericht sage, wer Sie wirklich sind.

RICHARD *runzelt die Stirn:* Das hat keinen Zweck. Und es würde seine Chancen, zu entkommen, um die Hälfte verringern. Die Engländer sind entschlossen, uns einzuschüchtern. Darum das abschreckende Beispiel mit dem Galgen. Also wollen wir s i e dadurch einschüchtern, daß wir zeigen, wie wir zueinander halten, bis in den Tod. Das ist die einzige Stärke, die sie zurück über den Atlantik jagen und aus Amerika eine Nation machen kann.

JUDITH *ungeduldig:* Und was soll das alles?

RICHARD *lacht:* Wirklich, was soll es? Was soll überhaupt irgendwas? Aber die Männer haben nun mal so seltsame Vorstellungen, Mrs. Anderson, auch wenn die Frauen spüren, wie närrisch das alles ist.

JUDITH Frauen verlieren dabei die, die sie lieben.

RICHARD Neue Liebhaber bekommen sie leicht.

JUDITH *empört:* Oh! *Heftig:* Begreifen Sie, daß Sie sich selber töten?

RICHARD Den einzigen Menschen, den zu töten ich ein Recht habe, Mrs. Anderson. Seien Sie unbesorgt, durch meinen Tod wird keine Frau ihren Liebhaber verlieren. *Lächelt:* Gott behüte, an mir liegt niemandem was. Haben Sie gehört, daß meine Mutter tot ist?

JUDITH Tot!

RICHARD An Herzversagen – heute nacht. Ihr letztes Wort für mich war ein Fluch. Ich hätte ihren Segen auch nicht ertragen. Und die andern Verwandten werden sich über mein Ende nicht grämen. Essie wird ein oder zwei Tage weinen. Aber ich habe für sie gesorgt. Noch letzte Nacht habe ich mein Testament gemacht.

JUDITH *nach einer Pause, starr:* Und ich?

RICHARD *überrascht:* Sie?

JUDITH Ja, ich. Darf ich mich nicht um Sie sorgen?

RICHARD *fröhlich und rauh:* Kein bißchen. Sie haben mir ja gestern offen gesagt, was Sie von mir halten. Was dann passierte, hat Sie für einen Augenblick besänftigt, aber glauben Sie mir, Mrs. Anderson, Sie mögen im Grunde nichts an mir, nicht ein Haar auf meinem Kopf. Wenn es nach Ihnen ginge, hätte man mich genausogut gestern um zwölf aus dem Weg räumen können wie heute.

JUDITH *mit zitternder Stimme:* Wie kann ich Ihnen beweisen, daß Sie sich irren?

RICHARD Beunruhigen Sie sich nicht. Ich glaube Ihnen, daß Sie mich jetzt ein wenig lieber haben als vorher. Alles, was ich sage, ist ja nur, daß mein Tod Ihnen nicht das Herz brechen wird.

JUDITH *beinahe flüsternd:* Woher wissen Sie das? *Sie streckt ihre Hand nach ihm aus.*

RICHARD *etwas verwirrt:* Mrs. Anderson! *Die Rathausuhr schlägt Viertel. Er nimmt sich zusammen, weicht zurück und gibt sich ziemlich kühl.* Entschuldigen Sie, Sie werden gleich hier sein und mich holen. Es ist zu spät.

JUDITH Es ist nicht zu spät. Rufen Sie mich als Zeugin. Man wird Sie niemals töten, wenn man weiß, wie heldenhaft Sie gehandelt haben.

RICHARD *geringschätzig:* Tatsächlich! Und wenn ich es nun nicht zu Ende führe, was ist daran noch heldenhaft? Ich hätte die Leute ganz einfach getäuscht, und dafür verdiente ich wirklich aufgehängt zu werden wie ein Hund. Nein!

JUDITH Ich glaube, Sie wollen sterben.

RICHARD *hartnäckig:* Das will ich nicht.

JUDITH Warum versuchen Sie dann nicht, sich zu retten? *Wild:* Ich flehe dich an – *Er weicht zurück.* – Hör mich. *Sie klammert sich an ihn.* Du sagtest eben, du hättest ihn meinetwegen gerettet, ja, ein bißchen meinetwegen. Jetzt rette du dich meinetwegen, und ich gehe mit dir bis ans Ende der Welt!

RICHARD *nimmt ihre Handgelenke, schiebt sie von sich und sieht sie fest an:* Judith.

JUDITH *atemlos und entzückt, daß er sie beim Namen nennt:* Ja?

RICHARD Wenn ich sagte – um Ihnen zu gefallen –, daß es ein bißchen Ihretwegen geschah, so hab ich gelogen, wie alle Männer alle Frauen belügen. Sie wissen, mit wie vielen wertlosen Männern ich zusammengelebt habe – ja, und auch mit wertlosen Frauen. Nun, sie können sich alle zu einer gewissen Güte und Fürsorge erheben, wenn sie verliebt sind. Das hat mich gelehrt, wenig auf Gefühle zu geben, die nur aus diesem Überschwang entstehn. Was ich gestern abend tat, tat ich mit kaltem Blut, ohne dabei nur halb soviel an Ihren Mann zu denken oder – *rauh:* – an Sie – *sie weicht betroffen zurück und sieht weg* –, wie an mich selber. Ich hatte kein Motiv und kein Interesse. Ich konnte einfach nicht anders. Ich mußte so handeln. Ich weiß nicht, warum. Es liegt mir einfach nicht, den Kopf aus der Schlinge zu ziehn, wenn ein anderer dabei umkommt. Ich sehe genau, daß mir das schadet. Aber ich habe mich daran gewöhnt, den Gesetzen meiner Natur zu folgen, und ich kann nichts gegen sie tun, Galgen oder nicht Galgen. *Sie sieht ihn an.* Ich hätte dasselbe für jeden anderen getan und für die Frau jedes anderen. *Er läßt sie los.* Begreifen Sie?

JUDITH Ja, du – Sie wollen damit sagen, daß Sie mich nicht lieben.

RICHARD *empört:* Ist das alles, was Sie darin sehen?

JUDITH Was mehr – was Schlimmeres – soll ich darin sehen? *Es klopft. Judith erschrickt.* Noch eine Sekunde. *Sie fällt ihm zu Füßen.* Ich flehe dich an –

RICHARD Scht! *Ruft:* Herein. *Der Sergeant schließt die Tür auf. Die Wachen sind bei ihm.*

SERGEANT *kommt herein:* Es ist Zeit, Sir.

RICHARD Ich bin soweit, Sergeant. Es ist soweit. *Versucht, Judith aufzurichten:* Liebe Frau.

JUDITH *klammert sich an ihn:* Nur noch dies – ich flehe, ich beschwöre dich. Laß mich vor Gericht dabei sein. Ich habe den Major gefragt. Er hat es mir erlaubt, wenn du es willst. Und du mußt es wollen. Das ist mein letzter Wunsch. Ich werde dich nie wieder um etwas bitten. Bitte. Ich bitte dich.

RICHARD Und du wirst schweigen?

JUDITH Ja.

RICHARD Du wirst dein Versprechen halten?

JUDITH Ich werde schweigen – *Sie bricht schluchzend zusammen.*

RICHARD *hält sie:* Auch das noch – helfen Sie mir, Sergeant. *Sie stützen Judith, die krampfhaft schluchzt, und gehen mit ihr hinaus.*

Die Szene wechselt zum Beratungszimmer, das dem Kriegsgericht als Verhandlungsraum dient.

Es ist ein großer, hoher Raum. In der Mitte unter einem Baldachin mit vergoldeter Krone und rotbraunen Vorhängen mit den königlichen Initialen G. R., steht der Thronsessel. Davor ein Tisch, rotbraun drapiert, und darauf eine Glocke, ein massives Tintenfaß und andere Schreibutensilien. An den

Tisch sind Stühle gerückt. Auf einem, mit dem Rücken zur Tür, die sich seitwärts befindet, sitzt Major Swindon, ein blasser, hellblonder und gewissenhaft aussehender Mann von ungefähr 45 Jahren, und schreibt. Er ist allein.

SERGEANT *kommt herein und meldet:* Der General, Sir. *Swindon steht hastig auf. Der General kommt herein. Der Sergeant verschwindet. General Burgoyne ist 55 und sieht noch sehr gut aus – ein feiner Mann, galant genug, eine vornehme Heirat durch eine Entführung erzwungen zu haben, witzig genug, um erfolgreiche Lustspiele schreiben zu können, und mit genügend Beziehungen in der Aristokratie, um sich militärisch auszuzeichnen. Seine großen seelenvollen Augen sind das Bemerkenswerteste an seinem Gesicht, ohne diese würden seine niedliche Nase und der kleine Mund auf Verwöhntheit schließen lassen und nicht auf die Kraft, die nötig ist, ein Militär seines Ranges zu werden. Seine Augen verraten jetzt Ärger. Lippen und Nasenflügel sind straff gespannt.*

BURGOYNE Ich vermute, Major Swindon.

SWINDON Jawohl. General Burgoyne, wenn ich nicht irre. *Sie verneigen sich förmlich voreinander.* Ich bin froh, Sie heute an meiner Seite zu haben. Es ist kein angenehmes Geschäft, diesen armen Teufel von Prediger zu hängen.

BURGOYNE *setzt sich auf Swindons Stuhl:* Nein, Sir, bestimmt nicht. Warum aber wollt ihr ihn auch hinrichten? Einem Mann der Kirche kann gar nichts Besseres passieren, Sir, und das Volk liebt seine Märtyrer. Dies ist der einzige Weg, auf dem jeder Dummkopf berühmt werden kann. Nun gut, es ist beschlossen, daß er gehenkt wird! Ich kanns nicht ändern.

SWINDON Die Hinrichtung ist auf 12 Uhr festgesetzt. Wir müssen ihn nur noch verhören.

BURGOYNE *ärgerlich:* Ja, und vielleicht auch noch unseren eigenen Hals retten. Haben Sie Meldungen aus Springtown?

SWINDON Nichts Besonderes. Die letzten Meldungen waren zufriedenstellend.

BURGOYNE *erhebt sich verblüfft:* Zufriedenstellend, Sir! Zufriedenstellend! *Er starrt ihn einen Augenblick an und fügt dann grimmig hinzu:* Es freut mich, daß Sie diesen Eindruck haben.

SWINDON *verwirrt:* Soll ich das so verstehn, daß Ihrer Meinung nach –

BURGOYNE Meine Meinung behalt ich für mich. Ich lasse mich niemals zu jener niedrigen Sprache hinreißen, durch die unser Beruf leider so sehr verroht. Wenn ich es täte, Sir, wäre ich vielleicht fähig, meine Meinung zu den Meldungen aus Springtown auszudrücken – *streng:* – Meldungen, die Sie offenbar nicht bekommen haben. Wie lange dauert es eigentlich, bis Sie von Ihren Stützpunkten benachrichtigt werden?

SWINDON *verdrießlich:* Ich nehme an, Sir, die Meldung ging irrtümlich an Sie, statt an mich. Gibt es irgendwas Ernstes?

BURGOYNE *nimmt einen Zettel aus der Tasche:* Springtown ist in der Hand der Rebellen. *Er wirft den Zettel auf den Tisch.*

SWINDON *entsetzt:* Seit wann?

BURGOYNE Seit heute früh zwei Uhr. Vielleicht werden wir vor morgen um zwei in ihren Händen sein. Haben Sie das bedacht?

SWINDON *zuversichtlich:* Bevor es dazu kommt, General, wird der britische Soldat zeigen, was er wert ist.

BURGOYNE *bitter:* Und deshalb, wie ich vermute, Sir, ist es nicht nötig, daß der britische Offizier etwas von seinem Geschäft versteht. Der britische Soldat wird ihn schon mit dem Bajonett aus all seinen Fehlern heraushauen. In Zukunft, Sir, muß ich Sie bitten, etwas weniger verschwenderisch mit dem Blut Ihrer Leute umzugehn und ein bißchen verschwenderischer mit Ihrem eigenen Verstand.

SWINDON Es tut mir leid, Sir, daß ich Ihrem geistigen Anspruch nicht genüge. Ich kann nur mein Bestes tun und mich auf die Ergebenheit meiner Landsleute verlassen.

BURGOYNE *sarkastisch:* Darf ich fragen, ob Sie ein Melodram verfassen, Major Swindon?

SWINDON *verlegen:* Nein, Sir.

BURGOYNE Wie schade! Wie schade! *Ernst:* Haben Sie noch nicht überlegt, Sir, daß nur die eigene Prahlerei und die Einfältigkeit dieser Kolonisten unsre Niederlage bisher verhindert haben? Die Leute hier stammen aus England wie wir selber, und auf einen von uns kommen sechs von denen. *Mit Nachdruck:* Sechs gegen einen, Sir, und fast die Hälfte unserer Truppen sind Hessen, Braunschweiger, deutsche Dragoner und Indianer mit Skalpiermessern. Das sind die Landsleute, auf deren Ergebenheit Sie sich verlassen! Stellen Sie sich vor, diese Kolonisten hätten einen Kopf! Oder die Nachrichten aus Springtown bedeuten, daß sie jemand gefunden haben, der sie führt! Was tun wir dann? Hm?

SWINDON *düster:* Unsre Pflicht, Sir, nehm ich an.

BURGOYNE *gibt es auf; wieder sarkastisch:* Richtig, ganz recht. Ich danke Ihnen, Major Swindon, danke. Damit wäre die Frage gelöst, Sir – die Situation vollkommen geklärt. Was für ein Trost, in dieser schwierigen Lage so ergebene und fähige Offiziere an seiner Seite zu haben! Ich glaube, Sir, es wird uns beide erleichtern, wenn wir diesen Sektierer ohne Verzug aufhängen. *Er klingelt.* Mich besonders, da ich grundsätzlich nicht bereit bin, meinen Gefühlen auf die übliche militärische Art Luft zu machen. *Der Sergeant erscheint.* Bringen Sie den Mann herein.

SERGEANT Jawohl, Sir.

BURGOYNE Und trommeln Sie die Offiziere zusammen. Ich hab keine Lust, noch länger zu warten.

SWINDON *kann sich kaum beherrschen:* Der Gerichtshof ist längst vollzählig, Sir. Seit einer guten halben Stunde warten wir nur auf Ihr Zeichen. Wir sind schon lange bereit.

BURGOYNE *mild:* Ich auch. *Mehrere Offiziere kommen in den Raum und nehmen ihre Plätze ein. Einer von ihnen sitzt am Ende des Tisches gegenüber der Tür und fungiert als Ge-*

richtsschreiber. Die Uniformen der britischen Infanterie herrschen vor. Ein Offizier ist Generalmajor der königlichen Artillerie. Auch deutsche Offiziere sind darunter, von den hessischen Jägern, den Dragonern und von den Braunschweigern. Guten Morgen, Gentlemen. Es tut mir leid, daß ich Sie stören muß. Schön, daß Sie ein paar Minuten für uns erübrigen.

SWINDON Wollen Sie den Vorsitz führen, Sir?

BURGOYNE *wird vor der Öffentlichkeit zunehmend höflicher, hochmütiger und sarkastischer:* Nein, Sir. Ich kenne meine Grenzen und weiß, daß es dazu nicht reicht. Wenn Sie erlauben, will ich zu Füßen der Gerechtigkeit sitzen. *Er geht an das Ende des Tisches in der Nähe der Tür, wartet, bis Swindon im Thronsessel Platz genommen hat, und setzt sich hin.*

SWINDON *verstimmt:* Wie Sie wünschen, Sir. Ich kann unter diesen schwierigen Umständen nur versuchen, meine Pflicht zu tun.

Richard, zwei Soldaten voraus, zwei hinter ihm, mit dem Sergeanten als Kommandant, wird hereingeführt. Judith, anfangs neben ihm, geht – nachdem Richard vor Swindon stehenbleibt – weiter und lehnt sich schüchtern an die Wand. Die Soldaten nehmen in Judiths Nähe Aufstellung.

BURGOYNE *der die Meldung aus Springtown nochmals gelesen hat, sieht auf und bemerkt Judith:* Wer ist diese Frau?

SERGEANT Die Frau des Angeklagten, Sir.

SWINDON *nervös:* Sie bat mich um Erlaubnis, dabei sein zu dürfen, und ich dachte –

BURGOYNE *ironisch:* Sie dachten, es wird ein Vergnügen für sie sein. Das kann ich mir denken.

Sanft: Geben Sie der Lady einen Stuhl. Sie soll es möglichst bequem haben. *Der Sergeant stellt ihr einen Stuhl hin.*

JUDITH Danke, Sir. *Sie setzt sich, nach einer scheuen Verbeugung vor Burgoyne, der mit dem Kopf nickt.*

SWINDON *zu Richard, scharf:* Ihr Name, Sir?

RICHARD *freundlich, aber fest:* Sie wollen doch wohl nicht

behaupten, Sie haben mich hierher geschleppt, ohne zu wissen, wer ich bin?

SWINDON Nur der Form halber. Antworten Sie.

RICHARD Meinetwegen. Der Form halber heiße ich Anthony Anderson, Prediger der Presbyterianergemeinde in dieser Stadt.

BURGOYNE *interessiert:* Aha! Bitte, Mr. Anderson, und was ist das für ein Glaube?

RICHARD Ich würde es Ihnen gerne erklären, wenn ich die Zeit dazu hätte. Aber ich brauche mindestens 14 Tage, um Sie zu bekehren.

SWINDON *fährt ihn an:* Wir sind nicht hier, um über Ihren Glauben zu diskutieren.

BURGOYNE *mit einer Verbeugung zu Swindon:* Ich füge mich Ihrem Tadel.

SWINDON *verlegen:* Nein, ich meine nicht Sie, ich meinte–

BURGOYNE Schon gut. *Zu Richard, sehr höflich:* Irgendwelche politischen Meinungen, Mr. Anderson?

RICHARD Ich denke, um das herauszufinden, sind wir hier.

SWINDON *streng:* Wollen Sie leugnen, daß Sie ein Rebell sind?

RICHARD Ich bin Amerikaner, Sir.

SWINDON Was erwarten Sie, was ich von dieser Aussage denken soll?

RICHARD Ich erwarte nie, daß ein Soldat denkt, Sir.

Burgoyne ist entzückt von dieser Antwort, die ihn fast mit dem Verlust Amerikas versöhnt.

SWINDON *blaß vor Wut:* Ich rate Ihnen, nicht frech zu werden, Angeklagter.

RICHARD Das können Sie nicht verhindern, General. Wenn Sie entschlossen sind, einen Mann aufzuhängen, geraten Sie ihm gegenüber in Nachteil. Warum soll ich höflich zu Ihnen sein? Wenn man schon gehenkt wird, dann soll es sich wenigstens gelohnt haben.

SWINDON Sie haben kein Recht anzunehmen, daß das Gericht schon vor der Verhandlung einen Beschluß gefaßt hat. Und nennen Sie mich bitte nicht General. Ich bin Major

Swindon.

RICHARD Ich bitte tausendmal um Entschuldigung. Ich dachte, ich hätte die Ehre, den feinen Johnny vor mir zu sehn. *Aufregung unter den Offizieren. Der Sergeant hält sich mit Mühe zurück, um nicht herauszuplatzen.*

BURGOYNE *äußerst zuvorkommend:* Ich glaube, mich nennt man den feinen Johnny, Sir, wenn Ihnen das weiterhilft. Meine intimeren Freunde nennen mich General Burgoyne. *Richard verbeugt sich höflich.* Sir, als Gentleman und Mann von Geist, der Sie, im Gegensatz zu Ihrem Ruf, zu sein scheinen, werden Sie hoffentlich verstehn, daß es lediglich ein Akt politischer Notwendigkeit und militärischer Pflicht wäre, ohne jedes persönliche Übelwollen, wenn wir das Mißgeschick hätten, Sie aufzuhängen.

RICHARD Selbstverständlich. Und auf diese Unterscheidung kommt es an. Das ist klar.

Alle lächeln gegen ihren Willen, einige der jüngeren Offiziere lachen.

JUDITH *deren Angst bei jedem dieser Scherze wächst:* Wie können Sie nur?

RICHARD Du hast versprochen zu schweigen.

BURGOYNE *zu Judith:* Glauben Sie mir, Madam, wir sind Ihrem Mann zu Dank verpflichtet, wenn er uns dieses peinliche Geschäft auf diese Art erleichtert. Sergeant, einen Stuhl für Mr. Anderson. *Der Sergeant bringt den Stuhl. Richard setzt sich.* Nun, Major Swindon, wir warten auf Sie.

SWINDON Angeklagter, ich hoffe, Sie sind sich Ihrer Pflicht als Untertan seiner Majestät König Georgs des Dritten bewußt.

RICHARD Ich bin mir bewußt, Sir, daß ich im Namen seiner Majestät König Georgs des Dritten aufgehängt werden soll, weil ich etwas dagegen habe, daß wir von England ausgeplündert werden.

SWINDON Das ist die Sprache des Hochverrats.

RICHARD Ja. Und so mein ich es.

BURGOYNE *diese Art der Verteidigung streng abweisend, aber höflich:* Finden Sie nicht, Mr. Anderson, daß dies eine ziemlich – wenn Sie mir das Wort verzeihen – ordinäre Art ist, sich zu verteidigen? Warum wollen Sie vom Plündern sprechen wegen einer Stempelpflicht, einer Teesteuer und so weiter? Das sind doch Kleinigkeiten für einen Gentleman.

RICHARD Es ist nicht das Geld, General. Aber von einem schwachsinnigen Narren von König beherrscht zu werden –

SWINDON *entsetzt:* Sind Sie verrückt, Sir – Ruhe!

SERGEANT *brüllt:* Ruhe!

BURGOYNE *gelassen:* Das ist ein ganz anderer Gesichtspunkt. Meine Position erlaubt mir nicht, darauf einzugehn. Höchstens als Privatmann. Aber – *zuckt mit den Schultern* – natürlich, Mr. Anderson, wenn Sie entschlossen sind, gehenkt zu werden – *Judith schwankt.* Da gibt es nichts weiter zu sagen. Ein ungewöhnlicher Geschmack! Ohne Zweifel.

SWINDON *zu Burgoyne:* Sollen wir die Zeugen aufrufen?

RICHARD Wozu brauchen wir Zeugen? Wenn die Leute in der Stadt auf mich gehört hätten, wären in den Straßen Barrikaden, wär jedes Haus eine Festung gewesen, und die Bürger hätten gegen Sie gekämpft bis zum letzten Mann. Sie sind zu früh gekommen. Die Beratungen hatten gerade erst begonnen. Und nun scheint es zu spät.

SWINDON *streng:* Wir werden Ihnen und Ihrer Stadt eine Lektion erteilen, Sir, die Sie beide nicht vergessen werden. Haben Sie sonst noch etwas vorzubringen?

RICHARD Ich finde, Sie könnten soviel Anstand haben, mich als Kriegsgefangenen zu behandeln und mich wie einen Mann erschießen zu lassen, anstatt mich aufzuhängen wie einen Hund.

BURGOYNE *teilnahmsvoll:* Endlich sprechen Sie wie ein Zivilist, Mr. Anderson, wenn Sie mir diesen Ausdruck verzeihen wollen. Haben Sie eine Ahnung von der Schießkunst der Armee seiner Majestät König Georgs des Dritten?

Wenn wir losschießen, was geschieht dann? Die Hälfte der Leute schießt daneben, und die andere Hälfte würde so schlecht treffen, daß man Sie zum Schluß der Pistole des Henkers überlassen müßte. Dagegen sind wir fähig, Sie durchaus sachverständig und perfekt aufzuhängen. *Freundlich:* Wenn ich Ihnen raten darf, Mr. Anderson, lassen Sie sich hängen.

JUDITH *entsetzt:* Mein Gott!

RICHARD *zu Judith:* Dein Versprechen! *Zu Burgoyne:* Danke, General. Von diesem Gesichtspunkt aus habe ich es noch nicht bedacht. Um Ihnen gefällig zu sein, ziehe ich meinen Einwand gegen den Strick zurück. Hängt mich, ich bin einverstanden.

BURGOYNE *freundlich:* Um zwölf also. Ist es Ihnen recht so, Mr. Anderson?

RICHARD Ich stehe zur Ihrer Verfügung, General.

BURGOYNE *steht auf:* Das wär alles. Gentlemen. *Alle stehen auf.*

JUDITH *stürzt an den Tisch:* Nein, Sie werden nicht zum Mörder an diesem Mann, ohne ordentliches Verhör – ohne zu wissen, was Sie tun – ohne –

RICHARD Hältst du so dein Versprechen?

JUDITH Wenn ich nicht spreche, müssen Sie – mußt du sprechen. Verteidige dich, rette dich, sagen Sie – sag ihnen die Wahrheit!

RICHARD *ungeduldig:* Ich habe ihnen soviel Wahrheit gesagt, daß sie mich zehnmal aufhängen könnten. Wenn du noch ein Wort sagst, wirst du das Leben anderer riskieren, ohne mein Leben zu retten.

BURGOYNE Meine liebe Lady, unser einziger Wunsch ist, Unannehmlichkeiten zu vermeiden. Was für eine Genugtuung würde es Ihnen verschaffen, wenn wir die Sache feierlicher aufzögen, mit meinem Freund Swindon in schwarzem Talar und so weiter? Wir sind Ihrem Mann durch den bewundernswerten Takt und die vornehmen Gefühle, die er uns bewiesen hat, zu großem Dank verpflichtet.

JUDITH *ihm ins Gesicht:* Sie sind ja verrückt. Was hat Ihre niederträchtige Gesinnung mit Ihrem feinen Benehmen zu tun? Ist es Ihnen gleichgültig, ob Sie ein Mörder sind oder nicht, nur weil Sie eine Uniform anhaben? *Verzweifelt:* Sie dürfen ihn nicht ermorden, er ist nicht mein Mann.

Die Offiziere sehen sich an und flüstern miteinander. Burgoyne, durch Judiths Vorwurf erschüttert, gewinnt seine Fassung wieder.

RICHARD *mit lauter Stimme:* Ich fordere das Gericht auf, die Sache zu beenden. Sie will nicht einsehn, daß sie mich nicht retten kann. Brechen Sie die Verhandlung ab.

BURGOYNE *so ruhig und fest, daß alle sofort schweigen:* Einen Augenblick, Mr. Anderson. Einen Moment noch. *Er setzt sich wieder hin, Swindon und die anderen Offiziere ebenfalls.* Bitte, drücken Sie sich deutlich aus, Madam. Meinen Sie damit, daß dieser Mann nicht Ihr Mann ist, oder lediglich – bei allem Zartgefühl – daß Sie nicht seine Frau sind?

JUDITH Ich weiß nicht, was Sie meinen. Ich sage, daß er nicht mein Mann ist – mein Mann ist geflohen. Und er wollte ihn retten, deshalb ging er mit und ließ sich einsperren. Fragen Sie irgend jemand aus der Stadt – holen Sie den Erstbesten von der Straße und lassen Sie ihn als Zeugen aussagen. Jeder weiß, daß das nicht Anthony Anderson ist.

BURGOYNE *ruhig wie vorher:* Sergeant.

SERGEANT Ja, Sir.

BURGOYNE Gehen Sie raus auf die Straße und bringen Sie irgend jemanden her, der hier in der Stadt wohnt.

SERGEANT *geht:* Jawohl, Sir.

BURGOYNE Sie verstehen, den ersten sauberen und nüchternen Bewohner, dem Sie begegnen!

SERGEANT Ja, Sir. *Er geht hinaus.*

BURGOYNE Nehmen Sie Platz, Mr. Anderson – wenn ich Sie zunächst noch so nennen darf. *Richard setzt sich.* Setzen Sie sich, Madam, solange wir warten. Geben Sie der Dame eine Zeitung.

RICHARD *unwillig:* Schande!

BURGOYNE *scharf, mit halbem Lächeln:* Wenn Sie nicht ihr Mann sind, Sir, ist der Fall ja nicht sehr ernst – für die Frau. *Richard beißt sich auf die Lippen und schweigt.*

JUDITH *zu Richard, als sie an ihren Platz zurückgeht:* Ich konnte nicht anders. *Richard schüttelt den Kopf. Sie setzt sich.*

BURGOYNE Sie werden sicher verstehn, Mr. Anderson, daß dieser kleine Zwischenfall für Sie kaum von Bedeutung ist. Wir sind gezwungen, an irgend jemandem ein Exempel zu statuieren.

RICHARD Das versteh ich sehr gut. Ich denke, ich brauche nichts weiter zu erklären.

BURGOYNE Wenn Sie nichts dagegen haben, warten wir ab, was ein unabhängiger Zeuge uns zu sagen hat.

Der Sergeant, einen Stoß Papiere in der Hand, führt Christy vor, der erschrocken aussieht.

SERGEANT *gibt Burgoyne die Papiere:* Depeschen, Sir. Ein Korporal von den Dreiunddreißigern hat sie eben abgegeben. *Burgoyne öffnet die Depeschen und vertieft sich sofort in sie.* Er sank halbtot vom Pferd, Sir. *Zu Christy:* Los, Achtung, und nehmen Sie den Hut ab.

RICHARD *zu Christy:* Sei nicht so ängstlich, du Narr, du bist nur Zeuge. Dich werden sie nicht aufhängen.

SWINDON Wie heißen Sie?

CHRISTY Christy.

RICHARD *ungeduldig:* Christopher Dudgeon, du blöder Trottel. Sag den ganzen Namen.

SWINDON Seien Sie ruhig, Angeklagter. Sie dürfen dem Zeugen nicht vorsagen.

RICHARD Also gut. Aber ich warne Sie, Sie werden nichts aus ihm herausbringen, außer Sie ziehen ihm jedes Wort aus der Nase. Er ist von einer frommen Mutter so gut erzogen worden, daß weder Verstand noch Männlichkeit übrig geblieben sind.

BURGOYNE *springt auf und fragt den Sergeanten mit alarmierender Stimme:* Wo ist der Mann, der das gebracht hat?

SERGEANT In der Wachstube, Sir.

Burgoyne geht eilig hinaus. Die Offiziere werfen sich vielsagende Blicke zu.

SWINDON *zu Christy:* Kennen Sie Anthony Anderson, den Prediger dieser Sekte?

CHRISTY Und ob ich den kenne.

SWINDON Ist er hier?

CHRISTY Hier? *Sieht sich um.* Ich weiß nicht.

SWINDON Sehen Sie ihn?

CHRISTY Nein.

SWINDON Aber Sie scheinen den Angeklagten zu kennen?

CHRISTY Meinen Sie Dick?

SWINDON Wer ist Dick?

CHRISTY *zeigt auf Richard:* Der.

SWINDON Und sein Name?

CHRISTY Dick.

RICHARD Antworte richtig, du Esel. Woher sollen die wissen, wer Dick ist.

CHRISTY Du bist doch Dick, oder? Was soll ich sonst sagen?

SWINDON Sie reden mit mir, Sir. Und der Angeklagte hält den Mund. Sagen Sie uns, wer das ist.

CHRISTY Das ist mein Bruder Dick – Richard – Richard Dudgeon.

SWINDON Ihr Bruder!

CHRISTY Ja.

SWINDON Und Sie sind sicher, daß es nicht Anderson ist.

CHRISTY Wer?

RICHARD *wütend:* Ich, ich, du –

SWINDON Ruhe, Sir.

SERGEANT *brüllt:* Ruhe.

RICHARD *ungeduldig:* Ach was! *Zu Christy:* Er will wissen, ob ich Reverend Anderson bin. Sags ihm und hör auf zu grinsen wie ein Affe.

CHRISTY *grinst noch mehr:* Du Reverend Anderson! *Zu Swindon:* Mr. Anderson ist unser Prediger – ein sehr guter Mann. Dick dagegen hat einen schlechten Charakter, alle anständigen Leute wollen nichts mit ihm zu tun haben. Er ist der schlechte Bruder, und ich bin der gute. *Die Offiziere lachen, die Soldaten grinsen.*

SWINDON Wer hat diesen Mann verhaftet?

SERGEANT Ich, Sir. In der Wohnung des Geistlichen. Er saß da, ohne Rock, mit der Frau beim Tee, ganz wie zu Hause. Auch wenn er nicht mit ihr verheiratet ist, es sah genauso aus.

SWINDON Hat er auf den Namen Anderson gehört?

SERGEANT Ja, Sir. Obwohl er nicht wie ein Geistlicher wirkte. Sie können den Kaplan fragen, Sir.

SWINDON *zu Richard, drohend:* So, mein Herr, Sie haben versucht, uns zu betrügen. Und Ihr Name ist Richard Dudgeon?

RICHARD Wie Sie inzwischen herausgefunden haben, denk ich.

SWINDON Das ist ein Name, der uns ziemlich geläufig ist.

RICHARD Ziemlich. Peter Dudgeon, den Sie umgebracht haben, war mein Onkel.

SWINDON *beißt sich auf die Lippen und sieht Richard rachsüchtig an:* Hm!

CHRISTY Kommst du auch an den Galgen, Dick?

RICHARD Ja. Verschwinde. Sie sind fertig mit dir.

CHRISTY Und ich darf die Porzellan-Pfauen behalten?

RICHARD *springt auf:* Hau ab! Hau ab, du verdammter Affe, du! *Christy verschwindet in großer Angst.*

SWINDON *steht auf, alle stehen auf:* Da sie sich als Prediger ausgegeben haben, Richard Dudgeon, soll es dabei bleiben. Die Hinrichtung findet, wie vorgesehn, um zwölf Uhr statt, und wenn sich Anderson bis dahin nicht stellt, werden Sie auch am Galgen seinen Platz einnehmen. Sergeant, führen Sie den Mann ab!

JUDITH *außer sich:* Nein, nein –

SWINDON *grimmig:* Schaffen Sie dieses Weib weg.

RICHARD *springt über den Tisch und packt Swindon am Kragen:* Sie hundsgemeiner Schuft –

Der Sergeant kommt von einer Seite zu Hilfe, die Soldaten von der anderen. Sie packen Richard und schleppen ihn zurück an seinen Platz. Swindon steht auf und bringt seinen Kragen in Ordnung. Burgoyne erscheint auf der Schwelle, in der Hand die Depeschen.

BURGOYNE *geht an den Tisch, ruhig:* Was soll das? Was ist passiert, Mr. Anderson, Ihr Verhalten befremdet mich.

RICHARD Es tut mir leid, Sie zu enttäuschen, General. Ich wollte nur Ihren Handlanger da erwürgen. *Zu Swindon, wütend:* Was spielen Sie sich dieser Frau gegenüber auch so auf und wecken den Teufel in mir? Sie Untertan eines Kadavers, ich würde Ihnen mit dem größten Vergnügen den Hals umdrehn. *Streckt seine Hände dem Sergeanten hin:* Los, legen Sie mir die Handschellen an, machen Sie, oder ich kann für nichts garantieren.

Der Sergeant holt die Handschellen aus der Tasche und sieht Burgoyne fragend an.

BURGOYNE Haben Sie die Lady beleidigt, Major Swindon?

SWINDON *sehr ärgerlich:* Nein, Sir, gewiß nicht. Diese Frage sollten Sie nicht an mich stellen. Ich befahl, die Frau abzuführen, weil sie sich gesetzwidrig aufführte. Dabei griff der Bursche mich an. *Zum Sergeanten:* Stecken Sie die Handschellen ein. Ich bin imstande, mich selber zu verteidigen.

RICHARD Wenn Sie wie ein Mann sprechen, hab ich keinen Streit mehr mit Ihnen.

BURGOYNE Mr. Anderson –

SWINDON Er heißt Dudgeon, Sir. Richard Dudgeon. Er ist ein Schwindler.

BURGOYNE *schroff:* Unsinn, Sir. Dudgeon haben wir in Springtown aufgehängt.

RICHARD Das war mein Onkel, General.

BURGOYNE Ach so, Ihr Onkel. *Zu Swindon:* Ich bitte um Verzeihung, Major Swindon. *Zu Richard:* Wir haben einigermaßen Pech mit den Beziehungen zu Ihrer Familie. Aber was ich Sie fragen wollte, Mr. Dudgeon, wer ist *Liest den Namen von der Depesche ab* William Maindock Parshotter?

RICHARD Das ist der Bürgermeister von Springtown.

BURGOYNE Ist William Maindock und so weiter ein Mann, der sein Wort hält?

RICHARD Will er Ihnen was verkaufen?

BURGOYNE Nein.

RICHARD Dann können Sie sich auf ihn verlassen.

BURGOYNE Danke, Mr. Dudgeon. Übrigens, auch wenn Sie nicht Mr. Anderson sind, wollen wir Sie trotzdem – oder, Major Swindon?

RICHARD Es bleibt dabei, General.

BURGOYNE Ach, wirklich? Tut mir leid. Guten Morgen, Mr. Dudgeon. Guten Morgen, Madam.

RICHARD *hindert Judith, etwas zu sagen:* Kein Wort mehr. *Nimmt sie beim Arm:* Kommen Sie.

Judith sieht ihn flehend an, ist aber von seiner Entschlossenheit überwältigt. Sie werden von den Soldaten hinausgeführt. Der Sergeant, sehr verdrießlich, bewacht Richard wie ein gefährliches Tier.

BURGOYNE Gentlemen, wir brauchen Sie nicht mehr. Major Swindon, ein Wort mit Ihnen. *Die Offiziere gehen hinaus. Burgoyne wartet, bis alle draußen sind, wird dann sehr ernst und spricht Swindon das erstemal ohne Titel an.* Swindon, wissen Sie, was das ist? *Er zeigt ihm die Depesche.*

SWINDON Nein.

BURGOYNE Die Forderung auf freies Geleit für einen Offizier der Aufständischen. Der Mann will herkommen und mit uns verhandeln.

SWINDON Die wollen also nachgeben.

BURGOYNE Hier steht, daß sie den Mann schicken, der Springtown heute nacht aufgewiegelt und uns vertrieben hat. Damit wir wissen, mit wem wir es zu tun haben.

SWINDON Und wenn schon!

BURGOYNE Er hat Vollmacht, mit uns die Bedingungen zu vereinbaren – raten Sie, wofür.

SWINDON Die Bedingungen für die Kapitulation der Rebellen, hoff ich.

BURGOYNE Nein. Für die Räumung der Stadt. Wir sollen verschwinden. Sie wollen uns genau sechs Stunden Zeit lassen.

SWINDON So eine Unverschämtheit!

BURGOYNE Wissen Sie einen Ausweg?

SWINDON Nach Springtown marschieren und sofort eine entscheidende Schlacht wagen.

BURGOYNE Aha! *Wendet sich zur Tür.* Kommen sie mit zur Schreibstube.

SWINDON Wozu?

BURGOYNE *faßt an die Türklinke:* Um das freie Geleit auszustellen.

SWINDON *bleibt stehen:* General Burgoyne!

BURGOYNE *dreht sich um:* Sir?

SWINDON Es ist meine Pflicht, Ihnen zu sagen, daß die Drohungen eines Haufens rebellierender Händler kein Grund für uns sein dürfen, ihnen nachzugeben.

BURGOYNE Angenommen, ich übergebe Ihnen das Kommando, was würden Sie tun?

SWINDON So weitermachen wie bisher. Weshalb wir ja schließlich von Quebec nach Süden marschiert sind und General Howe von New York nach Norden. Um in Albany zusammenzutreffen und die Armee der Rebellen mit vereinten Kräften zu vernichten.

BURGOYNE *zweideutig:* Und wollen Sie auch unsre Feinde in London vernichten?

SWINDON In London! Was für Feinde?

BURGOYNE *ungestüm:* Schieber und Angeber, Unfähigkeit und Bürokratismus. *Hält ihm die Meldung unter die Nase.* Ich habe eben erfahren, Sir, daß General Howe noch in New York ist.

SWINDON Großer Gott! Er hat den Befehl nicht ausgeführt!

BURGOYNE *ironisch:* Er hat gar keinen Befehl erhalten, Sir. Irgend jemand in London hat vergessen, ihn zu benachrichtigen. Wahrscheinlich hat dieser Jemand die Stadt verlassen und macht irgendwo Ferien. Um ihn nicht zu stören, wird England seine amerikanischen Kolonien verlieren. Und in wenigen Tagen werden Sie und ich in Saratoga sein und mit 5000 Mann gegen 18 000 Rebellen in einer uneinnehmbaren Festung anrennen.

SWINDON *entsetzt:* Unmöglich!

BURGOYNE *kalt:* Wie bitte?

SWINDON Ich kann es nicht glauben! Und was wird die Geschichte dazu sagen?

BURGOYNE Die Geschichte wird lügen, Sir, wie gewöhnlich. Kommen Sie, wir müssen das freie Geleit ausstellen. *Er geht hinaus.*

SWINDON *folgt ihm verstört:* Mein Gott, mein Gott! Das ist das Ende.

Die Szene wechselt zum Marktplatz. Die Einwohner von Websterbridge haben sich in großer Zahl eingefunden, und die Aufregung wächst, je näher die Stunde der Hinrichtung heranrückt. Es hat sich herumgesprochen, daß nicht Anderson, sondern Richard gehenkt werden soll, für viele ein Grund, dem Schauspiel ohne Skrupel beiwohnen zu können. Judith steht gebrochen in der Nähe des Galgens, den man, mit hochgebundenem Strick und Leiter versehen, aufgerichtet hat. Nach einer Weile des Wartens hört man Rufe wie ›Hier kommen sie‹ und ›Es geht los‹, und eine Abteilung Soldaten mit aufgepflanzten Bajonetten erscheint und treibt die Menge auseinander.

SERGEANT Halt. Los. Stellt euch auf. *Die Soldaten, unter Anführung des Sergeanten, umstellen den Galgen und drängen die Leute zurück.* Weg mit euch. Haut ab. Sonst hängen wir euch auch noch auf. Tempo. *Zu den Soldaten:* Es hat keinen Zweck, mit den Bauern lange zu sprechen. Nehmt die Gewehrkolben. Das kapieren sie garantiert. *Er bemerkt Judith:* Und Sie auch. Sie haben hier nichts zu suchen.

JUDITH Darf ich nicht bleiben? Wen stör ich denn?

SERGEANT Ich verzichte auf Ihre Argumente. Schämen Sie sich, herzulaufen, um jemand hängen zu sehn, der nicht mal Ihr Mann ist. Und der ist auch nicht besser. Ich sag noch zum Major, das ist ein feiner Kerl, und dann geht er hin, und will den Major erwürgen. Und behauptet, seine Majestät wär schwachsinnig. Also, fort mit Ihnen, und ein bißchen fix!

JUDITH Und wenn ich Ihnen zwei Silberdollar gebe?

SERGEANT *sieht sich um, steckt das Geld, ohne zu zögern, geschickt in die Tasche und tut entrüstet:* Mir Geld anbieten bei der Ausübung meiner Pflicht! Na, hören Sie mal! Ich werde Ihnen beibringen, einen Soldaten des Königs zu bestechen. Sie stehen unter Arrest, bis die Hinrichtung vorbei ist. Sie bleiben hier und rühren sich nicht vom Fleck, bis ich es Ihnen erlaube. *Er wendet sich ab.* Nun, wird's bald. Steht gerade und haltet die Leute zurück.

Die Menge ruft ›Still‹ und ›Scht‹, eine Militärkapelle ist zu hören, die den Trauermarsch aus Händels Saul spielt. Sofort ist Ruhe. Der Sergeant und einige Unteroffiziere, innerhalb des Karrees, flüstern Befehle und Ordnungsrufe. Die Soldaten lassen den Hinrichtungszug durch, der durch eine doppelte Reihe anderer Soldaten geschützt wird. Als erste kommen Burgoyne und Swindon, die beim Anblick des Galgens angewidert zur Seite ausweichen und dort stehen bleiben. Danach kommt Mr. Brudenell, der Kaplan der Armee, ein aufgeschlagenes Gebetbuch in der Hand. Er begleitet Richard, der auf den Galgen zuschreitet und sich unter ihm aufstellt. Hinter Richard kommt der Henker, ein kräftiger Soldat in Hemdsärmeln. Zwei Soldaten, die ihm folgen, ziehen einen leichten Handwagen. Dann die Musiker, die sich im Hintergrund aufstellen und den Marsch zu Ende spielen. Judith sieht Richard gequält an, geht näher an den Galgen und lehnt sich an den Pfosten. Während der folgenden Szene schieben die beiden Soldaten den Wagen unter den Galgen, die Deichsel nach rückwärts. Der Henker nimmt eine Trittleiter vom Wagen und stellt sie so auf, daß der Verurteilte hinaufsteigen kann. Dann klettert er die große Leiter zum Galgen hoch und schneidet die Schnüre durch, mit denen der Strick nach oben gebunden ist. Die Schlinge fällt herunter und hängt über dem Wagen, den der Henker anschließend betritt.

RICHARD *ungeduldig zu Brudenell:* Hören Sie, Sir, ein Mann wie Sie ist hier fehl am Platz. Wollen Sie nicht lieber gehn?

SWINDON *zu Richard:* Ich appelliere an Sie, wenn Ihnen noch irgendein Sinn für Anstand geblieben ist, die Tätigkeit des Kaplans nicht zu behindern und dem Ernst der Stunde die nötige Achtung zu zollen.

KAPLAN *sanft tadelnd:* Versuchen Sie, sich zu fassen, und unterwerfen Sie sich dem göttlichen Willen. *Er hebt das Gebetbuch und will lesen.*

RICHARD Kümmern Sie sich um Ihren eigenen Willen, Sir, und um den Ihrer Komplicen. *Er zeigt auf Burgoyne und Swindon:* Ich seh wenig Göttliches darin. Sie reden mir von Christentum und sind dabei, Ihre Feinde aufzuhängen. So ein gotteslästerlicher Unsinn! *Zu Swindon, noch heftiger:* Sie benützen den Ernst dieser Stunde, wie Sie es nennen, um das Volk mit Ihrer eigenen Würde zu beeindrucken – umrahmt von Händels Musik und einem Pfaffen, der Mord zu einer frommen Handlung macht! Bilden Sie sich ein, ich helf Ihnen dabei? Ihr habt von mir verlangt, den Strick zu wählen, weil Ihr Euer eigenes Handwerk nicht gut genug versteht, um mich ordentlich totzuschießen. Also hängt mich auf und Schluß damit!

SWINDON *zum Kaplan:* Können Sie ihn nicht bändigen, Mr. Brudenell?

KAPLAN Ich will es versuchen, Sir. *Liest:* Der Mensch, der vom Weibe geboren ist –

RICHARD *sieht ihn an:* Du sollst nicht töten! *Brudenell läßt das Buch sinken.*

KAPLAN *verlegen:* Was soll ich Ihnen sagen, Mr. Dudgeon?

RICHARD Lassen Sie mich in Ruhe, Mensch, ist das so schwer?

BURGOYNE *mit äußerster Höflichkeit:* Lassen Sie es sein, Mr.

Brudenell. Wenn ihm Ihre üblichen Trostversuche unter diesen Umständen unpassend erscheinen, warten Sie, bis – nun – bis es Mr. Dudgeon keine Unannehmlichkeiten mehr bereiten kann. *Brudenell zuckt mit den Schultern, schlägt das Gebetbuch zu und tritt hinter den Galgen.* Sie scheinen es eilig zu haben, Mr. Dudgeon.

RICHARD *den Tod vor Augen:* Meinen Sie, es ist eine so erfreuliche Sache, um darauf auch noch warten zu wollen? Sie haben sich entschlossen, einen Mord zu begehn. Dann tun Sie's und fertig!

BURGOYNE Mr. Dudgeon, wir tun es nur –

RICHARD Weil Sie dafür bezahlt werden.

SWINDON Sie unverschämter – *Er unterdrückt seine Wut.*

BURGOYNE *liebenswürdig:* Es tut mir wirklich leid, Mr. Dudgeon, daß Sie das annehmen. Wenn Sie wüßten, was mich mein Offizierspatent gekostet hat und wie hoch mein Sold ist, würden Sie besser von mir denken. Ich hätte mich gern in aller Freundschaft von Ihnen verabschiedet.

RICHARD Hören Sie, General Burgoyne. Wenn Sie sich einbilden, ich laß mich gerne hängen, dann täuschen Sie sich. Ich hab das gar nicht gern, und ich will auch nicht so tun, als ob ichs gern hätte. Und wenn Sie glauben, Ihre schönen Redereien helfen mir irgendwie weiter, dann täuschen Sie sich abermals. Ich nehme Ihnen die ganze Sache verteufelt übel, und die einzige Genugtuung, die ich habe, ist, daß Sie sich hinterher verdammt viel schlechter fühlen als ich, wenn ich da hänge. *Er wendet sich ab und geht auf den Karren zu. Judith stürzt sich auf ihn. Richard spürt, daß er gleich die Beherrschung verlieren wird, und weicht zurück.* Was wollen Sie hier? Das ist nichts für Sie. *Er wehrt sie ab.* Nein, geh, geh weg! Gehen Sie! Ich kann nicht mehr. Bringen Sie doch die Frau weg, bitte!

JUDITH Wollen Sie mir nicht Lebewohl sagen?

RICHARD *läßt zu, daß sie seine Hand faßt:* Ja, lebwohl, leben Sie wohl, und nun geh. Gehen Sie, schnell!

Sie umklammert seine Hand, und als er versucht, sich frei

zu machen, wirft sie sich verzweifelt in seine Arme.

SWINDON *ärgerlich zum Sergeanten, der bei Judiths Aktion von hinten herangekommen und unschlüssig stehen geblieben ist:* Was soll das heißen? Wie ist sie da hingekommen?

SERGEANT Keine Ahnung, Sir. Die ist so raffiniert – man kriegt sie nicht zu fassen.

BURGOYNE Sie sind bestochen.

SERGEANT *protestiert:* Nein, Sir –

SWINDON *streng:* Marsch, zurück. *Der Sergeant gehorcht.*

RICHARD *flehend zu allen und schließlich zu Burgoyne, der am wenigstens gleichgültig ist:* Helfen Sie mir doch! Bringt sie weg. Denken Sie, ich kann jetzt eine Frau in meiner Nähe gebrauchen?

BURGOYNE *geht zu Judith und nimmt sie bei der Hand:* Hierher, Madam, Sie hätten zu Hause bleiben sollen. Stellen Sie sich hinter uns. Aber sehen Sie nicht hin. *Er zieht sie weg. Richard besteigt den Karren, der Henker zieht ihm den Rock aus und fesselt ihn.*

JUDITH *leistet Burgoyne noch Widerstand und reißt sich los:* Nein, ich muß hierbleiben. Ich muß. *Sie stellt sich rechts vom Galgen hin, versucht Richard anzusehen, wendet sich aber ab und fällt auf die Knie, um zu beten.* Nein, ich sehe nicht hin! *Von hinten geht Brudenell auf sie zu.*

BURGOYNE *nickt der Knieenden zu:* So ist es recht. Stören Sie nicht, Mr. Brudenell. Sie hat sich damit abgefunden. *Brudenell nickt ebenfalls, tritt zurück und sieht Judith teilnehmend an. Burgoyne zieht eine goldene Uhr aus der Tasche.* Sind wir soweit? Wir sollten Mr. Dudgeon nicht länger warten lassen.

Richards Hände sind auf den Rücken gebunden, die Schlinge ist um seinen Hals gelegt, und die beiden Soldaten fassen nach der Deichsel des Karrens, um ihn wegzuziehen. Der Henker, der hinter Richard steht, gibt dem Sergeanten ein Zeichen.

SERGEANT *zu Burgoyne:* Wir können, Sir.

BURGOYNE Möchten Sie noch etwas sagen, Mr. Dudgeon? Es

sind noch zwei Minuten bis zwölf.

RICHARD *mit klarer Stimme:* Dann geht Ihre Uhr zwei Minuten nach, auf der Rathausuhr ist es schon zwölf. Ich kanns von hier aus sehn, General. *Die Rathausuhr beginnt zwölf zu schlagen. Unwillkürlich schaudert die Menge, es entsteht ein Gemurmel.* Amen! Mein Leben für die Zukunft Amerikas!

ANDERSON *stürzt auf den Marktplatz und ruft:* Amen, und halt! *Er durchbricht die Absperrung und tritt an den Galgen.* Ich bin Anthony Anderson, der Mann, den Sie suchen. *Allgemeine Aufregung. Judith steht langsam auf und starrt ihn an.*

SWINDON Was Sie nicht sagen. Dann kommen Sie ja gerade rechtzeitig, um den Platz am Galgen einzunehmen. Nehmt ihn fest.

Auf ein Zeichen des Sergeanten treten zwei Soldaten vor und ergreifen Anderson.

ANDERSON *hält Swindon ein Papier hin:* Hier ist mein freies Geleit, Sir.

SWINDON *verblüfft:* Freies Geleit? Sind Sie –

ANDERSON Ich bin es. *Mit Nachdruck:* Sagen Sie Ihren Leuten, sie sollen die Hände von mir lassen.

SWINDON *zu den Soldaten:* Laßt ihn los!

SERGEANT Marsch zurück!

Die Soldaten gehen zurück. Die Menge schreit Hurra und tauscht freudige Blicke in Vorahnung des Triumphes.

ANDERSON *wischt sich den Schweiß von der Stirn:* Gott sei Dank, das wär geschafft!

BURGOYNE *ruhig wie vorher, die Uhr noch in der Hand:* Zeit genug, Sir. Noch viel Zeit. Es würde mir nicht im Traum einfallen, jemanden nach einer amerikanischen Uhr zu hängen. *Er steckt seine Uhr ein.*

ANDERSON Wir sind Ihnen schon lange ein paar Minuten voraus, General. Lassen Sie den Strick vom Hals dieses amerikanischen Bürgers nehmen.

BURGOYNE *zum Henker:* Bitte, befreien Sie Mr. Dudgeon.

Der Henker nimmt den Strick von Richards Hals, bindet ihn los und hilft ihm in den Rock.

JUDITH *nähert sich schüchtern Anderson:* Tony.

ANDERSON *legt den Arm um ihre Schulter:* Und was denkst du nun von deinem Mann? *Lacht gutmütig.* Was?

JUDITH Ich schäme ich – *Sie verbirgt ihr Gesicht an seiner Brust.*

BURGOYNE *zu Swindon:* Sie sehen enttäuscht aus, Major Swindon.

SWINDON Und Sie sehen besiegt aus, General Burgoyne.

BURGOYNE Ich bin es, Sir. Und ich bin Mensch genug, darüber froh zu sein. *Richard springt mit Hilfe von Brudenell aus dem Karren und läuft zu Anderson, dessen freie Hand er schüttelt.* Übrigens, Mr. Anderson, ich versteh das nicht ganz. Das freie Geleit war ausgestellt für einen Befehlshaber der Miliz. Ich sehe aber, Sie sind – *mustert ihn scharf:* – Pfarrer.

ANDERSON *zwischen Judith und Richard:* Sir, erst in der Stunde der Bewährung findet ein Mann seinen wahren Beruf. Dieser törichte junge Mann – *Er legt eine Hand auf Richards Schulter:* – rühmte sich, ein Schüler des Teufels zu sein, aber als die Stunde der Bewährung kam, entdeckte er, daß es seine Bestimmung ist, zu leiden und treu zu sein bis in den Tod. Ich selber hielt mich für einen ordentlichen Diener der christlichen Lehre vom Frieden, aber in der Stunde der Bewährung entdeckte ich, daß es mein Los ist, ein Mann der Tat zu sein, der kämpfen muß, um zu siegen. So beginne ich mit fünfzig mein Leben als Kommandant der Miliz in Springtown, und er hier wird als Reverend Richard Dudgeon auf meine alte Kanzel steigen und meiner kleinen, dummen, sentimentalen Frau gute Ratschläge erteilen. *Judith wirft einen verstohlenen Blick auf Richard, um zu sehen, wie ihm der Vorschlag gefällt.* Richard, deine Mutter behauptete, ich hätte Judith niemals zur Frau genommen, wenn ich zum Gottesmann geboren wäre. Ich fürchte, sie hatte recht. Darum, wenn du erlaubst, behalte ich deinen Rock, und du behältst meinen.

RICHARD Reverend – ich sollte, sagen Herr Hauptmann! Ich hab mich benommen wie ein Narr!

JUDITH Wie ein Held!

RICHARD Das ist vielleicht dasselbe. *Fast bitter:* Aber nein, wenn ich einigermaßen was getaugt hätte, hätte ich für Sie – *lächelt* – für dich getan, was du für mich getan hast, anstatt ein sinnloses Opfer zu bringen.

ANDERSON Nicht sinnlos, mein Junge. Man braucht alles mögliche, um eine Welt zu bauen – Heilige so gut wie Soldaten. *Er wendet sich an Burgoyne:* Und nun, General, die Zeit vergeht, und Amerika hat es eilig. Haben Sie begriffen, daß Sie wohl Städte erobern und Schlachten gewinnen, nicht aber eine ganze Nation unterwerfen können?

BURGOYNE Ja, mein Lieber. Doch ohne Unterwerfung keine Aristokratie. Wenn das so weitergeht, wird die Welt eines Tages ohne den Adel auskommen müssen. Kommen Sie, erledigen wir die Sache in meinem Quartier.

ANDERSON Zu Diensten, Sir. *Zu Richard:* Bring Judith nach Hause, mein Junge. Bis nachher. *Er übergibt sie ihm.* Jetzt, General. *Er geht geschäftig auf das Rathaus zu. Burgoyne folgt ihm einige Schritte, bleibt stehen und wendet sich an Richard.*

BURGOYNE Mr. Dudgeon, eh ich's vergesse, ich würde mich sehr freuen, wenn Sie um halb eins zu mir zum Essen kämen. *Nach einer Pause, mit höflich umhüllter Verschlagenheit:* Bringen Sie Mrs. Anderson mit, wenn sie die Güte haben will. *zu Swindon, der wütend ist:* Ertragen Sie es gelassen, Major Swindon. Ihre britischen Soldaten können es mit jedem aufnehmen, ausgenommen mit dem Kriegsministerium seiner Majestät. *Er folgt Anderson.*

SERGEANT *zu Swindon:* Irgendwelche Befehle, Sir?

SWINDON *wild:* Befehle! Was nützen jetzt Befehle! Es gibt keine Armee mehr. Zurück ins Quartier, verdammt noch mal – *Er dreht sich um und geht weg.*

SERGEANT *kampflustig und patriotisch, weist den Gedanken der Niederlage von sich:* Achtung! Also, Kinn an die Binde, und zeigen wir den Leuten, daß wir uns nicht um sie kümmern.
Gewehr über! Zu Vieren! Schwenkt! Marsch marsch!
Mächtiger Trommelwirbel, die Musik intoniert ›Britische Grenadiere‹. Der Sergeant, Brudenell und die Soldaten marschieren trotzig in ihre Quartiere. Die Leute drängen nach und verhöhnen die Soldaten. Die Stadtkapelle, eine ziemlich primitive Truppe, beschließt den Zug und spielt ›Yankee Doodle‹. Essie kommt und läuft weinend zu Richard.

ESSIE Oh, Dick!

RICHARD *gutgelaunt, aber eigensinnig:* Schon gut, laß es gut sein! Es macht mir zwar nichts aus, aufgehängt zu werden, aber ich will nicht, daß jemand meinetwegen weint.

ESSIE Nein, bestimmt nicht, ich will brav sein. *Sie versucht, ihre Tränen zu verbergen und wendet sich ab.* Ich – ich seh nach, wo die Soldaten hingehn.

JUDITH Versprich mir, daß du es ihm nie sagen wirst.

RICHARD *gibt ihr die Hand:* Hab keine Angst.
Sie besiegeln die Sache mit einem Händedruck.

ESSIE *ruft:* Sie kommen zurück! Sie wollen zu dir!
Jubel auf dem Marktplatz. Die Menge strömt, begleitet von der Musikkapelle, zurück auf den Platz. Die Leute nehmen Richard auf die Schultern und lassen ihn hochleben.

Aus der Vorrede zur ersten Buchausgabe der »Drei Stücke für Puritaner«, d.i. *Der Teufelsschüler, Cäsar und Cleopatra* und *Kapitän Brassbounds Bekehrung*, London 1901.

Warum für Puritaner?

Seit ich der Welt vor zwei Jahren meine »Erquicklichen und Unerquicklichen Stücke« übergeben habe, sind mir allerhand Dinge zugestoßen. Ich stand damals gerade am Anfang des vierten Jahres meiner Tätigkeit als Londoner Theaterkritiker, was mich beinahe umgebracht hat. Sieben Jahre Londoner Musik hatte ich schon überstanden, vier oder fünf Jahre Londoner Malerei und ungefähr ebensoviel Londoner Gegenwartsliteratur, um die ich mich mit allem Einsatz und aller Geschicklichkeit kritisch bemühte. Danach erschien mir die Theaterkritik, was die rein körperliche Anstrengung betraf, als ungeheure Erleichterung. Der Unterschied zwischen der Muße einer Perserkatze und der Schufterei eines Londoner Droschkengauls ist nicht größer als der Unterschied zwischen den obligaten wöchentlichen oder vierzehntägigen Theaterbesuchen als zuständiger Kritiker und der tagtäglichen Hin- und Herhetzerei des Musikkritikers von Punkt drei Uhr an, wenn die Konzerte beginnen, bis Punkt zwölf Uhr nachts, wenn die Oper zu Ende ist. Und die Malerei war fast ebenso schlimm. Einmal fragte mich ein Alpinist, dem die massiven Sohlen meiner Schuhe auffielen, ob ich ein Bergsteiger sei. Nein, antwortete ich: Diese Schuhe sind für die harten Fußböden der Londoner Galerien. Gleichwohl gab ich mich, auch in der Freizeit noch, mit Musik und Malerei ab, ein aktiver junger Revolutionär, und schrieb obendrein Stücke und Bücher und andere mühsame Sachen. Aber das Theater hat mich doch umgeworfen wie den allergrößten Schwächling. Ich ging unter wie ein Baby, das man nur mit Stärke gefüttert hat. Selbst meine Knochen begannen sich aufzulösen, so daß ich sie von verdienstvollen Chirurgen glattschleifen und zurechtmeißeln lassen mußte. Ich fiel aus allen Höhen, und meine Glieder gingen in Stücke. Die Ärzte sagten: Der Mann hat seit zwanzig Jahren kein Fleisch mehr gegessen, jetzt muß er welches essen, oder er wird sterben. Ich sagte: Dieser Mann hier besucht seit drei Jahren die Londoner Theater, und seine Seele ist ausgehungert und zehrt jetzt unnatürlicherweise von seinem Körper. Und ich hatte recht. Ich habe meinen Speiseplan nicht verändert, sondern ließ mich hinauf in die Berge tragen, wo es kein Theater gab; und dort begann ich wieder aufzuleben. Zu geschwächt, um richtig arbeiten zu können, schrieb ich Bücher und Stücke: Daher das zweite und dritte der »Stücke für Puritaner«. Und heute bin ich stärker, als ich es je war, seit meine Füße mich zum erstenmal als Kritiker über die verhängnisvolle Schwelle eines Londoner Schau-Spielhauses getragen haben.

Und warum das alles? Was ist denn los mit dem Theater, daß ein starker Mann daran sterben kann? Nun, die Antwort ist eine lange Geschichte; aber sie muß erzählt werden. Fangen wir gleich damit an: Warum habe ich das Theater gerade ein Spielhaus genannt? Der wohlgenährte Engländer, der zwar sein Leben lang ein Schulkind bleibt und als solches stirbt, kann ja gar nicht spielen. Er kann nicht mal Kricket oder Fußball spielen: Er muß dabei arbeiten, weshalb er auch den Fremden, der wirklich spielt, besiegt. Spielen bedeutet für ihn, den Narren spielen: Er kann jagen und schießen und reisen und kämpfen; er kann, wenn man ihm einen besonderen Fest- oder Feiertag suggeriert, essen und trinken, würfeln und huren, rauchen und herumlungern. Aber spielen kann er nicht. Sobald man aus seinem Theater einen Ort des Vergnügens macht, statt einen Ort der Erbauung, wird es keineswegs ein echtes Spielhaus, sondern ein Ort, wo sich der Sportler und Sinnenfreudige aufregen und erregen kann.

Doch zählt der wohlgenährte erwachsene Schulbub-Engländer im modernen Publikum einer Metropole nur wenig. In den langen Schlangen der wartenden Theaterbesucher, die den Pflasterweg vor unseren schicken Theatern allabendlich säumen, sind die Männer nur die Rosinen im Pudding. Die Frauen sind in der überwiegenden Mehrzahl. Und diese Frauen und Männer gehören der am wenigsten robusten unserer gesellschaftlichen Klassen an, der Klasse, die, bei sitzender Tätigkeit, zwischen achtzehn und dreißig Shilling die Woche verdient und die in einsamen möblierten Unterkünften oder eintönigen Wohnungen mit quengelnder Verwandtschaft lebt. Diese Leute erhalten die Unschuld des Theaters: Sie haben weder die Ungeduld des Denkers, zur Wirklichkeit vorzustoßen (zumal die Wirklichkeit das einzige ist, wovor sie fliehen), noch das Bedürfnis des Sportlers nach *action* auf Teufel komm raus oder die gutgepolsterte, erfahrene und desillusionierte Sinnlichkeit des reichen Mannes, sei er nun ein »vornehmer« Herr oder ein sportbegeisterter Gastwirt. Sie lesen ziemlich viel und sind im Narrenparadies der volkstümlichen Romantik zu Hause. Sie lieben den schönen Mann und die schöne Frau und haben beide gern modisch herausgeputzt und exquisit untätig, vor dem Hintergrund eines Salons oder gepflegten Ziergartens posierend, einander in Liebe zugetan, aber auf sentimentale, romantische Weise immer damen- und herrenhaft vornehm. Im vordersten Parkett wirkt all das schal und geschmacklos, denn die Sperrsitze sind (wenn überhaupt) bezahlt von Leuten, die selbst schöne Kleider und Salons haben und die wissen, daß es sich dabei um bloße Maskerade handelt, hinter welcher nichts Romantisches steckt und wenig, was die Maskenträger interessiert, ausgenommen das heimliche Spiel mit der ausschweifenden Natur.

Diese Abonnenten kann man nicht restlos verstehen, wenn man nicht die Abwesenheit des reichen evangelischen Kaufmannes samt seiner Familie mit in Rechnung zieht – und die Anwesenheit des reichen jüdischen Kaufmanns samt dessen Familie. Ich kann die Ansicht, wonach der Einfluß der reichen Juden auf das Theater irgend schlimmer sein sollte als der Einfluß der Reichen jedweder anderer Rasse, in keiner Weise bestätigen. Vorausgesetzt, die anderen Eigenschaften sind die gleichen, so werden Menschen durch kommerziellen Handel jeweils reich im Verhältnis zur Intensität und Ausschließlichkeit ihres Verlangens nach Geld. Es mag ja ein Unglück sein, daß die Kaufkraft von Leuten, die Geld höher bewerten als Kunst, Philosophie und Wohlergehen der ganzen Gemeinde, sie in die Lage versetzt, das Theater (und den ganzen sonstigen Markt) überhaupt zu beeinflussen; aber es gibt keinen Grund zu der Annahme, daß ihr Einfluß irgendwie edler wäre, wenn sie sich einbilden, Christen zu sein, als wenn sie wissen, daß sie Juden sind. Alles, was man gerechterweise über den jüdischen Einfluß am Theater sagen kann, ist, daß er exotisch ist und nicht allein Einfluß eines Kunden, sondern eines Financiers, und dies so sehr, daß Stücke und Schauspieler, die speziell dem jüdischen Geschmack zusagen, am leichtesten durchkommen. Ein englischer Einfluß auf das Theater, soweit er das vorderste Parkett betrifft, existiert nicht, denn der reiche kaufkräftige Engländer zieht Politik und Kirchgang vor: Seine Seele ist zu stur, um sich durch offen eingestandene Täuschung reinigen zu lassen. Wenn er Sinnlichkeit will, praktiziert er sie selbst: Er spielt nicht mit wollüstigen oder romantisch-gefühlvollen Gedanken. Von solchem Gedankenspiel – und mehr kann das Drama niemals sein – fordert er Erbauung und wird für nichts anderes in dieser Arena Geld ausgeben. Folglich wird so lange kein englischer Einfluß via Theaterkasse stattfinden, bis das Theater sich vom romantischen und sinnlichen Drama abwendet und zum erbaulichen Drama übergeht.

Kommen wir nun vom Abonnentenkreis zum ganzen Publikum, und überlegen wir doch mal, was alles stillschweigend miteinbegriffen ist durch die Tatsache, daß die Preise (alle übrigens viel zu hoch) zwischen etwa zehn Shilling und einem Shilling liegen, und die Altersstufen zwischen achtzehn und achtzig, wo doch jedes Alter und nahezu jede Preislage eigentlich einem anderen Geschmack entspricht. Liegt es nicht auf der Hand, daß diese Verschiedenartigkeit des Publikums es unmöglich macht, jedes Einzelwesen darin mit gleichem

Wohlbehagen zu beglücken, da in diesem Bereich grenzenloser Unberechenbarkeit des einen Fleisch ja Gift für den anderen ist und die Sehnsucht der einen Altersstufe Ekel für die andere? Und doch ist es genau das, worum sich die Theater fast durchgehend bemüht haben, solange ich dazu verurteilt war, sie zu besuchen. Andererseits wieder erscheint es als das Selbstverständlichste der Welt, Menschen verschiedener Altersstufen, Klassen und Temperamente durch irgendein Thema von allgemeiner Bedeutung zum Nachdenken anzuregen, wie es die Politiker und Prediger tun. Doch haben die Theater dergleichen vermieden wie eine Exzentrizität, die sie in den Ruin führen würde. Die Neunmalklugen gingen beharrlich weiter davon aus, daß wohl alle Menschen den gleichen Geschmack haben, die gleiche Phantasie und Art von Leidenschaft, daß aber nicht zwei die gleichen Interessen, ja, daß die meisten Theaterbesucher überhaupt keine Interessen hätten. Und weil dies das genaue Gegenteil der offensichtlichen Wirklichkeit war, folgte daraus, daß die Mehrzahl der aufgeführten Stücke durchfiel, was die obengenannten Neunmalklugen schon vor Ende des ersten Aktes erkennen konnten, so daß sie, außerstande, die Lektion zu begreifen, anschließend alles daran setzten, ein Stück zu bekommen und inszenieren zu können, das ihrer Theorie noch besser entsprach – mit um so katastrophaleren Ergebnissen. Die Summen von Geld, die ich auf diese Weise aus den Taschen der Theaterspekulanten und Syndikusse abwandern sah in die der Perückenmacher, Kostümschneider, Kulissenmaler, Schreiner, Aufpasser und Pförtner, Schauspieler, Theaterbesitzer und aller anderen Leute, für deren ausschließliches Wohlbefinden die meisten Londoner Theater offenbar da sind, diese Summen würden ein ganzjährig geöffnetes Theater finanziert haben, das sich exklusiv dem anspruchsvollsten Drama verschrieben hätte. Wenn in der Browning- oder Shelley-Gesellschaft, wie die Neunmalklugen behaupten, wirklich lauter Dummköpfe säßen – Dummköpfe deshalb, weil sie *Strafford*, *Colombes Geburtstag* und die *Cenci* aufgeführt haben; wenn am Independent Theatre, New Century Theatre oder bei der Stage Society nur untaugliche, praxisferne Spinner wären, weil sie die Stücke von Ibsen und Maeterlinck aufgeführt haben, welcher Beiname wäre dann schon verächtlich genug für jene Leute, die sogenannte Volksstücke zur Aufführung bringen?

Die Theaterdirektoren, die selbst Schauspieler waren, hatten wesentlich mehr Erfolg, weil sie Stücke inszenierten, die wenigstens ihnen persönlich gefielen, während der reine Kommerz mit seiner falschen Theorie, wie man jedem gefallen könne, Stücke aufführen ließ, die niemandem gefielen. Aber gelegentliche Erfolge mit reißerischen oder schwelgerischen Stücken und jedenfalls das sorgsame Verschleiern der Mißerfolge bestärkten dann doch den weitverbreiteten Irrtum, der ja nur dann bloßgestellt wurde, wenn die Stücke allein durch ihren eigenen Wert vor aller Augen bestehen oder fallen mußten. Selbst Shakespeare wurde verstümmelt und geistlos aufgeführt. Im Jahre 1896, als Sir Henry Irving durch einen Unfall verhindert und Ellen Terry zur selben Zeit auch noch zu krank war, um auftreten zu können, mußte das Theater geschlossen werden, nach einem nur kurzen Versuch, sich auf die Anziehungskraft eines von der hauseigenen Truppe gespielten Shakespeare-Stückes zu verlassen. Das mag auch Shakespeares Schuld gewesen sein; tatsächlich klagte Sir Henry später, er habe an Shakespeare eine fürstliche Summe verloren. Doch Shakespeares Antwort darauf, wenn er eine geben könnte, wäre, daß diese fürstliche Summe ja gar nicht für seine dramatische Dichtung aufgewandt wurde, sondern für prächtige Bühnenrituale, mittels derer man die rücksichtslose Verstümmelung seiner Texte überdeckte und sich an ein Publikum richtete, von dem man nichts Genaues wußte, außer daß es eine natürliche Neigung hat, Shakespeare zu verehren und Abneigung sowie Mißtrauen gegenüber eingefahrenen Ritualen. Zweifellos sprach das Irving-Ritual eine viel ausgebildetere Sinnlichkeit und Vorstellungskraft an als die musikalischen Possen und Schwänke, in denen sich die fehlgeleiteten Oberherren der Bühne selbst zelebrierten (am Ende mit derselben finanziellen Katastrophe); aber bei beiden fand sich die gleiche absichtlich angestrebte Geistlosigkeit wieder, begründet mit eben der Theorie, daß das Publikum keinen Geist wolle, nicht denken wolle, ja überhaupt nichts anderes wolle als sein Vergnügen im Theater. Unglücklicherweise trifft diese Theorie zufällig sogar auf einen gewissen Teil des Publikums zu. Dieser Teil, den die Theater umwerben, ging auch immer hin – und verscheuchte die anderen Leute. Dann entdeckte man, was jeder Fachmann hätte voraussagen können, daß nämlich das Theater im reinen Vergnügungsangebot weder mit den anderen Künsten noch mit den Galanterien im wirklichen Leben konkurrieren kann. Bühnenbilder sind die schlechtesten Bilder, Bühnenmusik ist die schlechteste Musik und eine Bühnenkulisse die schlechteste Kulisse, die ein Londoner in Reichweite hat. Die Dame oder der Herr in der Hauptrolle mag dem Bewunderer in der hintersten Reihe ja verführerisch erscheinen, wie die Tellergerichte im Schaufenster einer Garküche dem Stadtstreuner, der ohne einen Pfennig ist; aber man geht doch nicht ins Theater, nehme ich an, nur um Tantalusqualen zu erleiden!

Die Unhaltbarkeit in diesem letzten Punkt war entscheidend. Als die Manager nun versuchten, ihren Grundsatz, jedem zu gefallen, in die Praxis umzusetzen, da trieb sie die Notwendigkeit, die sich immer ironisch gegen die Narren verhält, dazu an, eine Allerweltsvergnügung zu suchen, die universale Anziehungskraft hatte. Und da viele Leute kein Ohr für Musik und kein Auge für Farbe haben, warf die Suche nach dem Allerweltsthema die Manager unvermeidlich auf den sexuellen Instinkt zurück, den Zugang zu allen Herzen. Natürlich war dieser Anreiz schon abgestanden und glückte nicht. Wenn ich für mein eigenes Geschlecht sprechen soll, kann ich nur sagen, daß die Dame in der Hauptrolle nicht jedermanns Geschmack entgegenkam: Ihr hübsches Gesicht wurde oft häßlich, wenn sie versuchte, ihm Ausdruck zu verleihen; ihre

Stimme verlor jeden Zauber (sofern sie überhaupt welchen besaß), wenn sie nichts Ernsthaftes zu sagen hatte; und die Abonnenten im vordersten Parkett wollten, aus rassistischen Vorurteilen, eher mehr Rebecca und weniger Rowena*, als den hintersten Reihen lieb war. Es mag merkwürdig, ja ungeheuerlich erscheinen, daß ein Mann andauernde Anhänglichkeit für die scheußlichen Hexen in *Macbeth* empfinden konnte, aber gähnte bei der Aussicht, wieder einen Abend in Betrachtung einer schönen jungen Dame mit wollüstigen Formen und langbewimperten Augen zubringen zu müssen, die bis zur Vollkommenheit angemalt war und nach der neuesten Mode gekleidet. Doch genau das passierte mir im Theater.

Ich fand auch nicht, daß die Sache dadurch besser wurde, daß die Dame vorgab, eine »Frau mit Vergangenheit« zu sein und leidenschaftlich nymphomanisch, oder dadurch, daß man das Stück ein »Problemstück« nannte, auch wenn der Manager und manchmal, so vermute ich, der Autor selbst des festen Glaubens war, das Wort »Problem« sei der neueste Euphemismus für das, was Justice Shallow mit *bona roba* bezeichnet hat; und sicherlich hätte keiner von beiden im Interesse eines echten Problems auch nur einen Heller riskiert. Nein, die sogenannten Problemstücke hingen tatsächlich, der Theater-Interessen wegen, ausnahmslos von vorherigen Beschlüssen zugunsten einer alle Lebensgeister ermüdenden Konventionalität in der sexuellen Moral ab. Ihre Autoren hatten keinerlei problematische Ansichten: Alles, was sie wollten, war, ein wenig von der Ausstrahlung Ibsens abzukriegen. Die meisten Heldinnen von Ibsen kamen ihnen irgendwie als ungehörige Damen vor. Und also versuchten sie, Ibsen-Stücke zu produzieren, indem sie ihre Heldinnen ungehörig machten. Aber sie waren sehr darauf bedacht, daß die Damen hübsch und kostspielig angezogen waren. Daher war das Pseudo-Ibsen-Stück auch nichts ande-

* Frauengestalten in *Ivanhoe* von Walter Scott.

res als gewöhnliche Sinnenrituale auf der Bühne, nun offen pornographisch, soweit es die guten Manieren eben erlaubten.
Mir ging es so, daß mich das ganze Geschäft mit der Sinnenlust, sei es nun als »Lyceum-Shakespeare«*, als musikalischer Schwank oder gefälschter Ibsen, am Ende anwiderte, nicht weil ich ein Pharisäer gewesen wäre oder bis zur Intoleranz überfeinert, sondern weil ich mich langweilte; und Langeweile ist ein Befinden, das Menschen ebenso anfällig macht für Widerwillen und ärgerliche Gereiztheit wie Kopfweh gegen Lärm und grelles Licht. Da ich ein Mann bin, habe ich selbst Anteil an der maskulinen Dummheit und Vulgarität im Bereich des Sexuellen, die Frauen so befremdet, weil Sexualität für sie etwas Ernstes ist. Ich bin kein Erzbischof und tue auch nicht so, als würde ich mein Leben durchgängig auf ein- und derselben Stufe und in ein- und derselben Verfassung zubringen, nämlich der allerhöchsten; im Gegenteil, ich bin – und ich betone das – ebenso aufgeschlossen für den Humor der Schelmenkomödie oder der Wandlung eines Saulus zum Paulus wie für fromme Sittsamkeit unter dem »Zeichen des Kreuzes«. Falstaff, der derber ist als irgendein Mann in unseren »gewagtesten« Stücken, langweilt mich also nicht, und Doll Tearsheet, verworfener als alle Frauen, schockiert mich nicht. Aber ich bekenne, daß *Romeo und Julia* doch ein faderes Stück wäre, wenn man es des einzigen uns erhaltenen Bruchstücks aus dem Gespräch mit dem Ehemann von Juliens Amme beraubt hätte. Nein, meine Abneigung war nicht bloß dünnhäutige Prüderie. Wenn mein moralisches Empfinden oft bis ins Mark revoltierte, so ausnahmslos wegen der widerlichen Zugeständnisse des Theaters an das konventionell Tugendhafte. Und wenn ich die musikalischen Schwänke verachtete, so deshalb, weil sie niemals den Mut zu ihren eigenen Lastern hatten. Bei aller angestrengten Bemühtheit, zwischen dem unbedarften Spaßmacher auf der Bühne und

* *Lyceum Theatre*: Theater unter der Leitung von Sir Henry Irving.

dem alkoholisierten, wenig Bedarften im Parkett ständig ein Einverständnis über die verstohlenen Anstößigkeiten herzustellen, haben sie doch erbärmlicherweise unablässig ihre eigene Tugend und ihren Patriotismus und ihre Loyalität hervorgehoben, wie ein armes Straßenmädchen, das vorgibt, eine Pfarrerstochter zu sein. Zugegeben, ich wäre vielleicht auch beleidigt gewesen, wenn mich ein Direktor plump und unverbrämt wie ein Sklavenhändler einen Pascha umschmeichelt und aufgefordert hätte, das Band der Menschlichkeit zwischen mir und seiner Truppe zu vergessen und nichts von den Schauspielern zu verlangen als eine lasziv-sinnliche Augenweide. Zu diesem Extrem kommt es an unseren besseren Theatern allerdings gar nicht. Die Verkäuferinnen, Maschinenschreiberinnen und Büroangestellten, die, wie gesagt, die Unschuld des Theaters bewahren, würden auch nicht wagen, sich derart angenehm unterhalten zu lassen. Und selbst wenn sie es wagten, sie würden es von unseren angesehenen Theaterdirektoren nicht bekommen, denn die weigern sich ganz entrüstet, ihren Beruf mit dem der Frau Warren* zu vertauschen, wenn sie mit der logischen Schlußfolgerung ihres Grundsatzes konfrontiert werden, daß man aus dem Theater einen Vergnügungstempel machen solle. Denn genau dahin führen letztendlich alle Forderungen nach Vergnügen im Theater. Und die Antwort darauf ist nicht, daß die Leute kein sinnliches Vergnügen verlangen sollten (sie können ja gar nicht anders), sondern daß das Theater es ihnen nicht geben kann – nicht einmal, wenn man das Ausmaß mitberücksichtigt, das Ehre und Gewissen unserer besten Direktoren gerade noch zulassen –, und zwar deshalb, weil das Theater so weit davon entfernt ist, ein Ort des reinen Vergnügens oder gar der Behaglichkeit zu sein, daß wir nur, wenn wir uns selbst darin vergessen, nicht mehr wahrnehmen, wie unbequem es ist. Ein

* *Frau Warrens Beruf*, eines der »Unerquicklichen Stücke« von Shaw, das damals von der Zensur verboten war. Die Titelgestalt ist eine zu Geld gekommene Prostituierte.

Stück, das den Vergnügungshungrigen nicht an diesen Punkt bringt, läßt ihm Spielraum genug zu entdecken, daß er sich für eine unbehagliche und kostspielige Art der Abendunterhaltung entschieden hat. Er will ja eigentlich trinken, rauchen, Tapetenwechsel, keine mittelalterlichen Schauspieler und Schauspielerinnen, die ihn langweilen, sondern wohlgeformte junge Tänzerinnen und Akrobaten, die amüsante Dinge treiben und plastischer auftreten. Kurz, er will das Varieté; und dahin geht er auch und läßt die Theatermanager verdutzt zurück, weil sie mit diesem Ergebnis ihrer Bemühungen, ihm etwas Gefälliges zu bieten, nicht gerechnet haben, es aber ziemlich unvermeidlich ist. Hingegen wäre alles gut gegangen, wenn das Stück den Zuschauer gefesselt hätte, notfalls auch durch Horror und Entsetzen, statt daß er selbst dem Theaterdirektor, dem Autor und den Schauspielern immer Fesseln der Angst vor seinem Mißfallen anlegen würde. Wir müssen daher schlußfolgern, daß das Theater ein Ort ist, den die Leute nur dann ertragen, wenn sie sich selbst vergessen, das heißt, wenn ihre Aufmerksamkeit restlos gefangengenommen wird, ihr Interesse ganz und gar wach ist, ihre Sympathien so gesteigert werden, daß sie in höchster Spannung und Bereitschaft mitgehen, und ihre Selbstbezogenheit vollständig ausgelöscht ist. Nun stellen Sie sich aber vor, was geschieht, wenn das Theater nach dem Grundsatz geführt wird, daß man ausschließlich der Triebbefriedigung von Leuten entgegenzukommen habe, die ohne diese geballte Aufmerksamkeit, ohne Interessen, ohne Sympathie, kurz: ohne Herz und Hirn sind. Und so wurden sie geführt, als ich noch darüber zu berichten hatte; und eben deshalb haben sie mich beinahe umgebracht.

Doch meinen es die Direktoren eigentlich gut. Ihre Selbstachtung ist eher übermäßig hoch als angeschlagen; denn sie reagieren nur mit allen Gegenmitteln auf die verbreitete Bohème vergangener Schauspielergenerationen und wollen durch untadeliges Verhalten auf Biegen und Brechen ihre gesellschaftliche Anerkennung erreichen, weshalb das

Drama, das in diesem Kampf vernachlässigt wurde, sich gerade erst wieder schwach zu regen beginnt, nachdem es in England seit den sechziger Jahren, der Zeit Tom Robertsons, zum Stillstand gekommen war, bis in den neunziger Jahren dann der erste Schauspieler in den Ritterstand erhoben wurde. – Nun will der Theaterdirektor vielleicht keine guten Stücke, aber er will auch keine schlechten: Er will nette Stücke. Nette Stücke mit netten Kostümen, netten Salons und netten Leuten sind unentbehrlich. Und unvornehm sein ist schlimmer, als keinen Erfolg haben. Ich verwende das Wort »unvornehm« ganz bewußt; denn die Bühne präsentiert uns ein Leben zu dreißig Pfund am Tag, nicht, wie es ist, sondern wie es sich diejenigen vorstellen, die nur dreißig Shilling die Woche verdienen. Die Wirklichkeit würde das Publikum erschüttern, genau wie die Umgangsformen an Schulen und Universitäten eine Aufsichtsbehörde erschüttern. Aber gerade das tun die Stücke, die den wahren Adelsstand der modernen dramatischen Literatur darstellen – sie erschüttern das Gefühl der Ehrfurcht vor der Vornehmheit, das unser Theater heute beherrscht. Zum Beispiel ist der Einwand gegen Ibsen nicht wirklich ein Einwand gegen seine Philosophie: Er ist ein Protest gegen die Tatsache, daß seine Personen sich nicht so benehmen, wie einfache Leute es von vornehmen Damen und Herren erwarten. Wenn Sie eine Hedda Gabler im wirklichen Leben anhimmeln, wenn Sie sie beneiden und glauben, nichts als Ihre Armut hindere Sie daran, ein ebenso auserlesenes Geschöpf zu sein, wenn Sie wissen, daß auch Ihnen der Ehestand schicksalhaft zustoßen kann (sagen wir, mit einem Gardeoffizier, der sich über den Schalter hinweg in Sie verliebt, während Sie die Wörter seines Telegrammes nachzählen) und daß Sie dadurch jederzeit in die Lage der Hedda Gabler versetzt werden könnten, dann kommt Ihnen Ibsens Darstellung der Wertlosigkeit und Gemeinheit ihres Lebens grausam und blasphemisch vor. Diesen Standpunkt nehmen die klugen Damen aus Heddas eigener Klasse aber nicht ein: Sie erkennen das Porträt wieder, applaudieren dem Künstler und halten die ganze Aufregung um Ibsen eigentlich für nichts weiter als die konventionelle Mißbilligung des Gesprächs mit dem Juristen Brack über das Dreiecksverhältnis. Ein wenig Erfahrung mit volkstümlichen Stücken würde diese klugen Damen bald überzeugen, daß eine Heldin, die im letzten Akt durch Selbstmord büßt, alles tun darf, worüber Hedda nur gesprochen hat – ohne daß ein Wort des Vorwurfs von seiten der Presse oder des Publikums käme. Nicht gegen Mord, noch Ehebruch, noch Raub hat man etwas einzuwenden: ganz im Gegenteil. Man hat etwas gegen die nicht-damenhafte Haltung gegenüber dem Leben, mit anderen Worten, gegen die Erniedrigung der gesellschaftlichen Ideale der ärmeren Mittelklasse und gegen die weitverbreitete Unterstützung, die diese Erniedrigung von der Arbeiterklasse innerhalb der letzten zwanzig Jahre erhalten hat. Nichts als die Haltung des Autors braucht gentlemanlike zu sein, und seine Heldinnen können tun, was sie wollen! Mrs. Tanqueray [in Pineros Stück *Die zweite Mrs. Tanqueray*] wurde vom Publikum mit Entzücken aufgenommen: Die Heilige Teresa wäre von derselben Bühne heruntergezischt worden, weil sie die Ideale, die ein Wagen mit Kutscher, ein schicker Modeschneider und ein Dutzend Bedienstete repräsentieren, nur verachtet hätte.

Hier also liegt ein ganz schönes Problem für den Theaterdirektor. Er ist überzeugt, daß die dramatische Wucht der Stücke vom instinktiven Sex-Appeal abhängt, schuldet es aber seiner erst neuerdings eroberten gesellschaftlichen Stellung, daß die Stücke durchaus vornehm sein müssen und geeignet auch für Leute, die in die Kirche gehen. Der Sexualtrieb muß sich daher auf der Grundlage vornehmer Übereinkünfte entwickeln. Unmöglich! werden Sie ausrufen. Aber Sie irren: Nichts ist erstaunlicher als das Ausmaß, bis zu welchem sich der Sexualtrieb im wirklichen Leben genau so entwickelt, selbst wenn dies konsequenterweise zu seiner Verkümmerung führt. Nur wenige von uns besitzen Vitalität genug, um irgendeinen unserer Triebe vordringlich werden und bestimmen zu lassen. Wir können nämlich dazu gebracht werden, vom Schein zu leben, wie die herrschende Minorität sehr wohl weiß. Aber die ängstliche Majorität, obwohl sie sonst nirgendwo herrscht, herrscht wenigstens im Theater – was recht gut paßt, zumal auf der Bühne ohnehin nichts bestehen kann als der Schein. Das Leben hat seine eigenen Wirklichkeiten hinter den Scheinvorführungen, das Theater hat nichts als seine Scheinvorführungen. Kann das Theater aber die Umarmung Liebender so zum Schein vorführen? Tausendmal nein! Unterdrücken Sie den Gedanken an solche gar nicht vornehm-damen- bzw. herrenhafte Zurschaustellungen. Sie können Kämpfe haben auf der Bühne, Errettungen, Feuersbrünste, Gerichtsverhandlungen, Lawinen, Morde und Hinrichtungen, wenn Sie wollen, und alles »live« simuliert. Aber irgendeine realistische Behandlung sexueller Vorgänge steht ganz außer Frage. Der Sänger, der expressive Tänzer, der vorzügliche Deklamator leidenschaftlicher Dichtung oder der seltene Künstler, der etwas von allen drei Künsten in die gewöhnliche Theaterarbeit einzubringen und das Publikum allein durch den Ausdruck des dramatischen Gefühls zu fesseln vermag, kann sich die Liebe als Thema für die Bühne vornehmen; aber der prosaisch auftretende Gentleman unserer zeitgemäßen Theater, der die Lebensgeschehnisse realistisch simuliert, darf nicht daran rühren, ohne anstößig zu sein.

Kann es noch irgendein größeres Dilemma geben? Angeblich ist die Liebe das einzige Thema, das jedes Publikum unfehlbar anrührt, Jung und Alt, Reich und Arm. Und doch ist Liebe auch das einzige Thema, welches das Salon-Drama nicht darzustellen wagt.

Aus diesem Dilemma, das schon sehr alt ist, ging das romantische Drama hervor, das heißt, das Drama, in dem die Liebe sorgsam von der Bühne ferngehalten wird, während sie im Grunde doch als Motivation aller dem Zuschauer vorgeführten Handlungen gilt. Das Ergebnis ist, zumindest für mich, eine unerträgliche Perversion im Verhalten der Menschen. Es gibt zwei Arten von Handlungsabläufen, die mir nicht nur von Grund auf falsch, sondern auch widerlich gemein vorkommen. Die eine ist die pseudoreligiöse Story, in welcher der Held, oder die Heldin, aus rein kaufmännischen Überlegungen heraus Gutes tut und recht zögernd ein bißchen Tugend auf Erden ausübt mit dem Hintergedanken, daß es dafür im Himmel eine exorbitante Ausgleichszahlung geben wird; etwa so, wie wenn eine Haremssklavin einem Kadi erlauben würde, sie für ein paar Millionen in Gold einmal zu verprügeln. Die andere ist die romantische Liebesgeschichte, in welcher der Held, ebenfalls streng geschäftstüchtig, überhaupt nichts tut, es sei denn seiner Heldin zuliebe. Das ist sicherlich ebenso deprimierend wie unwirklich. Man vergleiche einmal den für unsere Begriffe unverblümt unanständigen Umgang mit der Liebe in orientalischen Dichtungen. In *Tausend und eine Nacht* haben wir eine Reihe von Geschichten, darunter einige sehr gute, in denen keinerlei Anstand gewahrt wird. Daraus folgt, daß sie unendlich viel lehrreicher und erfreulicher sind als unsere Liebesgeschichten, weil die Liebe genauso natürlich wie jede andere Leidenschaft behandelt wird. Da gibt es keine gußeiserne Konvention über ihre Auswirkungen; keine falsche Gedankenverknüpfung zwischen generell verdorbenem Charakter und körperlichen Äußerungen der Liebe oder zwischen genereller Vergeistigung und Sentimentalität; kein So-Tun, als ob ein Mann oder eine Frau nicht couragiert und gütig und freundlich sein könnte, *ohne* jemanden gleich irrsinnig zu lieben (ist kein Dichter Manns genug, die alten Jungfern von England zu besingen?). Vielmehr wird beharrlich sogar auf die verblendende und einengende Macht der Liebe hingewiesen, durch die heldenhafte Prinzen unglücklich und unselig werden können. Außerdem entlarven diese Geschichten die Illusion, daß das Interesse an jenem launischsten, vergänglichsten und leichtest störbaren aller Triebe unerschöpflich sei und daß der englische Autor von Liebesgeschichten auf diesem seinem Gebiet grausam begrenzt werde durch Restriktionen, die ihm den Freiraum vorschreiben. Der arabische Geschichtenerzähler, von all diesen Restriktionen völlig frei, baut Person um Person auf, Abenteuer um Abenteuer, Wunder um Wunder; der englische Romancier hingegen ist – gleich dem hungernden Landstreicher, der an nichts anderes als an seinen Hunger denken kann – offenbar unfähig, der Sexbesessenheit zu entkommen, und würde gerne auch noch die Evangelien umschreiben, weil die Originale nicht im sinnlich-ekstatischen Stil verfaßt sind. Nach dem Beispiel Martin Luthers haben wir schon lange aufgehört, unseren Pfarrern den Zölibat aufzuerlegen; unserer Kunst aber bleibt er weiter auferlegt, mit dem sehr unerwünschten und unerwarteten Resultat, daß kein Herausgeber, kein Verleger oder Theaterdirektor heute eine Geschichte annehmen oder ein Stück aufführen wird, in dem es nicht »um Liebe geht«. Nehmen wir als neueres Beispiel den *Krieg der Welten* von H. G. Wells, die Geschichte einer Erdinvasion durch die Bewohner des Planeten Mars: Eine vortreffliche Erzählung, die man nicht aus der Hand legen wird, ehe man sie zu Ende gelesen hat. Auf dieser wissenschaftlichen Ebene kann es unmöglich in erster Linie »um Liebe gehen«, nichts wäre unangebrachter und irritierender. Trotzdem mußte Wells den Anschein erwecken, als sei der Held in eine eigens für diesen Zweck erfundene junge Dame verliebt, und damit implizieren, daß sich der junge Mann allein ihretwegen über die offenbar unausweichliche Vernichtung der Menschheit durch die Marsianer Sorgen macht. Noch ein weiteres Beispiel. Ein kürzlich verstorbener amerikanischer Romancier landete vor einigen Jahren einen Volltreffer mit der Zusammenstellung einer »Bostoner Utopie« aus den Flugblättern jener kleinen Gruppen eifriger Kommunisten, welche seit den Tagen Fouriers und Owens von Zeit zu Zeit versucht haben, »tausendjährige Kolonien« außerhalb unserer kommerziellen Zivilisation zu gründen. Sogar in dieser ökonomischen Utopie finden wir die unvermeidliche Liebesgeschichte. Der Held trifft in ferner Zukunft beim Erwachen aus einem wunderbaren Schlaf eine junge

Dame aus Bosten, die ausdrücklich für ihn vorgesehen ist, auf daß er sich in sie verliebe. Bis dahin tragen die Frauen zwar keine Röcke mehr, sie aber – um sein Zartgefühl zu schonen – besorgt sich einen aus einem Museum für Altertum und trägt diesen Rock in seiner Gegenwart, bis der Held genügend abgehärtet ist für den Brauch des neuen Zeitalters. Als ich an diese rührende Stelle kam, ging es mir wie Paolo und Francesca: »In diesem Buch las ich nicht weiter.« Ich will die Beispiele nicht vermehren. Aber wenn derart unerträgliche Albernheiten schon in Geschichten vorkommen, die durch genaue Verarbeitung einer meteorologischen oder ökonomischen Hypothese entstanden sind, braucht man sich nicht länger darüber auszulassen, wie weit sie in gefühlsseligen Romanzen verbreitet werden.

Das schlimmste dabei ist, daß letztlich, da der Mensch sein geistiges Wissen über sich ja aus den Beschreibungen seiner selbst in Büchern bezieht, ein durchgehend falsches Menschheitsbild in der Literatur hingenommen wird und man dementsprechend auch handelt. Wenn jeder Spiegel unsere Nase doppelt so groß, wie sie von Natur aus ist, widerspiegeln würde, wir müßten leben und sterben in dem Glauben, daß wir alle Kasperles sind; und einen wahrheitsgetreuen Spiegel würden wir abtun als das Werk eines Narren, Verrückten oder Spaßvogels. Ja, ich glaube sogar, daß wir in Lamarckscher Umwandlung unsere Nasen auf die gewünschte Größe anwachsen ließen; denn ich habe festgestellt, daß gewisse typische Züge, wenn sie einmal in der Malerei auftauchen und allgemein bewundert werden, auch in der Natur alltäglicher werden, daß also die Beatrices und Francescas aus den Bildergalerien der einen Generation, an die unbedeutendere Poeten Gedichte unter dem Titel »Der Dame meines Herzens« richten, in der nächsten als Dienstmädchen und Kellnerinnen lebendig werden. Wenn man nur lange und einmütig genug auf den konventionellen Liebesgeschichten besteht (eine Voraussetzung, die durch die Uniformität der menschlichen Dummheit und Eitelkeit garantiert ist), dann werden diese Konventionen bei den breiten, nur durch die Pflichtschule gegangenen Massen, die entweder Liebesromane oder gar nichts lesen, zu Gesetzen ihres persönlichen Ehrgefühls. Die Eifersucht, eine egoistische Gemeinheit oder eine spezifische Besessenheit, wird sodann obligatorisch, und Anlässe, die, der Verarbeitung des natürlichen und richtigen Empfindens überlassen, nichts Schlimmeres als eine Stunde bald vergessener Aufregung auslösen würden, führen zu Ruin, gesellschaftlicher Ächtung, Familienzusammenbruch, Duell, Mord, Selbstmord und Kindestötung (ja, haben in der Tat schon oft dazu geführt). Ohne Notwendigkeit werden Menschen auf dem Schlachtfeld niedergemetzelt, nur weil Offiziere meinen, es sei ihre oberste Pflicht, in romantischer Zurschaustellung eine augenfällige Tapferkeit vorzuführen. Der Gutsherr, der niemals auf eine Stunde im Jagdrevier verzichtet, um statt dessen ein wenig Öffentlichkeitsarbeit im Gemeinderat zu leisten, wird als Patriot bejubelt, weil er willens ist zu töten und getötet zu werden, nur damit er sich wie eine Institution auf andere Länder ausbreiten kann. Vor Gericht werden Verhandlungen nicht mehr nach rechtlichen, sondern nach romantischen Prinzipien ausgetragen, und rachsüchtige Forderungen auf Schadenersatz wie rachsüchtige Urteilssprüche, unter Anerkennung unsinniger und Ablehnung oder Unterdrückung sinnvoller Zeugenschaft, werden den eigentlichen Sinn und Zweck des Gesetzes zerstören. Kaiser, Generäle, Richter und Premierminister werden ein Beispiel dafür abgeben, wie man Effekthascherei betreibt. Und am Ende werden die Menschen, die nur pflichtgemäß lesen gelernt haben, so daß jeder Schreiberling mit ihren romantischen Illusionen spielen kann, weitaus mehr an der Nase herumgeführt als je zuvor durch das Spiel mit ihrer früheren Unwissenheit und ihrem Aberglauben. Aber warum rede ich von der Zukunft?! Es ist ja schon soweit! Zehn Jahre billiger Lektüre haben die Engländer verändert: Aus der unerschütterlichsten Nation Europas ist die theatralischste und hysterischste geworden.

Ist es nun klar, warum das Theater unerträglich für mich war; warum es meinen Körper so übel zugerichtet hat, wie es den Nationalcharakter zugerichtet hat; und warum ich die Puritaner aufrufe, das Theater wieder zu retten, wie sie es vorher schon einmal gerettet haben, als es durch sein närrisches Streben nach Vergnügen in die »Profanität und Unsittlichkeit« hinabgesunken war? Ich bin, glaube ich, in meiner Einstellung zur Kunst immer Puritaner gewesen. Ich liebe gute Musik und schöne Gebäude, wie Milton oder Cromwell oder Bunyan sie liebten; doch wenn ich entdecken müßte, daß man sie zu Instrumenten einer systematischen Vergötterung der Sinnlichkeit machte, so hielte ich es für gute Staatskunst, jede Kathedrale in der Welt, Orgel und alles, mit Dynamit in Stücke zu sprengen, ohne die geringste Rücksicht auf das Geschrei der Kunstkritiker und Kulturlüstlinge. Und wenn ich sehe, daß das neunzehnte Jahrhundert die Vergötterung der Kunst mit der Vergöttlichung der sinnlichen Liebe gekrönt hat, so daß jeder Poet vermeintlich zum Allerheiligsten vorgedrungen ist, sobald er verkündet, die Liebe sei das Höchste oder das Genügende oder überhaupt alles, dann habe ich das Gefühl, die Kunst sei in den Händen der fanatischsten Generalmajore unter Cromwell sicherer gewesen, als sie jemals wäre, wenn sie in meine geriete. Mit dem sinnlichen Vergnügen kann ich sympathisieren, auch daran teilnehmen, aber sinnliche Verzückung als Ersatz für intellektuelle Beweglichkeit und Redlichkeit, das ist der Teufel selbst. Der hat uns schon jetzt Gesetzesvorlagen zur Prügelstrafe eingebracht und als Reaktion darauf androgyne Helden auf der Bühne; und sollte sich die Infektion weiter ausbreiten, bis die demokratische Grundhaltung ganz und gar zur romantischen Schwärmerei geworden ist, so wird unser Land unerträglich werden für alle Realisten, Philister und Platoniker. Wenn es dahin kommt, dann wird sich die rohe Gewalt der starken Persönlichkeit: des bismarckschen Tatmenschen, aus Ungeduld über den ganzen Humbug mit der Raffinesse und geistigen Energie des Denkers verbinden, den solcher Schwindel weder täuschen kann noch interessiert. Diese Mischung wird auf der einen Seite stehen und die romantische Schwärmerei auf der anderen. Um so schlimmer für die Romantik! Die wird in diesem Fall untergehen, selbst wenn sie die Demokratie mit sich reißen müßte. Denn gesellschaftliche Einrichtungen müssen auf lange Sicht durch die Natur der Dinge selbst lebendig bleiben und nicht durch kindische Heuchelei.

Über die diabolische Ethik

Es herrscht die alberne Ansicht, daß ein Autor seine Werke für sich selbst sprechen lassen sollte und daß derjenige, der ihnen Erklärungen beigibt oder vorausschickt, wahrscheinlich ein ebenso schlechter Künstler ist wie der von Cervantes erwähnte Maler, der unter sein Bild schrieb: »Dies ist ein Hahn«, damit ja kein Mißverständnis aufkommen konnte. Die schlagfertige Entgegnung auf diesen gedankenlosen Vergleich wäre, daß jeder Maler grundsätzlich sein Bild solcherart kennzeichnet. Was ist denn der Katalog der *Royal Academy* anderes als eine Aneinanderreihung von Erklärungen wie: Dies ist »Das Tal des Friedens«, dies »Samsons Schur«, dies »Frostiger Oktober«, dies »Seine Königliche Hoheit, der Prinz von Wales« und so weiter? Der Grund, weshalb die meisten Dramatiker keine Vorreden zu ihren Stücken veröffentlichen, ist der, daß sie keine schreiben können, weil die Aufgaben des gewissenhaften Geistesarbeiters und Philosophen wie des sachkundigen Kritikers nicht notwendigerweise zu ihrem Handwerk gehören. Natürlich machen sie aus ihrer Unfähigkeit eine Tugend und schimpfen entweder auf alle Vorreden, oder aber sie bitten, in einem Anfall von Bescheidenheit, irgendeinen beliebten Kritiker, ihnen eine zu liefern, was in etwa heißt: Würde ich ehrlich sagen, was ich selbst von mir halte, so müßte ich notgedrungen als Angeber dastehen; wäre ich aber weniger ehrlich, müßte ich mir selbst unrecht tun und meine Leser täuschen. Der von außen herbeigerufene Kritiker aber, was kann der schon tun, als darauf hinweisen, daß die überragende Könnerschaft seines Freundes als Dramatiker nur noch durch seine wundervollen Eigenschaften als Mensch übertroffen wird!? Was ich damit sagen will, ist dies: Warum soll ich mir einen anderen Menschen holen, mich zu loben, wenn ich mich selber loben kann? Ich bin ja nicht unfähig, meinen Standpunkt zu vertreten. Bringt mir euren besten Kritiker, und ich werde ihn um Kopf und Verstand kritisieren. Was die Philosophie betrifft, so habe ich meinen Kritikern das Wenige, was sie wissen, durch meine *Quintessenz des Ibsenismus* erst beigebracht – und nun richten sie ihre Geschütze, die ich für sie geladen habe, auf mich und erklären lauthals, ich schriebe so, als hätte die Menschheit Intellekt, aber keinen Willen oder Herz, wie sie es nennen. Ihr Undankbaren! Wer war es denn, der euch auf den Unterschied zwischen Willen und Intellekt aufmerksam gemacht hat? Nicht Schopenhauer, glaube ich, sondern Shaw.

Dann wieder erzählen sie mir, der Soundso, der keine Vorreden schreibt, sei eben kein Marktschreier. Gut also, ich bin einer. Auf einem Karren im Hyde Park stehend, habe ich mir zum erstenmal das Gehör der britischen Öffentlichkeit verschafft, beim Schmettern einer Blechbläserkapelle, und es war keineswegs ein widerstrebendes Opfer meines Bedürfnisses nach Privatsphäre zugunsten der politischen Notwendigkeit, sondern ich tat es, weil ich, wie alle Dramatiker und Darsteller aus innerer Berufung, ein geborener Schreier war. Ich bin mir sehr wohl bewußt, daß der gewöhnliche britische Staatsbürger allen Marktschreiern das Eingeständnis der Scham abverlangt, und zwar derart, daß sie Lobreden auf die Heiligkeit seines unwürdigen Privatlebens halten müssen, zu welchem er verurteilt ist, weil ihm die Fähigkeiten für das öffentliche Leben abgehen. Daher mußte sich auch Shakespeare, nachdem er verkündet hatte, weder Marmorstein noch die güldenen Standbilder der Fürsten würden seine gewaltigen Verse überleben, in der üblichen Manier dafür entschuldigen, daß er sich in den Augen der Menge zum Narren gemacht habe; und seither zitiert der britische Bürger immer die Entschuldigung – die Fanfare des Eigenlobs übergeht er. Und eine Schauspielerin, die ihre Memoiren schreibt, betont in jedem Kapitel, wie entsetzlich ihre Gefühle strapaziert waren, als sie sich den Blicken des Publikums offen aussetzen mußte; aber sie vergißt keineswegs, das Buch mit einem Dutzend Bilder von sich auszuschmükken. Auf die Forderung nach dieser Scheinbescheidenheit habe ich wirklich keine Antwort. Ich schäme mich weder meiner Arbeit noch der Art und Weise, wie ich sie tue. Ich erkläre ihre Vorzüge gern der breiten Majorität, die gute Arbeit nicht von schlechter unterscheiden kann. Das tut den Leuten gut, und es tut mir gut, weil es Nervosität, Faulheit und Snobismus kuriert. Ich schreibe Vorreden, wie Dryden das tat, und Abhandlungen wie Wagner, weil ich es *kann*, und ich gäbe ein halbes Dutzend von Shakespeares Dramen hin für eine einzige Vorrede von ihm, wenn er nur welche geschrieben hätte. Die feinfühlige Zurückhaltung überlasse ich denen, die in erster Linie Gentlemen sind und danach erst literarische Arbeiter. Mir den Karren und den Schalltrichter!

So weit, so gut; nur ist der Schalltrichter eben etwas, was mit einem zusammenwächst, und manchmal wird meine Lautstärke so durchdringend, daß sogar diejenigen, die sich am meisten über sie ärgern, die Überraschung über meine Hemmungslosigkeit fälschlicherweise mit etwas Neuartigem und Überraschendem an meinen Stücken gleichsetzen. Nehmen wir beispielsweise das erste Stück in diesem Band [»Stücke für Puritaner«] mit dem Titel *Der Teufelsschüler*. Es enthält nicht einmal ein annähernd neuartiges Moment. Jeder alte Logen-Bruder im Adelphi-Theater würde, wenn er nicht in einer Art geblendet wäre, die sogleich erklärt werden soll, vieles (wieder-)erkennen, die Verlesung des Testaments, die unterdrückte Waise, die einen Beschützer findet, die Verhaftung, das heldenhafte Opfer, das Kriegs-

gericht, das Schafott und die Rettung im letzten Augenblick; wie er auch die Fleischpastete auf der Speisekarte seines Restaurants immer wiedererkennt. Trotzdem, als das Stück 1897 von Richard Mansfield in New York aufgeführt wurde – mit einem Erfolg, der beweist, daß mein Melodram entweder auf einer garantiert erfolgreichen Struktur beruhte oder aber, daß sich das amerikanische Publikum ausschließlich aus genialen Leuten zusammensetzt –, da waren alle Kritiker sich einig, auch wenn der eine dies und der andere jenes über die Verdienste des Stückes sagte, daß es überraschend neuartig war, *originell*, wie sie es nannten, und an der Grenze zu tollkühner Gewagtheit.
Dies aber, bezogen auf die einzelnen Vorgänge, die Handlung, den Aufbau und die allgemeinen professionellen und technischen Qualitäten des Stückes, ist Unsinn; denn in Wahrheit bin ich darin ein sehr altmodischer Stückeschreiber. Als wieder ein gut Teil solchen Geredes, feindlich wie auch freundlich gesinnt, durch den letzten Band meiner Dramen ausgelöst wurde, wies Robert Buchanan, ein Dramatiker, der sich in der Theatergeschichte genauso gut auskennt und ein ebenso gutes Gedächtnis hat wie ich, darauf hin, daß meine Kunstgriffe und Bühnentricks, bei denen die jüngeren Theaterbesucher ein Prickeln des Ungewöhnlichen und Unerwarteten empfanden, schon vor Jahren ihren Dienst getan hatten, in *Cool as a Cucumber*, *Used Up* und vielen anderen vergessenen Schwänken und Komödien der Byron-Robertson-Schule, in welcher die Figur des unbeirrbar unverschämten Possenreißers, der später von der Reaktion in die Ecke der geistlosen Sentimentalität verdrängt wurde, zur Grundbesetzung gehörte. Mehr oder weniger ist es immer so: Die Neuheiten der einen Generation sind nur die aufgefrischten Moden der vorletzten.
Aber gerade die Bühneneffekte im *Teufelsschüler* sind nicht, wie einige in *Helden*, vergessene Tricks der sechziger Jahre, sondern die allgemein üblichen unserer eigenen Zeit. Warum also hat man sie nicht wiedererkannt? Zum Teil,

zweifelsohne, meines Schalltrichters und der Ansprachen auf dem Karren wegen (vielleicht aber auch wegen der Dollars). Die Kritiker fielen der seit langem kursierenden hypnotischen Suggestion zum Opfer, vermittels welcher G. B. S., der Journalist, den unkonventionellen Ruf Bernard Shaws, des Autors, fabriziert hat. In England wie anderswo beginnt das spontane Erkennen wirklich origineller Werke bei nur einer Handvoll Menschen und breitet sich so langsam aus, daß es ein Gemeinplatz geworden ist zu sagen: Das Genie, das Brot verlangt, erhält nach seinem Tod statt dessen einen Stein. Das Heilmittel dagegen ist fleißige Werbung. Folglich habe ich so gut für mich geworben, daß ich mittlerweile eine fast so legendäre Persönlichkeit bin wie der Fliegende Holländer, obwohl ich noch mitten im Leben stehe. Kritiker, wie andere Leute auch, sehen das, was sie sehen wollen, nicht das, was sie wirklich vor Augen haben. In meinen Stücken wollen sie meine legendären Eigenschaften sehen und entdecken daher noch in meinen abgedroschensten Effekthaschereien Originalität und Brillanz. Würde ich Buckstones [Theaterstück] *Wreck Ashore* neu publizieren und es als mein letztes Lustspiel ausgeben, man würde es als Meisterwerk der paradoxen Umkehrung und funkelnden Satire begrüßen. Die wirklich fähigen Kritiker natürlich nicht – wie Sie, zum Beispiel, mein Freund, der Sie gerade diesen Satz lesen. Die Illusion, die *Sie* denken läßt, ich sei so originell, ist weitaus differenzierter. *Der Teufelsschüler* hat ja wahrhaftig auch etwas genuin Neues. Nur ist dieses Neue keine Erfindung von mir persönlich, sondern einfach das Ungewöhnliche am neuen Denken meiner Zeit. Dieses aber wird sicherlich im Laufe der Zeit seinen Glanz verlieren, so daß *Der Teufelsschüler* als das simple, populäre Melodrama sichtbar wird, das er, formal betrachtet, tatsächlich ist.

Lassen Sie mich dies erklären (denn wenn ich nicht erklären darf, bin ich nichts, wie A. B. Walkley in seiner Untersuchung zu den *Gemütsverfassungen* dargelegt hat). Dick Dudgeon,

der Teufelsschüler, ist puritanischer als jeder Puritaner. Er ist aufgewachsen in einem Haus, wo die puritanische Religion nicht mehr lebendig ist und in ihrer korrupten Form als Entschuldigung herhalten muß für die Hauptleidenschaft seiner Mutter, den Haß, in allen seinen Schattierungen von der Grausamkeit bis zum Neid. Diese Korruption hat uns Charles Dickens schon dramatisch vor Augen geführt mit seiner Schilderung der Familie Clennam in *Little Dorrit.* Frau Dudgeon ist eine Neuauflage der Frau Clennam, mit gewissen Abwandlungen aufgrund der äußeren Umstände, und vielleicht auch ein bißchen Frau Gargery, wie sie derselbe Autor in *Große Erwartungen* geschildert hat. In so einem »Zuhause« hungert der junge Puritaner geradezu nach Religion, dem vordringlichsten Bedürfnis seiner Natur. Mit ganz dem gleichen unbezähmbaren Eigensinn wie seine Mutter, aber besessen vor allem vom Mitleid, nicht Haß, bedauert er selbst den Teufel, ergreift dessen Partei und streitet für ihn wie ein echter Glaubensbruder gegen die gesamte Welt. Auf diese Weise wird er, gleich allen wahrhaft religiösen Menschen, von der Gesellschaft verurteilt und zum Ausgestoßenen. Hat man das einmal begriffen, tritt auch die einfache Geradlinigkeit des Stückes deutlich hervor.
Die Einstellung zum Teuflischen ist für den Londoner Theaterbesucher von heute zwar neu, für die Liebhaber ernster Literatur aber nicht. Von Prometheus bis zu Wagners Siegfried hat immer irgendein Gegner der Götter, ein unerschrokkener Streiter für die von ihnen Unterdrückten, die Helden der erhabensten Dichtung noch überragt. Unser neuestes Ideal, der Übermensch, der den Tod der Gottheit feiert, ist vielleicht jünger als die Berge, aber er ist so alt wie die Hirten. Vor zweieinhalb Jahrhunderten schloß unser größter englischer Dichter des Lebensdramas, John Bunyan, eine seiner Geschichten mit der Bemerkung, daß sogar von der Himmelspforte ein Weg zur Hölle führe, und gab uns damit den gleichermaßen wahren Satz zu bedenken, daß noch von den Toren der Hölle ein Weg in den Himmel führt. Vor einem

Jahrhundert galt William Blake, wie Dick Dudgeon, als diabolisch: Er nannte seine Engel Teufel und seine Teufel Engel. Sein Teufel ist ein Erlöser. Diejenigen, die meinen originellen Einfall mit Dick Dudgeons fremdartiger Religion so preisen, sollen erst einmal Blakes *Marriage of Heaven and Hell* lesen; und ich kann von Glück sagen, wenn sie mich nicht einen Plagiator schimpfen. Aber sie brauchen gar nicht bis auf Blake und Bunyan zurückzugehen. Haben sie nicht die neuerliche Aufregung über Nietzsche mitbekommen und dessen Umkehrung von Gut und Böse? Ja, auch Robert Buchanan hat ein langes Gedicht geschrieben, dessen barmherziger Held der Teufel ist, und dieses Gedicht hatte ich in Händen, lange bevor ein einziges Wort des *Teufelsschülers* geschrieben war. Niemals gab es ein Stück, das mit größerer Sicherheit hätte geschrieben werden müssen, als *Der Teufelsschüler* gegen Ende des neunzehnten Jahrhunderts. Das Zeitalter ging sichtbar schwanger damit.

Es tut mir richtig weh, noch hinzufügen zu müssen, daß meine alten Freunde und Kollegen, die Londoner Kritiker, größtenteils keine Kennerschaft bewiesen, weder im Puritanismus noch auf dem Gebiet des Diabolischen, als das Stück vor einigen Wochen, im Oktober 1899, von Murray Carson an einem Vorstadttheater (Kennington) aufgeführt wurde. Sie hielten Frau Dudgeon, nach deren eigenem Wertmaß, für eine fromme Frau, weil sie so schrecklich unangenehm ist, und Dick Dudgeon für einen liederlichen Kerl, ganz wie die Mutter ihn sieht, weil er weder schrecklich noch unangenehm ist. Aber alsbald befanden sie sich in einem Dilemma. Warum sollte ein so liederlicher Kerl unter Einsatz seines eigenen Lebens einem anderen Menschen das Leben retten, wenn dieser nicht einmal ein Freund von ihm war? Eindeutig deshalb, sagten die Kritiker, weil er durch die Liebe selbst erlöst und gerechtfertigt wird. So geht es allen bösen Helden – auf der Bühne: Das ist die romantische Metaphysik. Zum Unglück für diese Auslegung (die ich, zugegeben, nicht verstehe) zeigt sich im dritten Akt, daß Dick auch in dieser Hinsicht ein

Puritaner ist, nämlich ein Mann voller Leidenschaft, aber nur für die seligmachende, seelenerrettende Gnade, der sich weder von Frau noch Mutter, weder von Kirche noch Staat, weder von irdischem Stolz noch Fleischeslust leiten oder nur beeinflussen lassen darf. Er schaut sich zwar um im wunderschönen Heim des beherzten, liebevollen und einsatzfreudigen Pastors, der eine zwanzig Jahre jüngere Frau geheiratet hat und doch auf der Stelle Soldat wird, um den Mann zu retten, der ihm das Leben gerettet hat, und er erfaßt auch den Zauber und Frieden und das Geheiligte daran, weiß aber, daß solche greifbaren Behaglichkeiten nichts für ihn sind. Als die Frau, von dieser Atmosphäre gehegt und gepflegt, sich in ihn verliebt und glaubt, er habe sein Leben um *ihretwillen* riskiert (was auch die Kritiker glauben, die irgendwie immer mit meinen gefühlsseligen Heldinnen übereinstimmen), sagt er ihr klipp und klar die Wahrheit, daß er nämlich das gleiche auch für jeden Fremden getan hätte, und daß allein das Gesetz seiner eigenen Natur, nicht irgendwelche Berechnung oder Wollust, es ihm verboten habe, laut herauszuschreien, daß man die Schlinge des Henkers doch von seinem Hals nehmen und einem anderen umlegen solle.
Aber, sagten die Kritiker, wo ist dann die Motivation? *Warum* rettet Dick diesen Anderson? Auf der Bühne, so scheint es, handeln die Menschen immer aus ganz bestimmten Gründen. Außerhalb des Theaters nicht: Daher sind eure Pfennigautomaten-Helden, die ja nur etwas tun, wenn ihr eine Motivation in sie hineinsteckt, auch so bedrückend leblos und uninteressant. Ein Leben zu retten und dabei sein eigenes zu riskieren, ist keine allgemein übliche Sache; doch leben heute so viele Menschen auf der Welt, daß einmal pro Woche oder auch öfter noch die allerunüblichsten Sachen registriert werden. Nicht einen meinen Kritiker nehme ich aus: Jeder hat schon hundertmal in seiner Zeitung gelesen, daß ein Polizist oder Feuerwehrmann oder ein Kindermädchen eine Medaille erhalten hat oder die Glückwünsche eines Magistrats, oder vielleicht auch ein öffentliches Begräbnis,

weil er oder sie das eigene Leben riskierte, um das eines anderen zu retten. Hat er darüber hinaus aber jemals gelesen, daß der Gerettete der Ehemann einer Frau war, die der Retter liebte, oder daß es die Frau selber war oder daß der Retter den Geretteten auch nur vom Sehen her gekannt haben mußte? Niemals. Wenn wir von Taten lesen wollen, die aus Liebe geschehen, wohin wenden wir uns dann? Zur Mord-Kolumne! Dort werden wir selten enttäuscht.

Muß ich wiederholen, daß die Berufsroutine des Theaterkritikers so abträglich ist für jede verbindende Sicht zwischen dem wirklichen Leben und der Bühne, daß er bald die natürliche Veranlagung einbüßt, auf das eine zu verweisen, um das andere zu veranschaulichen? Nun war der Kritiker, der eine romantische Motivation hinter Dicks Opferbereitschaft entdeckt hat, aber kein rein literarischer Träumer, sondern ein kluger Anwalt. Er wies darauf hin, daß Dick Dudgeon Frau Anderson offensichtlich sehr verehrt; daß er ihretwegen bereit ist, sein Leben hinzugeben, um ihren geliebten Gatten zu retten; und daß sein ausdrückliches Leugnen dieser Leidenschaft die glänzende Lüge eines Gentleman sei, dem die Achtung vor einer verheirateten Frau und die Verpflichtung gegen den abwesenden Ehemann die vor Leidenschaft bebenden Lippen verschließt. Von dem Augenblick an, da diese fatalerweise plausible Erklärung einmal vom Stapel gelassen war, wurde mein Stück zu einem Stück meiner Kritiker und war nicht länger meines. In der Folge bestärkte Dick Dudgeon allabendlich die Ansicht des Rezensenten, indem er verstohlen hinter Judith herschlich und seine Leidenschaft stumm zu erkennen gab durch einen heimlich aufgedrückten, herzzerreißenden Kuß auf eine gelöste Locke ihres Haares, während er laut die trockene Abweisung sprach. Ich selbst ging damals gerade durch die Straßen von Konstantinopel und hatte keine Ahnung von all den Vorgängen. Als ich zurückkam, war alles vorbei. Meine persönlichen Beziehungen zu dem Kritiker und dem Schauspieler verbaten mir, sie zu verfluchen. Ich hatte nicht einmal Gelegenheit, ihnen öffentlich zu vergeben. Sie haben es gut mit mir gemeint. Aber sollten Sie jemals selbst ein Stück schreiben, so werde ich hoffentlich auch zur Stelle sein, um es richtig zu erklären!*

* Während ich diese Zeilen in Satz gebe (September 1900), kämpfen die Kritiker von Yorkshire gegen Dick Dudgeons Auftritt auf ihrer Bühne – in der Gestalt von Forbes Robertson – wie gegen einen unheiligen Zauber. »Ein ausgemachter Halunke« ist die Bezeichnung, die einer von ihnen für Dick verwendet. Es lohnt sich, dies hier festzuhalten als ein Beispiel für das Ausmaß, in welchem das moralische Empfinden noch vor sich hin döst bei Leuten, die mit den herkömmlichen Formeln für wohlanständiges Betragen zufrieden sind. [Anm. des Autors]

Man kann nie wissen

Komödie in vier Akten

Personen:

MARGARET CLANDON
GLORIA
DOLLY
PHILIP
} ihre Kinder
DR. VALENTINE, Zahnarzt
FERGUS CRAMPTON
FINCH MC COMAS, Anwalt
BOHUN, Anwalt
OBERKELLNER
HAUSMÄDCHEN
JUNGER KELLNER
KOCH

Ort: Ein englisches Seebad
Zeit: 1896

Anmerkung:
Bei ihrem ersten Auftreten werden folgende Personen zunächst allgemein eingeführt: Dolly als Junge Dame, Dr. Valentine als Zahnarzt, Philip als Junger Mann und Mc Comas als Herr.

Erster Akt

An einem schönen Augustmorgen des Jahres 1896 im Ordinationszimmer eines Zahnarztes. Es ist das beste Zimmer einer möblierten Wohnung auf der Strandpromenade eines Seebades an der Küste von Torbay in Devon. Der Behandlungsstuhl, neben ihm Gaspumpe und Zylinder, steht halb zwischen dem Zentrum des Zimmers und einer Ecke. Sieht man durch das dem Stuhl gegenüberliegende Fenster in den Raum hinein, so liegt in der Mitte der gegenüberliegenden Wand der Kamin. Links eine Tür. Über dem Kaminsims befindet sich ein gerahmtes Zahnarztdiplom. Vor dem Kamin steht ein Sessel, rechts in der Ecke ein schöner Hocker und eine Bank mit Schraubstock, Werkzeugen, einem Mörser und Stößel. In der Wand zur Linken ist ein breites Fenster mit Seeblick. Darunter ein Schreibtisch mit einer Löschwiege und einem Vormerkbuch. Vor dem Schreibtisch steht ein Stuhl. Gegen die Tür zu sieht man ein Sofa. In handlicher Nähe zum Behandlungsstuhl befindet sich ein Instrumentenschrank. Die Möbel, der Teppich und die Tapeten gehören zu einem viktorianischen Gesellschaftszimmer um die Mitte dieser Epoche. Sie sind ausgesucht heiter und festlich und nicht bestimmt für den täglichen Gebrauch.

In dem Zimmer befinden sich zwei Menschen: Einmal ist da eine sehr hübsche Dame en miniature, deren winziges Figürchen zierlich und fröhlich gekleidet ist. Sie ist kaum achtzehn Jahre alt. Diese liebenswürdige kleine Person gehört natürlich weder in das Zimmer noch nach England überhaupt, denn ihre Gesichtsfarbe, obgleich sehr zart, ist von einer heißeren Sonne als der Englands gebräunt. Sie hält ein Glas Wasser in der Hand. Auf ihrem schmalen, energischen Mund und an ihren eigentümlich geschweiften Augenbrauen bemerkt man eine sich rasch verziehende Hartnäckigkeit.

Dann der Zahnarzt, der sie mit der Selbstzufriedenheit eines erfolgreichen Operateurs betrachtet: Ein junger Mann um die Dreißig. Er macht nicht gerade den Eindruck eines Arbeitsmenschen. Unter der geschäftsmäßigen Art des soeben erst niedergelassenen Zahnarztes, der auf der Suche nach Patienten ist, spürt man die leichtsinnige Liebenswürdigkeit des jungen und noch nicht verheirateten Gentleman, der auf der Suche nach amüsanten Abenteuern ist. Er benimmt sich dabei durchaus ernst, aber seine gespannten Nasenflügel zeigen, daß es der Ernst eines Spaßmachers ist. Seine Augen sind klar, flink, maßvoll skeptisch und doch auch ein wenig verwegen. Er hat eine großartige Stirn mit viel Platz dahinter. Seine Nase und sein Kinn sind männlich und hübsch. Im Ganzen ist er ein bemerkenswerter, attraktiver Anfänger, dessen Aussichten ein Geschäftsmann ziemlich günstig einschätzen würde.

JUNGE DAME *reicht ihm das Glas:* Danke sehr. *Trotz ihres hellbraunen Teints spricht sie ohne den geringsten fremden Akzent.*

ZAHNARZT *stellt das Glas auf den Rand des Instrumentenschrankes:* Das war mein erster Zahn.

JUNGE DAME *entsetzt:* Ihr erster? Wollen Sie damit sagen, daß Sie mit mir Ihre Praxis begonnen haben?

ZAHNARZT Jeder Zahnarzt muß einmal mit jemandem beginnen.

JUNGE DAME Jawohl! Aber mit jemandem in der Klinik, nicht mit Leuten, die bezahlen.

ZAHNARZT *lacht:* Die Klinik zählt natürlich nicht. Ich meine, der erste in meiner Privatpraxis. Warum wollten Sie kein Lachgas haben?

JUNGE DAME Weil Sie sagten, daß das fünf Shilling extra kostet.

ZAHNARZT *erschrocken:* Oh, bitte sagen Sie das nicht so. Sonst denke ich, ich hätte Ihnen wegen der fünf Shilling wehgetan.

JUNGE DAME *mit kühler Frechheit:* Das haben Sie auch. *Steht auf.* Warum auch nicht? Es ist Ihr Beruf, andern wehzutun.

Es macht ihm Spaß, in dieser Weise behandelt zu werden, und er kichert heimlich, während er seine Instrumente reinigt und verstaut. Sie zieht ihr Kleid zurecht, sieht sich neugierig um und geht an das Fenster.

JUNGE DAME Sie haben einen schönen Seeblick von hier aus. Sind die Räume teuer?

ZAHNARZT Ja.

JUNGE DAME Ihnen gehört nicht das ganze Haus?

ZAHNARZT Nein.

JUNGE DAME Hab ich mir gedacht. *Sie kippt den Schreibtischstuhl auf ein Bein, dreht ihn und betrachtet ihn kritisch.* Die Möbel sind auch nicht grade der letzte Schrei, was?

ZAHNARZT Sie gehören dem Hauswirt.

JUNGE DAME Der Folterstuhl auch? *Deutet auf den Behandlungsstuhl.*

ZAHNARZT Nein, den habe ich auf Mietkauf-Basis.

JUNGE DAME *geringschätzig:* Hab ich mir gedacht. *Schaut sich um auf der Suche nach weiteren Aufschlüssen.* Sie sind wohl noch nicht lange hier?

ZAHNARZT Sechs Wochen. Wollen Sie sonst noch was wissen?

JUNGE DAME *ignoriert die Anspielung:* Keine Familie?

ZAHNARZT Ich bin unverheiratet.

JUNGE DAME Natürlich. Das sieht man. Ich meine aber Schwester – Mutter – oder sowas.

ZAHNARZT Nicht hier.

JUNGE DAME Hm! Wenn Sie schon sechs Wochen hier sind, und ich war der erste Zahn, kann Ihre Praxis ja nicht sehr groß sein.

ZAHNARZT Bis jetzt nicht. *Da er alles verstaut hat, schließt er den Schrank.*

JUNGE DAME Also dann: viel Glück! *Holt ihre Geldbörse raus.* Fünf Shilling sagten Sie?

ZAHNARZT Fünf Shilling.

JUNGE DAME *nimmt ein Fünf-Shilling-Stück aus der Börse:* Sie nehmen wohl für alles fünf Shilling?

ZAHNARZT Ja.

JUNGE DAME Warum?

ZAHNARZT Mein System. Ich bin das, was man einen Fünf-Shilling-Zahnarzt nennt.

JUNGE DAME Wie süß! Hier! *Hält das Geldstück hoch:* Ein hübsches neues Fünf-Shilling-Stück! Ihr erster Verdienst! Bohren Sie doch mit dem Zahnbohrer ein Loch durch und hängen Sie sich's an Ihre Uhrkette.

ZAHNARZT Danke.

HAUSMÄDCHEN *erscheint an der Tür:* Der Bruder der jungen Dame, Sir.

Die hübsche Miniaturausgabe eines Mannes, offensichtlich der Zwillingsbruder der jungen Dame, kommt schnell ins Zimmer. Er trägt einen terrakottafarbenen Kaschmiranzug: Der elegant geschnittene Rock ist mit brauner Seide gefüttert. In der Hand hält er einen braunen Zylinder und dazu passende lohbraune Handschuhe. Er hat den hellbraunen Teint seiner Schwester und ist ähnlich gebaut. Dabei ist er jedoch elastisch, muskulös, hat rasche Bewegungen und eine unerwartet tiefe und schneidige Sprechweise. Um seine vollendeten Manieren und seinen ausgeprägt persönlichen Stil könnte ihn ein doppelt so alter Mann beneiden. Höflichkeit und Selbstbeherrschung sind ihm Ehrensache, und obgleich dies, richtig betrachtet, nur eine Art knabenhafter Verlegenheit ist, so ist doch die Wirkung auf ältere Leute verblüffend und wäre bei einem weniger einnehmenden jungen Menschen unerträglich. Er ist die Schlagfertigkeit selbst und stellt, schon während er eintritt, seine erste Frage.

JUNGER MANN Komme ich noch rechtzeitig?

JUNGE DAME Nein, schon alles passiert.

JUNGER MANN Hast du geheult?

JUNGE DAME Ganz entsetzlich. Herr Doktor Valentine, das ist mein Bruder Phil. Phil, das ist Herr Doktor Valentine, unser neuer Zahnarzt. *Valentine und Phil verbeugen sich voreinander, während sie in einem Atem fortfährt:* Er ist erst seit sechs Wochen hier, ist Junggeselle, das Haus gehört ihm nicht, die gesamte Einrichtung ist Eigentum des Hauswirts, bis auf die Zahnarztsachen, die er gemietet und mit denen er meinen Zahn ganz phantastisch beim ersten Ruck rausgekriegt hat, so daß er und ich schon gute Freunde sind.

JUNGER MANN Ganz schön ausgefragt, was?

JUNGE DAME *als ob sie unfähig wäre, so was zu tun:* Aber nein!

PHILIP Freut einen zu hören. *Zu Valentine:* Nett von Ihnen, daß Sie uns gern hier sehn, Herr Doktor. Wir sind nämlich noch nie in England gewesen, und unsere Mutter hat uns immer gesagt, daß die Leute hier uns einfach nicht ertragen würden. Kommen Sie doch mit uns zum Lunch.

Valentine, erschreckt über das Tempo, mit dem ihre Bekanntschaft fortschreitet, ringt nach Atem, hat jedoch keine Zeit, etwas zu sagen, da die Zwillinge rasch und unaufhörlich weiterreden.

JUNGE DAME Oh ja, Herr Doktor Valentine!

PHILIP Um halb zwei im Seehotel.

JUNGE DAME Dann können wir Mama schon erzählen, daß ein recht vernünftiger Engländer mit uns zu lunchen versprochen hat.

PHILIP Kein Wort mehr, Herr Doktor: Sie kommen!

VALENTINE Kein Wort mehr? Ich hab doch noch gar nichts gesagt. Darf ich erstmal fragen, mit wem ich die Ehre habe? Ich kann doch wirklich ganz unmöglich mit zwei mir vollkommen fremden Menschen ins Seehotel essen gehen.

JUNGE DAME *vorlaut:* Oooh, was für ein Blödsinn! Ein Patient in sechs Wochen! Da kann Ihnen das doch wirklich egal sein.

PHILIP Nein, Dolly. Als Menschenkenner bestätige ich Herrn Doktor Valentines Ansicht. Er hat recht. Erlauben Sie, daß ich Ihnen Fräulein Dorothea Clandon, gewöhnlich Dolly genannt, vorstelle? *Valentine verbeugt sich vor Dolly, sie nickt.* Ich bin Philip Clandon. Wir sind aus Madeira, aber trotzdem recht vernünftige Menschen, bis jetzt.

VALENTINE Clandon? Sind Sie verwandt mit –

DOLLY *mit einem unerwarteten Verzweiflungsschrei:* Ja, das sind wir!

VALENTINE *erstaunt:* Verzeihung –

DOLLY Ja, wir sind verwandt! Nun ist alles aus, Phil. Man weiß über uns in ganz England Bescheid. *Zu Valentine:* Sie können sich nicht vorstellen, wie einen das zum Wahnsinn treibt, mit einer berühmten Persönlichkeit verwandt zu sein und nirgends um seiner selbst willen geschätzt zu werden.

VALENTINE Aber entschuldigen Sie: Der Herr, an den ich dachte, ist nicht berühmt.

DOLLY UND PHILIP *ihn anstarrend:* Herr?

VALENTINE Ja. Ich wollte Sie fragen, ob Sie zufällig die Tochter von Herrn Densmore Clandon aus Newbury Hall sind.

DOLLY *ausdruckslos:* Nein.

PHILIP Also, Dolly, das kannst du doch gar nicht wissen.

DOLLY *aufgeheitert:* Oh, das hab ich ganz vergessen. Richtig. Vielleicht bin ichs.

VALENTINE Wissen Sie das nicht?

PHILIP Ganz und gar nicht.

DOLLY Ein kluges Kind –

PHILIP *unterbricht:* Scht! *Valentine fährt nervös zusammen, denn der Laut von Philip, obgleich nur kurz, hört sich an, als ob ein Stück Seide von einem Blitz zerschnitten würde. Er ist das Ergebnis langer Übung, Dollys Indiskretionen zu verhindern.* Es ist so, Herr Doktor, wir sind die Kinder der berühmten Frau Lanfrey Clandon, einer Schriftstellerin von hohem Ansehen – in Madeira. Kein Haushalt ist ohne ihre Werke komplett. Wir sind nach England gekommen, um zu entwischen. Die Bücher heißen »Abhandlungen über das zwanzigste Jahrhundert«.

DOLLY Die Küche des zwanzigsten Jahrhunderts.

PHILIP Der Glaube des zwanzigsten Jahrhunderts.

DOLLY Die Kleidung des zwanzigsten Jahrhunderts.

PHILIP Das Betragen des zwanzigsten Jahrhunderts.

DOLLY Die Kinder des zwanzigsten Jahrhunderts.

PHILIP Die Eltern des zwanzigsten Jahrhunderts.

DOLLY Leineneinband, einen halben Dollar.

PHILIP Oder Ganzleinen, strapazierfähig, als Familienausgabe, zwei Dollar. In keinem Haus sollten sie fehlen. Lesen Sie sie, Herr Doktor, und sie werden geistige Fortschritte machen.

DOLLY Aber bitte erst, wenn wir weg sind.

PHILIP Wir ziehen Leute vor, die noch nicht so fortschrittlich sind. Unser eigener Geist hat nämlich allen Bemühungen unserer Mutter, uns fortschrittlich zu machen, erfolgreich Widerstand geleistet.

VALENTINE *zweifelnd:* Hm –

DOLLY *ahmt ihn fragend nach:* Hm? Phil, er zieht Leute vor, die geistig fortschrittlich sind.

PHILIP In diesem Fall müssen wir ihn mit einem weiteren Mitglied der Familie bekanntmachen: Der Frau des zwanzigsten Jahrhunderts, unserer Schwester Gloria!

DOLLY *dithyrambisch:* Dem Meisterwerk der Schöpfung!

PHILIP Der Tochter der Wissenschaft!

DOLLY Dem Stolze Madeiras!

PHILIP Dem Inbegriff der Schönheit!

DOLLY *plötzlich prosaisch:* Quatsch! Keinen guten Teint!

VALENTINE *verzweifelt:* Darf ich auch mal was sagen!

PHILIP *höflich:* Verzeihen Sie. Bitte sehr –

DOLLY *sehr nett:* Entschuldigung.

VALENTINE *versucht, väterlich zu sein:* Ich muß euch jungen Leuten mal einen Tip geben.

DOLLY *bricht wieder aus:* Komm, komm! Also so was, das lieb ich! Wie alt sind Sie eigentlich?

PHILIP Über dreißig.

DOLLY Nie und nimmer.

PHILIP *zuversichtlich:* Aber klar.

DOLLY *emphatisch:* Siebenundzwanzig.

PHILIP *unerschütterlich:* Dreiunddreißig.

DOLLY Blödsinn!

PHILIP *zu Valentine:* Ich wende mich an Sie, Herr Doktor.

VALENTINE *sich verwahrend:* Also wirklich – *Er gibt auf:* Einunddreißig.

PHILIP *zu Dolly:* Falsch geraten.

DOLLY Du auch.

PHILIP *plötzlich zu sich kommend:* Wir vergessen unsere gute Erziehung, Dolly.

DOLLY *reumütig:* Ja, tatsächlich.

PHILIP *sich entschuldigend:* Wir haben Sie unterbrochen, Herr Doktor.

DOLLY Ich glaube, Sie wollten uns grade geistige Fortschritte beibringen.

VALENTINE Eigentlich sind Ihre –

PHILIP *kommt ihm zuvor:* Unsere Manieren?

DOLLY Unser Äußeres?

VALENTINE *ad misericordiam:* Lassen Sie mich jetzt endlich mal zu Wort kommen!

DOLLY Die alte Geschichte. Wir reden zuviel.

PHILIP Genau. Also beide Klappe halten. *Setzt sich auf die Armlehne des Behandlungsstuhles.*

DOLLY Hm! *Setzt sich auf den Stuhl vor dem Schreibtisch und hält ihre Lippen mit den Fingerspitzen zu.*

VALENTINE Danke. *Er holt sich den Hocker aus der Ecke neben der Bank, stellt ihn zwischen sie und setzt sich mit der Miene eines Richters. Sie schauen ihm mit großem Ernst dabei zu. Er wendet sich zuerst an Dolly:* Darf ich Sie zuallererst fragen, ob Sie schon mal in einem englischen Seebad gewesen sind? *Sie schüttelt langsam und feierlich den Kopf. Er wendet sich an Phil, der rasch und ausdrucksvoll seinen Kopf schüttelt:* Das habe ich mir gedacht. Nun, Herr Clandon, unsere Bekanntschaft ist erst kurz, aber von großer Redseligkeit gewesen, und ich habe genug gehört, um überzeugt zu sein, daß Sie beide keine Ahnung haben, was es bedeutet, in einem englischen Seebad zu leben. Sie dürfen mir glauben, daß es hier weder auf die Manieren noch auf das Äußere ankommt. Was das betrifft, genießen wir eine in Madeira unbekannte Freiheit. *Dolly schüttelt heftig den Kopf.* Oh ja, das dürfen Sie mir glauben. Die Schwester von Lord de Cresci sitzt in Knickerbockers auf dem Fahrrad, und die Pfarrersfrau tritt für Reformkleider ein und trägt Gesundheitsschuhe. *Dolly blickt verstohlen nach ihren eigenen Schuhen. Dr. Valentine bemerkt es und fügt schnell hinzu:* Nein, diese Art Schuhe meine ich nicht. *Dollys Schuh verschwindet.* In England machen wir uns nicht viel aus Kleidern und Manieren, weil wir insgesamt, als Volk, weder gut gekleidet sind, noch Manieren haben. Aber – Darf ich mal ehrlich sein? *Sie nicken.* Danke. Also eines müssen Sie in einem englischen Seebad ganz bestimmt haben, bevor sich irgend jemand mit Ihnen sehen lassen kann, und das ist ein Vater, lebendig oder tot. Ich fürchte, daß Sie diesen unentbehrlichen Bestandteil Ihres gesellschaftlichen Rüstzeuges außer acht gelassen haben. *Sie stimmen ihm durch melancholisches Kopfnicken zu.* In diesem Falle muß ich Ihnen leider mitteilen: Wenn Sie beabsichtigen, länger hierzubleiben, wird es mir unmöglich sein, Ihre freundliche Einladung zum Lunch zu akzeptieren. *Er erhebt sich, als ob er Schluß machen wollte, und stellt den Hocker wieder neben die Bank.*

PHILIP *steht mit ernster Höflichkeit auf:* Komm, Dolly. *Reicht ihr den Arm.*

DOLLY Guten Morgen. *Beide gehen würdevoll zur Tür.*

VALENTINE *von Gewissensbissen überwältigt:* Halt! Bleiben Sie! *Sie bleiben stehen und drehen sich Arm in Arm um.* Ich komme mir jetzt richtig gemein vor.

DOLLY Sie haben ein schlechtes Gewissen. Wir nicht.

VALENTINE *energisch und alles Berufsmäßige beiseite lassend:* Mein Gewissen, ja! Mein Gewissen ist mein Untergang. Hören Sie zu. Schon zweimal habe ich mich in verschiedenen Teilen Englands, wie es sich gehört, als praktischer Arzt niedergelassen. Beide Male habe ich meinem Gewissen gehorcht und meinen Patienten nicht das, was sie hören wollten, sondern nackte Wahrheit gesagt. Beides Pleiten. Nun habe ich mich als Zahnarzt niedergelassen, als Fünf-

Shilling-Zahnarzt, und vom Gewissen habe ich die Nase voll. Diese ist meine letzte Chance. Ich habe mein letztes Geld für den Umzug ausgegeben und noch keinen Shilling Miete bezahlt. Ich esse und trinke auf Kredit, mein Hauswirt ist reich wie ein Jude und hart wie Stahl. In sechs Wochen habe ich fünf Shilling verdient. Wenn ich auch nur um Haaresbreite vom graden Weg der Ehrbarkeit abweiche, bin ich erledigt. Unter diesen Umständen ist es nicht fair von Ihnen, mich zum Lunch einzuladen, wo Sie nicht mal Ihren eigenen Vater kennen!

DOLLY Aber schließlich ist unser Großvater Domherr der Lincoln-Kathedrale.

VALENTINE *wie ein Schiffbrüchiger, der ein Segel am Horizont sieht:* Was? Sie haben einen Großvater?

DOLLY Nur einen.

VALENTINE Meine lieben, guten jungen Freunde, warum, um Himmels willen, habt ihr mir das nicht früher gesagt? Ein Domherr der Lincoln-Kathedrale! Das wiegt natürlich alles auf. Entschuldigen Sie mich einen Moment. Ich ziehe mir nur eine andere Jacke an. *Er ist mit einem Satz an der Tür und verschwindet. Dolly und Phil starren ihm nach und sehen sich dann an. Ohne Publikum werden sie sofort zu Alltagsmenschen.*

PHILIP *stößt Dollys Arm weg und geht übelgelaunt zum Behandlungsstuhl:* Dieser miese bankrotte Zahnklempner tut, als ob es für uns eine Ehre wäre, ihm ein Lunch zu bezahlen. Wahrscheinlich sein erstes vernünftiges Essen seit Monaten. *Er gibt dem Stuhl einen Stoß, als ob er Dr. Valentine wäre.*

DOLLY Das ist wirklich gemein, Phil. Ich mach das nicht mehr länger mit. Hier in England fragt ein jeder sofort, ob man einen Vater hat oder nicht.

PHILIP Ich mach es auch nicht länger mit. Mama muß uns sagen, wer er war.

DOLLY Oder wer es ist. Vielleicht lebt er ja noch.

PHILIP Hoffentlich nicht. Kein lebender Mensch soll sich mir gegenüber als Vater aufspielen.

DOLLY Aber vielleicht hat er einen Haufen Geld.

PHILIP Das glaub ich kaum. Als Menschenkenner denke ich, daß er seine liebende Familie nicht so leicht losgeworden wäre, wenn er einen Haufen Geld besessen hätte. Aber wir wollen optimistisch sein und uns drauf verlassen, daß er tot ist. *Er stellt sich mit dem Rücken an den Kamin und streckt sich. Das Hausmädchen erscheint.*

HAUSMÄDCHEN Zwei Damen fragen nach Ihnen, gnädiges Fräulein. Ihre Frau Mutter, glaube ich, und das Fräulein Schwester.

Frau Clandon und Gloria treten ein. Frau Clandon ist eine Veteranin aus der alten Garde der Frauenrechtsbewegung, deren Bibel John Stuart Mills Abhandlung DIE ABHÄNGIGKEIT DER FRAUEN *war. Sie hat sich nie häßlich oder lächerlich gemacht, indem sie wie viele ihrer alten Genossinnen, die über mehr Aggressivität als Geschmack verfügten, Männerwesten, Kragen und Uhrketten trug. Auch ist sie eine zu kämpferische Agnostikerin, als daß sie sich gerne mit einer Quäkerin verwechseln ließe. Sie kleidet sich daher so geschäftsmäßig wie möglich, ohne dabei als Mann zu erscheinen, unternimmt keinen Versuch, sexuell attraktiv zu sein, und erfordert auf diese Weise Respekt, selbst von oberflächlichen Männern und modernen Frauen. Sie gehört zur Vorhut ihrer eigenen Zeit (ungefähr von 1860–80), stellt an sich Ansprüche in bezug auf Charakter und Intellekt und ist mehr eine Frau kultivierter Interessen als leidenschaftlicher persönlicher Neigungen. Ihre Stimme und die Art, sich zu geben, sind sehr freundlich und menschlich. Sie gibt sich bewußt den gelegentlichen Sympathiekundgebungen hin, durch die ihre Kinder ihr Achtung bezeugen, obgleich derartige Kundgebungen persönlichen Gefühls sie heimlich verlegen machen. Sie ist eher menschenfreundlich als menschlich. Ihre starken Gefühle beziehen sich mehr auf soziale Fragen und Grundsätze als auf einzelne Menschen. Man kann allerdings be-*

merken, daß diese vernunftgesteuerte, starke Zurückhaltung im Persönlichen, die ihre Beziehung zu Gloria und Phil wie die zu den Kindern einer anderen Frau erscheinen läßt, bei Dolly vollkommen versagt. Obgleich fast jedes Wort, das sie an Dolly richtet, naturgemäß immer eine Ermahnung wegen irgendeines Stilbruchs ist, so ist die Zärtlichkeit in ihrer Stimme doch unverkennbar. Deshalb kann es nicht überraschen, daß eine jahrelange Bevorzugung dieser Art Dolly hoffnungslos verwöhnt hat.

Gloria, kaum älter als zwanzig, ist eine wesentlich beängstigendere Dame als ihre Mutter. Sie ist die Verkörperung geistigen Hochmuts. Einzig die Unerfahrenheit ihrer Jugend hält ihrem heftigen, unduldsamen und herrschsüchtigen Charakter die Waage: ein Charakter, widerwillig in Zucht gehalten durch die ständige Gefahr, von ihren respektlosen jüngeren Geschwistern lächerlich gemacht zu werden. Im Gegensatz zu ihrer Mutter ist sie ganz Leidenschaft, und der Kampf zwischen dieser Leidenschaftlichkeit, ihrem hartnäckigen Stolz und ihrer übertriebenen Feinheit hat eisige Kälte des Betragens zur Folge. Dieses alles würde bei einer häßlichen Frau abstoßend wirken; Gloria ist jedoch attraktiv. Man könnte sie für ein gefährliches Mädchen halten, wenn sich nicht auch sittlicher Eifer auf ihrer sehr edlen Stirn bemerkbar machte. Ihr Kleid aus safranbraunem Tuch ist von einem Schneider genäht. Von hinten gesehen erscheint es konventionell. Eine Bluse aus meergrüner Seide hebt jedoch, wenn sie sich umdreht, das Konventionelle mit einem Schlage auf und unterscheidet sie sofort, wie auch die Zwillinge, von den gewöhnlichen modisch gekleideten Strandmenschen.

Frau Clandon kommt ins Zimmer und schaut sich um, um zu sehen, wer da ist. Gloria, die es absichtlich vermeidet, den Zwillingen irgendein Interesse zu zeigen, geht ans Fenster und blickt gedankenversunken ins Weite. Das Hausmädchen, anstatt sich zurückzuziehen, schließt die Tür und wartet.

FRAU CLANDON Na, Kinder. Was machen die Zahnschmerzen, Dolly?

DOLLY Weg, Gottseidank. Er ist raus. *Setzt sich auf die Fußleiste des Behandlungsstuhles, während Frau Clandon am Schreibtisch Platz nimmt.*

PHILIP *vom Kamin aus, gewichtig:* Und der Zahnarzt, eine erstklassige Kapazität von höchstem Standard, geht mit uns zum Lunch.

FRAU CLANDON *sieht sich ängstlich nach dem Hausmädchen um:* Phil!

HAUSMÄDCHEN Verzeihen Sie, gnädige Frau. Ich warte auf den Herrn Doktor, dem ich etwas auszurichten habe.

DOLLY Von wem?

FRAU CLANDON *schockiert:* Dolly! *Dolly preßt die Fingerspitzen auf den Mund und unterdrückt ein Lächeln.*

HAUSMÄDCHEN Bloß vom Hauswirt, gnädiges Fräulein.

Dr. Valentine kommt in einem blauen Serge-Anzug und mit einem Strohhut in der Hand gutgelaunt ins Zimmer. Da er sich sehr beeilt hat, ist er außer Atem. Gloria dreht sich vom Fenster weg und mustert ihn mit kalter Aufmerksamkeit.

PHILIP Darf ich Sie bekanntmachen, Herr Dr. Valentine? Meine Mutter, Frau Lanfrey Clandon. *Frau Clandon verneigt sich. Dr. Valentine verneigt sich ebenfalls, selbstbewußt und der Situation gewachsen.* Meine Schwester Gloria. *Gloria verneigt sich mit kalter Würde und setzt sich auf das Sofa. Valentine verliebt sich auf den ersten Blick. Er dreht nervös den Hut zwischen den Fingern und macht eine schüchterne Verbeugung vor Gloria.*

FRAU CLANDON Ich höre, daß wir das Vergnügen haben, Sie heute zum Lunch bei uns zu sehen, Herr Doktor.

VALENTINE Dankeschön, eh – wenn Sie gestatten – ich meine, wenn Sie so liebenswürdig sein wollen. *Gereizt zum Hausmädchen:* Was gibts denn?

HAUSMÄDCHEN Der Hauswirt möchte mit Ihnen sprechen, bevor Sie ausgehn, Herr Doktor.

VALENTINE Sagen Sie ihm, daß ich mit vier Patienten beschäftigt bin. *Mit Ausnahme von Phil, der nicht zu erschüttern ist, sehen die Clandons sehr überrascht aus.* Wenn er aber zwei Minuten warten könnte, komme ich trotzdem mal kurz runter. *Er verläßt sich darauf, daß sie die Situation begreift.* Sagen Sie ihm, daß ich alle Hände voll zu tun habe, ihn aber unbedingt zu sprechen wünsche.

HAUSMÄDCHEN *bestätigend:* Jawohl, Herr Doktor. *Sie geht ab.*

FRAU CLANDON *will sich erheben:* Ich fürchte, wir halten Sie auf.

VALENTINE Keineswegs, keineswegs. Ihre Anwesenheit hier wird mir sehr nützlich sein. Ich bin nämlich seit sechs Wochen die Miete schuldig und hatte bis heute keinen einzigen Patienten. Meine Unterredung mit dem Hauswirt wird durch den offensichtlichen Aufschwung meines Geschäftes viel besser verlaufen.

DOLLY *verärgert:* Wie dumm, jetzt haben Sie alles ausgequatscht. Wir haben Sie grade eine erstklassige Kapazität von höchstem Standard genannt.

FRAU CLANDON *entsetzt:* Oh, Dolly! Dolly! Wie kannst du nur so unverschämt sein, meine Liebe? Bitte verzeihen Sie, Herr Doktor, daß sich meine Kinder wie die Barbaren aufführen.

VALENTINE Aber bitte. Ich bin schon daran gewöhnt. Wäre es unbescheiden, wenn ich Sie bitten würde, fünf Minuten zu warten, während ich unten meinen Hauswirt abfertige?

DOLLY Machen Sie's kurz. Wir sind hungrig.

FRAU CLANDON *protestiert wieder:* Aber Dolly, Liebste!

VALENTINE *zu Dolly:* Geht in Ordnung. *Zu Frau Clandon:* Dankeschön. Es dauert nicht lange. *Während er geht, wirft er einen schnellen Blick auf Gloria, die ihn ernst ansieht. Er wird sehr verlegen.* Ich – eh – eh – ja, ich danke Ihnen – *Endlich kann er sich aus dem Zimmer drücken, aber sein Abgang ist bemitleidenswert.*

PHILIP Habt ihr's gesehn? *Zeigt auf Gloria:* Liebe auf den

ersten Blick. Der nächste Skalp für deine Sammlung, Gloria. Nummer fünfzehn.

FRAU CLANDON Scht! Scht, Phil, ich bitte dich! Das hat er vielleicht noch gehört.

PHILIP Der nicht. *Bereitet sich auf eine große Szene vor.* Und nun, Mama, paß mal auf. *Er nimmt den Hocker, der neben der Bank steht, und setzt sich majestätisch in die Mitte des Zimmers, dabei die vorangegangene Demonstration Valentines kopierend. Dolly merkt, daß ihr Platz auf der Fußleiste des Behandlungsstuhles nicht dem Ernst der Situation entspricht, erhebt sich und macht ein wichtiges und kompromißloses Gesicht. Sie geht ans Fenster und lehnt sich mit dem Rücken gegen die Schreibtischkante, ihre Hände hinter sich auf den Tisch legend. Frau Clandon betrachtet beide und fragt sich, was da kommen wird. Gloria wird auch aufmerksam. Phil streckt sich, legt seine Hände auf die Knie und beginnt:* Dolly und ich haben in letzter Zeit so allerhand miteinander besprochen, und ich als Menschenkenner glaube nicht – Also wir glauben beide nicht, daß du – *Spricht sehr pointiert und mit Pausen zwischen den Worten:* die Tatsache – richtig – zu würdigen weißt –

DOLLY *setzt sich mit einem Satz auf den Tisch:* – daß wir erwachsen sind.

FRAU CLANDON Wirklich? In welcher Beziehung habe ich euch Anlaß zu Klagen gegeben?

PHILIP Nun, es gibt da einige Dinge, bei denen wir langsam das Gefühl haben, daß du uns vielleicht ein bißchen mehr ins Vertrauen ziehen könntest.

FRAU CLANDON *erhebt sich. Die ganze Sanftmut ihres Alters löst sich plötzlich auf, und es kommt die harte Leidenschaftlichkeit der alten Frauenrechtlerin zum Vorschein: würdevoll, aber verbissen; vornehm und dennoch unerschütterlich.* Vorsicht, Phil! Du weißt doch, was ich dir immer gesagt habe. Es gibt zwei Arten von Familienleben, Phil, und deine Menschenkenntnis erstreckt sich vorläufig nur auf eine. *Rhetorisch:* Die Art, die du kennst, ist auf gegenseitige Achtung gegründet, auf die Anerkennung der Rechte eines jeden im Hause auf Unabhängigkeit und Selbstbestimmung – *»Selbstbestimmung« wird von ihr stark betont* – in seinen persönlichen Angelegenheiten. Und weil du immer im Genuß dieser Rechte warst, sind sie dir so selbstverständlich geworden, daß du sie nicht mehr zu schätzen weißt. Aber – *mit beißender Schärfe* – es gibt auch noch eine andere Art von Familienleben. Da öffnen Ehemänner die Briefe ihrer Frauen und verlangen Rechenschaft von ihnen über jeden ausgegebenen roten Heller und jede Minute ihrer Zeit, und die Frauen fordern das gleiche von ihren Kindern. Da gibt es keinen privaten Bereich. Da ist keine Stunde heilig. Da sind Pflicht, Gehorsam, Liebe, Heim, Moral und Religion hassenswerte Tyrannen. Da ist das Leben eine einzige Gemeinheit von Strafen und Lügen, Zwang und Unterdrückung, Eifersucht, Argwohn und gegenseitigem Beschuldigen. Oh, ich kann dir nicht sagen, wie entsetzlich das ist! Das kennst du glücklicherweise nicht. *Sie setzt sich und holt tief Atem.*

DOLLY *für Rhetorik vollkommen unempfänglich:* Siehe »Die Eltern des zwanzigstens Jahrhunderts«, Kapitel Freiheit, unter anderem.

FRAU CLANDON *berührt liebevoll ihre Schulter, selbst durch diese spöttische Bemerkung von ihr besänftigt:* Meine liebe Dolly, wenn du nur wüßtest, wie froh ich bin, daß das alles für dich nur ein Scherz ist, obgleich ich es bitter ernst damit meine. *Sehr viel entschiedener zu Phil:* Ich frage dich nie nach deinen Privatangelegenheiten, Phil. Willst du mich jetzt etwa nach meinen fragen?

PHILIP Ich glaube, wir sind es uns selber schuldig, klarzumachen, daß die Frage, die wir dir stellen wollen, genausosehr unsere Angelegenheit wie deine ist.

DOLLY Außerdem kann es doch gar nicht gut sein, wenn man so viele Fragen ständig verdrängt. Du hast es getan, Mama. Aber sieh nur, wie schlimm jetzt alles in mir wieder aufbricht.

FRAU CLANDON Ich sehe, daß ihr diese Frage einfach stellen müßt. Also fragt mich.

DOLLY UND PHILIP *gleichzeitig:* Wer – *Sie halten inne.*

PHILIP Also, Dolly, wer soll die Geschichte nun übernehmen, ich oder du?

DOLLY Du.

PHILIP Dann halt gefälligst deinen Mund. *Dolly nimmt das wörtlich und hält sich den Mund zu.* Die Frage ist ganz einfach die: Als der Elfenbeinjäger –

FRAU CLANDON *protestiert:* Phil!

PHILIP Zahnarzt ist so ein häßliches Wort. Also, der Herr des Elfenbeins und des Goldes hat uns gefragt, ob wir die Kinder eines Herrn Densmore Clandon aus Newbury Hall wären. Gemäß den Richtlinien deiner Abhandlung über das Betragen im zwanzigsten Jahrhundert und auch entsprechend deinen uns wiederholt erteilten Ermahnungen, die Zahl unserer unnötigen Lügen zu beschränken, haben wir wahrheitsgetreu geantwortet, daß wir es nicht wüßten.

DOLLY Wissen wir auch nicht.

PHILIP Scht! Die Folge davon war, daß der Mundhöhlenarchitekt bezüglich unserer Einladung zum Lunch große Schwierigkeiten machte, obgleich ich daran zweifeln möchte, daß er in den letzten vierzehn Tagen etwas anderes als Tee und Butterbrot zu sich genommen hat. Als Menschenkenner bin ich nun zu der festen Überzeugung gelangt, daß auch wir einen Vater gehabt haben müssen und daß du wahrscheinlich weißt, wer das war.

FRAU CLANDON *beginnt sich wieder aufzuregen:* Halt, Phil! Weder dir noch mir bedeutet dein Vater etwas. *Heftig:* Und das genügt. *Die Zwillinge schweigen, sind aber unzufrieden und machen lange Gesichter. Gloria, die dem Streit aufmerksam zugehört hat, mengt sich plötzlich ein.*

GLORIA *tritt vor:* Mutter! Wir haben ein Recht, es zu erfahren.

FRAU CLANDON *erhebt sich und wendet sich ihr zu:* Gloria! Wir? Wer ist »wir«?

GLORIA *entschlossen:* Wir drei. *Ihr Ton ist unmißverständlich: Zum ersten Male setzt sie ihre Willenskraft der ihrer Mutter entgegen. Die Zwillinge laufen sofort zum Feind über.*

FRAU CLANDON *verletzt:* Wenn du sonst »wir« gesagt hast, Gloria, hieß das immer du und ich.

PHILIP *erhebt sich entschlossen und setzt den Hocker beiseite:* Wir tun dir weh, also lassen wirs. Wir dachten nicht, daß es dir soviel ausmachen würde. Ich will es nicht mehr wissen.

DOLLY *verläßt den Tisch:* Ich schon gar nicht. Bitte, Mama, mach nicht so ein Gesicht. *Sie wirft Gloria einen ärgerlichen Blick zu und umarmt ihre Mutter.*

FRAU CLANDON Ich danke dir, mein Liebling. Danke, Phil. *Sie löst sich sanft von Dolly und setzt sich wieder.*

GLORIA *unerbittlich:* Es ist unser gutes Recht, das zu erfahren, Mutter.

FRAU CLANDON *empört:* So? Du bestehst also darauf?

GLORIA Sollen wir es nie erfahren?

DOLLY Oh, Gloria, bitte! Das ist doch unmenschlich.

GLORIA *mit ruhigem Hohn:* Wozu ist es gut, schwach zu sein? Du hörst, was mit diesem Herrn hier passiert ist, Mutter. Dasselbe habe ich auch erlebt.

FRAU CLANDON } *gleichzeitig:* { Was meinst du?
DOLLY } *gleichzeitig:* { Erzähl doch!
PHILIP } *gleichzeitig:* { Was ist dir passiert?

GLORIA Oh, nichts Besonderes. *Sie wendet sich ab und läßt sich mit dem Rücken zu den anderen im Sessel vor dem Kamin nieder. Da alle erwartungsvoll schweigen, fügt sie mit gespielter Gleichgültigkeit über die Schulter hinzu:* Auf dem Schiff hat mir der Erste Offizier einen Heiratsantrag gemacht.

DOLLY Nein, mir!

FRAU CLANDON Der Erste Offizier? Gloria, ist das dein Ernst? Was hast du ihm geantwortet? *Verbessert sich:* Entschuldige, ich habe kein Recht, danach zu fragen.

GLORIA Die Antwort war ziemlich einfach. Ein Mädchen, das nicht einmal weiß, wer sein Vater ist, kann einen solchen Antrag nicht annehmen.

FRAU CLANDON Du wolltest ihn doch auch sicherlich nicht annehmen.

GLORIA *dreht sich ihr etwas zu und erhebt ihre Stimme:* Nein. Aber gesetzt den Fall, daß ich Lust gehabt hätte –

PHILIP Hast du auch solche Bedenken gehabt, Dolly?

DOLLY Nein. Ich habe seinen Antrag angenommen.

GLORIA		Angenommen?
FRAU CLANDON	*gleichzeitig:*	Dolly!
PHILIP		Ich muß schon sagen!

DOLLY *naiv:* Er sah so furchtbar albern aus.

FRAU CLANDON Aber warum hast du das getan, Dolly?

DOLLY Aus Quatsch vermutlich. Er mußte auch an meinem Finger Maß nehmen für den Ehering. Du hättest es doch genauso getan.

FRAU CLANDON Nein, Dolly, ich nicht. Er hat mir nämlich wirklich einen Antrag gemacht, dieser Erste Offizier. Aber ich habe ihm vorgeschlagen, solche Mätzchen nur bei Frauen zu versuchen, die so jung sind, daß sie noch Spaß dran haben. Er scheint meinem Rat gefolgt zu sein. *Erhebt sich und geht zum Kamin.* Es tut mir leid, Gloria, daß du mich für schwach hältst, aber was du wissen willst, kann ich dir nicht sagen. Ihr seid alle noch zu jung.

PHILIP Ein überraschendes Abweichen von den »Prinzipien des zwanzigstens Jahrhunderts«.

DOLLY *zitiert:* Beantworte alle Fragen deiner Kinder, und zwar wahrheitsgemäß, sobald sie alt genug sind, sie zu stellen. Siehe »Die Mutterpflichten im zwanzigsten Jahrhundert«.

PHILIP Erste Seite.

DOLLY Erstes Kapitel.

PHILIP Erster Satz.

FRAU CLANDON Liebe Kinder, ich habe nicht gesagt, daß ihr zu jung seid, um es zu wissen. Ich sagte, daß ihr zu jung seid, um von mir ins Vertrauen gezogen zu werden. Ihr seid sehr aufgeweckte Kinder, ausnahmslos, aber noch sehr unerfahren und könnt deshalb manches noch nicht mitempfinden. Ich habe bestimmte Erfahrungen machen müssen, über die ich nur mit Leuten sprechen kann, die ähnliches durchgemacht haben. Hoffentlich werdet ihr solche Erfahrungen niemals machen müssen.

PHILIP Noch ein Vorwurf, Dolly!

DOLLY Wir haben dafür einfach kein Gefühl.

GLORIA *lehnt sich im Sessel vor und schaut ihrer Mutter sehr ernst ins Gesicht:* Mutter, ich wollte nicht gefühllos sein.

FRAU CLANDON *zärtlich:* Natürlich nicht, Liebling. Ich verstehe schon.

GLORIA *steht auf:* Aber, Mutter –

FRAU CLANDON *geht etwas zurück:* Ja?

GLORIA *hartnäckig:* Es ist Unsinn, zu behaupten, daß unser Vater uns nichts angeht.

FRAU CLANDON *zu plötzlichem Entschluß herausgefordert:* Erinnerst du dich an deinen Vater?

GLORIA *nachdenklich, als ob die Erinnerung eine zärtliche wäre:* Ich bin mir nicht ganz sicher. Aber ich glaube schon –

FRAU CLANDON *grimmig:* Du bist dir nicht ganz sicher?

GLORIA Nein.

FRAU CLANDON *ruhig und fest:* Gloria, wenn ich dich jemals geschlagen hätte – *Gloria weicht zurück. Phil und Dolly sind unangenehm berührt. Alle drei starren sie empört an, während sie schonungslos weiterspricht* –, absichtlich geschlagen, vorsätzlich und mit der Absicht, dir wehzutun, mit einer eigens dafür gekauften Peitsche – glaubst du, daß du dich daran erinnern würdest? *Gloria reagiert mit einem Laut beleidigter Abwehr.* Das genau wäre deine letzte Erinnerung an deinen Vater, Gloria, wenn ich euch nicht von ihm weggenommen hätte. Ich habe ihn euch erspart, bitte erspart ihn mir nun auch, indem ihr ihn mir gegenüber nie mehr erwähnt. *Gloria fröstelt und bedeckt ihr Gesicht mit den Händen. Dann hört sie jemanden an der*

Tür und setzt sich wieder grade hin. Frau Clandon nimmt auf dem Sofa Platz. Valentine kommt zurück.

VALENTINE Ich hoffe, ich habe Sie nicht zu lange warten lassen. Mein Hauswirt ist wirklich ein komischer alter Kauz.

DOLLY *eifrig:* Sagen Sie uns doch, was los ist. Bis wann müssen Sie jetzt die Miete bezahlt haben?

FRAU CLANDON *entsetzt über die Manieren ihres Kindes:* Dolly, Dolly, Dolly, Liebling! Du kannst doch nicht solche Fragen stellen.

DOLLY *spröde:* Verzeihung. Aber Sie sagen's uns doch, Herr Doktor, oder?

VALENTINE Die Miete will er gar nicht haben. Er hat sich an einer Paranuß einen Zahn ausgebrochen. Ich soll mir die Sache mal ansehen und hinterher mit ihm zum Lunch gehen.

DOLLY Dann lassen Sie ihn raufkommen, ziehen Sie ihm den Zahn, und wir nehmen ihn auch zum Lunch mit. Sagen Sie dem Mädchen, daß sie ihn holen soll. *Sie klingelt wild nach dem Mädchen, bekommt dann plötzlich Bedenken, wendet sich Valentine zu und fügt hinzu:* Ich hoffe, daß er ein angesehener Mann ist. Wirklich angesehen.

VALENTINE Hundertprozentig. Nicht wie ich.

DOLLY Ehrenwort? *Frau Clandon ringt nach Atem, aber ihre Widerstandskraft ist erschöpft.*

VALENTINE Ehrenwort.

DOLLY Dann los, holen Sie ihn rauf.

VALENTINE *blickt zögernd auf Frau Clandon:* Zweifellos würde er sich sehr freuen, wenn –

FRAU CLANDON *erhebt sich und schaut auf ihre Uhr:* Ich wäre glücklich, Ihren Freund beim Lunch kennenzulernen, wenn Sie ihn bewegen können zu kommen, aber ich kann jetzt nicht auf ihn warten: Ich habe um dreiviertel eins im Hotel eine Verabredung mit einem alten Freund, den ich nicht gesehen habe, seit ich vor achtzehn Jahren England verließ. Entschuldigen Sie mich deshalb bitte.

VALENTINE Aber natürlich, Frau Clandon.

GLORIA Soll ich mitkommen?

FRAU CLANDON Nein, mein Kind. Ich möchte allein sein. *Noch sichtlich erregt, verläßt sie das Zimmer. Dr. Valentine öffnet ihr die Tür und folgt ihr.*

PHILIP *bedeutungsvoll zu Dolly:* Hmhm –

DOLLY *bedeutungsvoll zu Phil:* Aha – *Das Hausmädchen kommt auf das Klingelzeichen hin.* Holen Sie den alten Herrn herauf.

HAUSMÄDCHEN *verblüfft:* Bitte?

DOLLY Den alten Herrn, der Zahnschmerzen hat.

PHILIP Den Hauswirt.

HAUSMÄDCHEN Herrn Crampton?

PHILIP Heißt er Crampton?

DOLLY *zu Phil:* Klingt rheumatisch, was?

PHILIP Eher nach Krampfadern.

DOLLY *über die Schulter zum Hausmädchen:* Holen Sie den Herrn Krampfader rauf.

HAUSMÄDCHEN *beim Abgehen:* Herrn Crampton, gnädiges Fräulein.

DOLLY *wiederholt den Namen wie eine Lektion:* Crampton, Crampton, Crampton, Crampton, Crampton. *Sie setzt sich nachdenklich an den Schreibtisch.* Ich muß diesen Namen einfach auswendig lernen, oder ich werde ihn weiß Gott wie nennen.

GLORIA Phil, kannst du diese schreckliche Sache glauben, die uns Mutter grade über unseren Vater erzählt hat?

PHILIP Oh ja, diese Art Menschen gibt es genug. Der alte Chamico hat seine Frau und seine Töchter immer mit einer Pferdepeitsche verdroschen.

DOLLY *verachtungsvoll:* Ja, ein Portugiese.

PHILIP Menschen, die Tiere sind, haben immer viel Ähnlichkeit miteinander, ob es sich um die portugiesische oder die englische Ausgabe handelt, Dolly. Mir als Menschenkenner kannst du das glauben. *Nimmt seine alte Stellung am Kamin wieder ein und macht ein altkluges und verantwortungsbewußtes Gesicht.*

GLORIA *mit schlechtem Gewissen:* Unser altes Spiel, das Vater-Raten, werden wir jetzt wohl nie wieder spielen. Tut es dir nicht leid um deinen Vater, Dolly? Den Vater mit dem vielen Geld?

DOLLY Immer langsam! Was ist denn mit *deinem* Vater? Dem einsamen alten Mann mit dem zärtlichen, sehnsuchtsvollen Herzen? Auch ganz schön geplatzt, was?

PHILIP Kein Zweifel, der Alte verpufft wie eine Illusion. *Man hört Valentine vor der Tür mit jemandem reden.* Aber hört mal: Er kommt!

GLORIA *nervös:* Wer?

DOLLY Krampfader.

PHILIP Scht! Achtung! *Sie nehmen ihre besten Manieren an. Phil noch leise zu Gloria:* Wenn er gut genug ist für'n Lunch, nick ich Dolly zu. Und wenn sie dir zunickt, lädst du ihn sofort ein.

Valentine kommt mit dem Hauswirt zurück. Herr Fergus Crampton ist ein Mann um die sechzig mit einem scheußlich eigensinnigen, mürrischen und habgierigen Mund und einer herrschsüchtigen Stimme. Nichts deutet darauf hin, daß seine Mittel beschränkt sind oder daß es ihm in wirtschaftlicher Hinsicht an Selbstvertrauen fehlt: Er ist gut gekleidet, und man könnte ihn für einen wohlhabenden Fabrikanten aus einer alten Familie der Handelsaristokratie halten, der seinen Betrieb geerbt hat. Sein marineblauer Anzug hat nicht den üblichen modischen Schnitt. Er ist nicht gerade der Anzug eines Lotsen, aber seine Machart, als Zweireiher mit großen Knöpfen und breiten Aufschlägen würde besser in eine Schiffswerft als in ein Kontor passen. Er hat Gefallen an Dr. Valentine gefunden, der sich aus seiner Vierschrötigkeit nichts macht und ihn mit einer respektlosen Menschlichkeit behandelt, für die er dem Doktor heimlich dankbar ist.

VALENTINE Darf ich die Herrschaften bekanntmachen? Herr Crampton – Fräulein Dorothea Clandon – Herr Philip Clandon – Fräulein Gloria Clandon. *Crampton verbeugt sich nervös. Die anderen verbeugen sich auch.* Nehmen Sie Platz, Herr Crampton.

DOLLY *zeigt auf den Behandlungsstuhl:* Das hier ist der bequemste Stuhl, Herr Krampf – – Crampton.

CRAMPTON Ich danke. Aber vielleicht will diese junge Dame – *zeigt auf Gloria, die neben dem Stuhl steht.*

GLORIA Danke, Herr Crampton, aber wir sind gerade im Aufbruch.

VALENTINE *zieht ihn mit gutmütiger Entschiedenheit auf den Stuhl:* Setzen Sie sich, setzen Sie sich doch. Sie sind müde.

CRAMPTON Naja, vielleicht, da ich weitaus der Älteste unter den Anwesenden bin, also ich – *Er beendet den Satz, indem er sich etwas rheumatisch auf den Behandlungsstuhl setzt. Phil hat ihn während seines Ganges durch das Zimmer kritisch unter die Lupe genommen und nickt jetzt Dolly zu, die ihrerseits Gloria zunickt.*

GLORIA Ich glaube, daß wir schuld sind, Herr Crampton, wenn Herr Dr. Valentine nicht mit Ihnen zum Lunch geht, da wir ihn mitnehmen wollen. Meine Mutter würde sich riesig freuen, wenn Sie auch kämen.

CRAMPTON *nachdem er sie einen Moment lang ernst angeschaut hat, dankbar:* Ich danke Ihnen. Ich werde mit Vergnügen erscheinen.

GLORIA
DOLLY
PHILIP } *höflich murmelnd:* { Danke vielmals – eh –
Sehr erfreut – eh –
Ganz entzückt, wirklich – eh –

Die Unterhaltung stockt. Gloria und Dolly blicken zuerst sich, dann Dr. Valentine und Phil an. Beide Männer sind der Lage nicht gewachsen, schauen fort, sehen sich an und sind offenbar dadurch so verwirrt, daß sie wieder zurückschauen und den Augen von Gloria und Dolly begegnen. So sucht einer das Auge des anderen, trifft dort auf nichts, und schließlich sind sie alle sehr verlegen. Crampton schaut sie auch an und wartet, daß einer von ihnen beginnt. Das Schweigen wird unerträglich.

DOLLY *um etwas in Gang zu bringen, plötzlich:* Wie alt sind Sie eigentlich, Herr Crampton?

GLORIA *hastig:* Ich fürchte, wir müssen jetzt gehen, Herr Doktor. Es bleibt also dabei, daß wir uns um halb zwei im Marinehotel treffen. *Sie geht, gefolgt von Phil, zur Tür. Valentine geht zum Klingelzug.*

VALENTINE Halb zwei. *Er klingelt.* Vielen Dank. *Folgt Gloria und Phil zur Tür und geht hinaus.*

DOLLY *die sich inzwischen zu Crampton geschlichen hat:* Lassen Sie sich Lachgas geben. Das kostet allerdings fünf Shilling extra, aber es lohnt sich.

CRAMPTON *belustigt:* Sehr schön. *Schaut sie etwas ernster an:* Sie wollen also wissen, wie alt ich bin? Ich bin siebenundfünfzig.

DOLLY *mit Überzeugung:* So sehen Sie auch aus.

CRAMPTON *grimmig:* Allerdings.

DOLLY Warum sehen Sie mich so forschend an? Stimmt irgendwas nicht? *Prüft, ob ihr Hut richtig sitzt.*

CRAMPTON Sie erinnern mich an jemanden.

DOLLY An wen?

CRAMPTON Ja, Sie haben eine merkwürdige Ähnlichkeit mit meiner Mutter.

DOLLY *ungläubig:* Mit Ihrer Mutter? Meinen Sie nicht vielleicht Ihre Tochter?

CRAMPTON *haßerfüllt:* Nein! Ich meine nicht meine Tochter.

DOLLY *teilnahmsvoll:* Tut der Zahn weh?

CRAMPTON Nein, nein, das nicht. Ein Anfall von Erinnerungen, Fräulein Clandon, nicht von Zahnschmerz.

DOLLY Raus damit! »Wurzelnden Gram ausreuten dem Gedächtnis«, Macbeth – mit Lachgas, fünf Shilling extra.

CRAMPTON *rachsüchtig:* Gram ist nicht das richtige Wort. Ich bin einmal sehr beleidigt worden. Das ist es. Beleidigungen kann ich nicht vergessen. Und ich will sie auch nicht vergessen. *Sein Gesicht wird unversöhnlich.*

DOLLY *schaut ihn kritisch an:* Ich glaube nicht, daß Sie uns gefallen, wenn Sie immer über diese Beleidigung nachgrübeln.

PHILIP *der unbemerkt wieder hereingekommen ist und sich hinter Dolly geschlichen hat:* Meine Schwester meint es ehrlich, Herr Crampton, aber sie ist indiskret. Nun raus mit dir, Dolly! *Er geht mit ihr zur Tür.*

DOLLY *in einem vollkommen hörbaren Flüsterton:* Er behauptet, erst siebenundfünfzig zu sein, hält mich für das Ebenbild seiner Mutter, haßt seine Tochter und – *Wird durch die Rückkehr von Valentine unterbrochen.*

VALENTINE Fräulein Clandon ist schon weg.

PHILIP Nicht vergessen: Punkt halb zwei.

DOLLY Und lassen Sie bitte Herrn Crampton noch so viele Zähne drin, daß er mit uns essen kann. *Geht raus. Valentine öffnet seinen Instrumentenschrank.*

CRAMPTON Ein total verzogenes Kind, Herr Valentine. Die Frucht eurer modernen Erziehung. Als ich in diesem Alter war, spürte ich immer noch genug von der letzten Tracht Prügel, um mich anständig zu benehmen.

VALENTINE *nimmt Zahnspiegel und Sonde in die Hand:* Wie gefiel Ihnen denn die Schwester?

CRAMPTON Die war Ihnen lieber, was?

VALENTINE *überschwenglich:* Sie ist bei mir eingeschlagen wie – *Er besinnt sich und fügt prosaisch hinzu:* Aber das hat nichts mit dem Geschäft zu tun. *In berufsmäßigem Ton:* Aufmachen, bitte. *Crampton öffnet seinen Mund. Valentine steckt ihm den Spiegel hinein und untersucht seine Zähne.* Na, den haben Sie ja ganz schön kaputtgemacht. Schade, so ein prächtiges Gebiß zu ruinieren. Warum knakken Sie eigentlich Nüsse damit? *Zieht den Spiegel raus und kommt nach vorne, um mit Crampton zu reden.*

CRAMPTON Ich habe immer mit den Zähnen Nüsse geknackt. Wozu sind sie sonst da? *Entschieden:* Die richtige Art, seine Zähne gesund zu erhalten, besteht darin, daß man kräftig auf Knochen und Nüssen herumbeißt und sie jeden Tag mit Seife putzt, und zwar mit ganz gewöhnlicher Schmierseife.

VALENTINE Seife? Warum Seife?

CRAMPTON Als Junge fing ich damit an, weil man mich dazu gezwungen hat. Und seitdem habe ich's immer so gemacht. In meinem ganzen Leben hab ich nicht ein einziges Mal Zahnschmerzen gehabt.

VALENTINE Aber finden Sie das nicht ziemlich ekelhaft?

CRAMPTON Ich glaube, die meisten Dinge, die mir gut getan haben, waren ekelhaft. Aber man brachte es mir bei, mich damit abzufinden, und sorgte dafür, daß ich mich damit abfand. Jetzt hab ich mich dran gewöhnt. Und wenn die Seife wirklich gut ist, hab' ich den Geschmack ganz gern.

VALENTINE *verzieht unbeabsichtigt sein Gesicht:* Sie scheinen sehr sorgfältig erzogen worden zu sein, Herr Crampton.

CRAMPTON *grimmig:* Jedenfalls bin ich nicht verzogen worden.

VALENTINE *lächelt vor sich hin:* Sind Sie ganz sicher?

CRAMPTON *mürrisch:* Was wollen Sie damit sagen?

VALENTINE Zugegeben, Ihre Zähne sind gut. Aber ich habe in manchem Mund, der sanfter mit sich umgegangen ist, ebenso gute gesehen. *Er geht zum Instrumentenschrank und vertauscht die Sonde mit einer anderen.*

CRAMPTON Es geht nicht um die Wirkung auf die Zähne, sondern auf den Charakter.

VALENTINE *versöhnlich:* Oh, auf den Charakter! Ich verstehe. *Nimmt die Behandlung wieder auf.* Etwas weiter, bitte. Hm! Warum haben Sie so scharf zugebissen? Sie haben den Zahn mehr kaputtgemacht als die Paranuß. Ich muß ihn ziehen, da ist nichts mehr zu retten. *Er zieht die Sonde zurück und tritt wieder seitlich an den Stuhl.* Haben Sie keine Angst, Sie werden überhaupt nichts spüren. Ich mach's mit Lachgas.

CRAMPTON Quatsch, Mann! Ich brauche Ihr Lachgas nicht. Raus damit! Zu meiner Zeit hat man uns noch beigebracht, notwendige Schmerzen zu ertragen.

VALENTINE Na schön, wenn Sie Schmerzen gern haben. Ich werde Ihnen so wehtun, wie Sie nur wollen, ohne für den günstigen Einfluß auf Ihren Charakter einen Preisaufschlag zu verlangen.

CRAMPTON *erhebt sich und starrt ihn an:* Junger Mann, Sie schulden mir sechs Wochen Miete.

VALENTINE Richtig.

CRAMPTON Können Sie bezahlen?

VALENTINE Nein.

CRAMPTON *zufrieden, da er der Überlegene ist:* Das habe ich mir gedacht. *Setzt sich wieder.* Wann, glauben Sie, werden Sie zahlungsfähig sein, wenn Sie nichts Besseres wissen, als sich über Ihre Patienten lustig zu machen?

VALENTINE Lieber Herr Crampton, nicht alle meine Patienten haben ihre charakterliche Ausbildung durch Schmierseife erhalten.

CRAMPTON *packt ihn plötzlich beim Arm, als Valentine sich zum Instrumentenschrank umdreht:* Um so schlimmer für Sie. Sie verstehn doch überhaupt nichts von meinem Charakter. Wenn ich alle meine Zähne entbehren könnte, würde ich sie mir, einen nach dem andern, von Ihnen ziehen lassen, um Ihnen zu zeigen, was ein richtig abgehärteter Mann alles ertragen kann, wenn er nur will. *Er nickt Valentine zu, um diese Erklärung zu bekräftigen, und läßt ihn los.*

VALENTINE *läßt sich bei seiner sorglosen Hänselei nicht stören:* Und Sie möchten gern noch mehr abgehärtet werden, was?

CRAMPTON Ja.

VALENTINE *geht zum Klingelzug:* Als Hauswirt sind Sie für mich schon hart genug. *Crampton quittiert den Scherz mit grimmigem, aber humorvollem Brummen. Valentine klingelt und fragt heiter und beiläufig, während er auf das Hausmädchen wartet:* Warum haben Sie eigentlich nie geheiratet, Herr Crampton? Frau und Kinder hätten Sie schon weich gekriegt.

CRAMPTON *unerwartet wild:* Was zum Teufel geht Sie das an? *Das Hausmädchen erscheint in der Tür.*

VALENTINE *höflich:* Bitte etwas warmes Wasser. *Sie geht wieder, und Valentine kommt zum Schrank zurück. Er ist durch Cramptons Grobheit überhaupt nicht aus dem Konzept gebracht, sucht eine Zange heraus, die er sich handlich zurechtlegt, eine Mundsperre und ein Wasserglas.* Sie wollten wissen, was zum Teufel mich das angeht. Nun, ich habe vor, mich zu verheiraten.

CRAMPTON *mit brummiger Ironie:* Natürlich, der Herr, natürlich. Wenn ein junger Mann vollkommen pleite ist und in vierundzwanzig Stunden von seinem Hauswirt gepfändet werden soll, dann heiratet er eben. Das habe ich schon öfters erlebt. Heiraten Sie meinetwegen, stürzen Sie sich ruhig ins Unglück.

VALENTINE Jetzt aber langsam! Als ob Sie davon was verstünden.

CRAMPTON Ich bin kein Junggeselle.

VALENTINE Dann existiert also eine Frau Crampton?

CRAMPTON *zuckt zusammen und sagt unwillig:* Ja. Der Teufel soll sie holen!

VALENTINE *unerschütterlich:* Sind Sie vielleicht auch Vater, Herr Crampton, nicht nur Ehemann?

CRAMPTON Drei Kinder.

VALENTINE *höflich:* Der Teufel soll die holen, was?

CRAMPTON *eifersüchtig:* Nein, Herr, die Kinder gehören mir genausogut wie ihr. *Das Hausmädchen kommt mit einer Kanne heißen Wassers.*

VALENTINE Danke. *Sie gibt ihm die Kanne und geht wieder. Er bringt die Kanne zum Schrank und spricht im gleichen nachlässigen Ton weiter:* Ich würde wirklich gern mal Ihre Familie kennenlernen, Herr Crampton. *Gießt etwas heißes Wasser in das Glas.*

CRAMPTON Aber ich kann sie Ihnen leider nicht vorstellen. Glücklicherweise weiß ich nicht, wo sie sind, und solange sie mich nicht stören, interessiert es mich auch nicht. *Valentine zieht Augenbrauen und Schultern hoch und steckt die Zange mit einem Klirren in das Glas heißen Wassers.*

Meinetwegen brauchen Sie das Ding da nicht anzuwärmen. Ich habe vor kaltem Stahl keine Angst. *Valentine beugt sich vor, um den Gasschlauch und den Zylinder neben dem Stuhl in Ordnung zu bringen.* Was ist das für ein schweres Ding?

VALENTINE Oh, nichts. Da stelle ich mich immer drauf, um den nötigen Halt für einen kräftigen Zug zu haben. *Crampton sieht, ohne es zu wollen, beunruhigt aus. Valentine stellt sich mit Glas und Zange bereit, dabei plaudert er mit provozierender Gleichgültigkeit weiter:* Sie raten mir also, nicht zu heiraten, Herr Crampton? *Stellt seinen Fuß auf den Hebel, durch den der Stuhl gehoben und gesenkt werden kann.*

CRAMPTON *gereizt:* Ich rate Ihnen, mir den Zahn zu ziehen und endlich aufzuhören, mich an meine Frau zu erinnern. Na los, Mann! *Er packt die Armlehnen und spannt seine Kräfte an.*

VALENTINE Um was wollen wir wetten, daß ich den Zahn rauskriege, ohne daß Sie was merken.

CRAMPTON Um Ihre sechs Wochen Miete, junger Mann. Mich können Sie nicht verschaukeln.

VALENTINE *nimmt die Wette freudig an und verstellt den Stuhl plötzlich nach oben:* Abgemacht! Sind Sie bereit? *Crampton hat beim Gehobenwerden vor Schreck die Armlehnen losgelassen. Er faltet jetzt die Arme, setzt sich steif aufrecht und bereitet sich auf das Schlimmste vor. Valentine kippt die Rückenlehne plötzlich nach hinten.*

CRAMPTON *packt mit festem Griff wieder die Armlehnen, als er zurückfällt:* Au! Passen Sie auf, Mann. Ich bin doch ganz wehrlos in dieser La –

VALENTINE *hält ihm mit der Sperre geschickt den Mund auf und greift nach dem Mundstück des Gasschlauches.* Sie werden gleich noch wehrloser sein.

Er preßt das Mundstück Crampton auf Nase und Mund. Dabei lehnt er sich so nach vorne, daß er ihn gut im Stuhl niederhalten kann. Crampton stößt einen unartikulierten

Laut in das Mundstück und versucht Valentine zu packen, aber seine Arme greifen ins Leere, senken sich und fallen herab. Er ist ohne Bewußtsein. Valentine wirft das Mundstück schnell beiseite, nimmt geschickt die Zange aus dem Glas und – – –

Zweiter Akt

Auf der Terrasse des Marinehotels. Es ist eine viereckige, geflieste Plattform. Sie funkelt in der Sonne und wird auf der Seeseite von einer Brüstung begrenzt.
Der Oberkellner legt Servietten auf den zum Lunch gedeckten Tisch. Hinter ihm das Meer, rechts das Hotel und links in der Ecke in Meeresnähe eine Treppe, die zum Strand hinunterführt. Wenn er vor sich auf die Terrasse blickt, sieht er etwas nach links herüber einen Herrn in mittleren Jahren, der auf einem Eisengitterstuhl an einem kleinen eisernen Tisch sitzt. Auf dem Tisch steht eine Zuckerdose. Der Herr liest eine ultrakonservative Zeitung und hat seinen Schirm aufgespannt, um sich gegen die Augustsonne zu schützen, die – es ist noch nicht ganz ein Uhr mittags – seine ausgestreckten Beine röstet. Auf der Hotelseite der Terrasse steht eine Gartenbank der üblichen Strandpromenadenart. Besucher treten durch einen Eingang in der Mitte der Fassade ins Hotel. Näher der Brüstung ist ein geheimer Weg in die Küche durch ein kleines Gitterportal verdeckt. Der Tisch, an dem der Kellner zu tun hat, ist sehr lang. Er steht quer über die Terrasse und ist mit fünf Gedecken versehen. Vor jedem Gedeck steht ein Stuhl, so daß man zwei Stühle an jeder Längsseite sieht und einen an der dem Hotel zugewandten Schmalseite. An der Brüstung steht ein zweiter Tisch. Er ist als Büfett vorbereitet, von dem aus serviert werden soll.
Der Kellner ist in seiner Art ein bemerkenswerter Mensch. Ein zarter alter Mann mit weißen Haaren und sanften Augen, so freudig und zufrieden, daß in seiner ermutigenden Gegenwart jeder Ehrgeiz beschämend als Vulgarität bloßgestellt wird und Phantastereien als Verrat am überreichlich Vorhandenen und an der Aufgeschlossenheit dem Wirklichen gegenüber. Er hat den gewissen Ausdruck, der Menschen zu eigen ist, die in ihrem Beruf hervorragend sind und im Bewußtsein von der Nichtigkeit des Erfolges vom Neid unberührt bleiben.

Der Herr an dem eisernen Tisch ist nicht für den Strand gekleidet. Er trägt seinen Londoner Gehrock und Handschuhe. Sein hoher Zylinder steht auf dem Tisch neben der Zuckerdose. Der ausgezeichnete Zustand und die Qualität seiner Kleidung und der goldgeränderte Zwicker, mit dem er die Zeitung liest, bezeugen, daß er ein angesehener Mann ist. Er ist ungefähr fünfzig, glattrasiert und kurzgeschoren. Seine Mundwinkel sind absichtlich herabgezogen, als hätte er sie im Verdacht, hochschnellen zu wollen, und wäre entschlossen, es ihnen nicht zu erlauben. Er zeigt resolut eine sehr hohe und offene Stirn, wiederum, als ob er in seiner Jugend beschlossen hätte, wahrheitsliebend, großmütig und unbestechlich zu sein, es ihm jedoch nie gelungen sei, dies automatisch und unbewußt zu praktizieren. Dennoch macht er durchaus keinen lächerlichen Eindruck. Man bemerkt an ihm kein Zeichen von Dummheit oder Willensschwäche und würde ihn im Gegenteil überall für einen Menschen von mehr als durchschnittlicher Geschäftstüchtigkeit und Verantwortung halten. Noch genießt er das Wetter und das Meer zu sehr, um die Geduld zu verlieren, hat jedoch alles Neue in der Zeitung bereits gelesen und ist schon auf die Inserate angewiesen, die aber nicht interessant genug sind, um ihn auf Dauer zu fesseln.

HERR *gähnt und läßt die Zeitung sinken:* Ober!
OBER *kommt:* Ja, mein Herr?
HERR Sind Sie ganz sicher, daß Frau Clandon vor dem Lunch zurückkommt?
OBER Ganz sicher. Sie erwartet Sie um dreiviertel eins. *Der Herr, von der Stimme des Obers sofort besänftigt, sieht ihn mit einem lässigen Lächeln an. Der Ober hat eine sanfte, melodische Stimme, die selbst den alltäglichsten Bemerkungen eine sympathische Teilnahme verleiht. Er spricht mit einer sehr angenehmen Angemessenheit, ohne einen Buchstaben zu verschlucken oder in eine andere Vulgarität zu verfallen. Nachdem er auf seine Uhr geschaut hat, fährt*

er fort: Es ist noch nicht ganz so weit, mein Herr. Erst zwölf Uhr dreiundvierzig. Nur noch zwei Minuten müssen Sie sich gedulden. Ein schöner Morgen, nicht wahr?

HERR Ja. Sehr erfrischend im Vergleich zu London.

OBER Das sagen alle unsere Gäste. Eine sehr nette Familie, die Clandons, mein Herr.

HERR Sie gefällt Ihnen?

OBER Aber ja. Sie haben eine Art, miteinander umzugehen, die sehr für sie einnimmt, wirklich sehr. Besonders die junge Dame und der junge Herr.

HERR Fräulein Dorothea und Herr Philip vermutlich.

OBER Ja, mein Herr. Wenn die junge Dame etwas bei mir bestellt, sagt sie zum Beispiel: Sie wissen, William, daß wir Ihretwegen in dieses Hotel gekommen sind, denn man hat uns erzählt, was für ein großartiger Oberkellner Sie sind. Der junge Herr sagt mir immer, daß ich ihn sehr an seinen Herrn Vater erinnere – *der Herr fährt bei diesen Worten auf* – und daß er deshalb erwarte, daß ich mich ihm gegenüber auch wie ein Vater benehmen werde. *Beruhigend und heiter:* Ja, mein Herr, sie sind sehr liebenswürdig, sehr umgänglich und freundlich.

HERR Sie sollen seinem Vater ähneln? *Er lacht darüber.*

OBER Man sollte das nicht zu ernst nehmen, mein Herr. Denn wenn es wahr wäre, würde doch auch die junge Dame diese Ähnlichkeit bemerkt haben.

HERR Hat sie das nicht?

OBER Nein. Sie fand, ich hätte mit der Shakespeare-Büste in der Stratford-Kirche Ähnlichkeit. Deshalb nennt sie mich auch William. Mein richtiger Name ist nämlich Walter, mein Herr. *Er will zum Tisch zurückgehen, als er Frau Clandon sieht, die über die Treppe vom Strand heraufkommt.* Da ist Frau Clandon. *Zu Frau Clandon, in einem unaufdringlich vertraulichen Ton:* Ein Herr wartet auf Sie, gnädige Frau.

FRAU CLANDON Es kommen noch zwei Herren mehr zum Lunch, William.

OBER Sehr wohl, gnädige Frau. Danke sehr. *Zieht sich ins Hotel zurück.*

Frau Clandon sieht sich nach ihrem Besucher um, geht aber ohne ein Zeichen des Erkennens an ihm vorbei.

HERR *sieht verschmitzt unter dem Schirm hervor:* Erkennen Sie mich nicht?

FRAU CLANDON *sieht ihn scharf und ungläubig an:* Sie sind Finch McComas?

MC COMAS Glauben Sie es nicht? *Er schließt den Schirm, stellt ihn zur Seite und pflanzt sich mit den Händen in den Hüften vor ihr auf, um sich betrachten zu lassen.*

FRAU CLANDON Mir scheint, Sie sind es wirklich. *Sie gibt ihm die Hand, ein Händedruck alter Freunde nach langer Trennung.* Wo ist Ihr Bart?

MC COMAS *auf komische Art feierlich:* Würden Sie einen bärtigen Anwalt beschäftigen?

FRAU CLANDON *zeigt auf den Zylinder auf dem Tisch:* Ihr Zylinder?

MC COMAS Würden Sie einen Anwalt mit einem Sombrero beschäftigen?

FRAU CLANDON All diese achtzehn Jahre lang habe ich Sie in Gedanken mit einem Bart und einem Sombrero vor mir gesehen. *Sie setzt sich auf die Gartenbank, während McComas seinen Platz wieder einnimmt.* Gehen Sie immer noch zu den Versammlungen der philosophischen Gesellschaft?

MC COMAS *ernst:* Ich besuche keine Versammlungen mehr.

FRAU CLANDON Ich habe schon gesehen, was los ist, Finch. Sie sind respektabel geworden.

MC COMAS Sie etwa nicht?

FRAU CLANDON Nicht im geringsten.

MC COMAS Sie halten immer noch an Ihren alten Ansichten fest?

FRAU CLANDON Fester denn je.

MC COMAS Donnerwetter! Und Sie sind immer noch bereit, in der Öffentlichkeit zu reden? Und das als Frau? *Frau Clan-*

don nickt. Bestehen immer noch auf dem Recht der verheirateten Frau, ihr eigenes Vermögen zu behalten? *Sie nickt wieder.* Sind auch immer noch Verfechter der Lehre Darwins von der Abstammung der Arten und der Schrift John Stuart Mills über die Freiheit! *Sie nickt.* Lesen Sie denn auch noch Huxley, Tyndall und George Eliot? *Sie nickt dreimal.* Und fordern Sie immer noch für Frauen so gut wie für Männer die Zulassung zur Universität, zur Ausübung aller Berufe und des parlamentarischen Wahlrechts?

FRAU CLANDON *energisch:* Jawohl! Ich bin nicht einen Schritt zurückgewichen und habe Gloria so erzogen, daß sie mein Werk fortsetzt, wenn ich es nicht mehr kann. Das hat mich auch nach England zurückgeführt. Ich denke, daß ich kein Recht habe, meine Tochter lebend in Madeira zu begraben. Mein Sankt Helena, Finch. Wahrscheinlich wird sie genauso ausgezischt werden wie ich, aber sie ist darauf vorbereitet.

MC COMAS Ausgezischt? Meine liebe gute Frau Clandon, heute könnte Gloria mit all diesen Ansichten sogar einen Erzbischof heiraten. Sie haben mir grade vorgeworfen, ich sei respektabel geworden. Sie haben sich geirrt. Ich halte an unseren alten Überzeugungen genauso fest wie damals. Ich gehe nicht zur Kirche und tue auch nicht so als ob. Ich sage jedem, was ich bin: Ein radikaler Philosoph, der für Freiheit und für die Rechte des Individuums eintritt, wie mein Meister Herbert Spencer es mich gelehrt hat. Und werde ich etwa ausgezischt? Nein. Nur nachsichtig belächelt als alter Kauz. Ich bin restlos erledigt, weil ich mich geweigert habe, vor dem Sozialismus in die Knie zu gehen.

FRAU CLANDON *schockiert:* Sozialismus?

MC COMAS Ja, Sozialismus. Und wenn Sie Gloria hier loslassen, wird sie sich noch vor Ablauf eines Monats völlig darin verrannt haben.

FRAU CLANDON *emphatisch:* Aber ich kann ihr beweisen, daß der Sozialismus ein Trugschluß ist.

MC COMAS *ergreifend:* Durch diesen Beweis, Frau Clandon,

bin ich alle meine jungen Schüler losgeworden. Seien Sie vorsichtig und lassen Sie Gloria ihren eigenen Weg gehen. *Etwas verbittert:* Wir sind altmodisch geworden. Die Welt denkt, wir seien zurückgeblieben. Es gibt nur noch einen einzigen Platz in England, wo man Ihre Ansichten für fortschrittlich halten würde.

FRAU CLANDON *spöttisch und nicht überzeugt:* Wahrscheinlich die Kirche.

MC COMAS Nein, das Theater. Und jetzt zur Sache. Warum haben Sie mich kommen lassen?

FRAU CLANDON Nun, zum Teil, weil ich Sie wiedersehen wollte –

MC COMAS *mit gutmütiger Ironie:* Danke.

FRAU CLANDON – und zum Teil, weil ich möchte, daß Sie den Kindern alles erklären. Sie wissen nichts. Und jetzt, wo wir nach England zurückgekehrt sind, ist es unmöglich, sie noch länger im unklaren zu lassen. *Aufgeregt:* Ich kann mich nicht entschließen, es ihnen selbst zu sagen, Finch, ich – *Sie wird durch die Zwillinge und Gloria unterbrochen. Dolly kommt schnell die Treppe heraufgerannt. Sie läuft um die Wette mit Phil, der jedoch das fürchterliche Tempo immer noch mit korrekter Haltung verbindet, was ihn dann auch das Rennen kostet. Dolly erreicht ihre Mutter zuerst und wirft durch ihre ungestüme Umarmung fast die Gartenbank um.*

DOLLY *atemlos:* Alles in Ordnung, Mama! Der Zahnarzt kommt mit dem alten Hauswirt.

FRAU CLANDON Aber meine liebe Dolly, siehst du denn Herrn McComas nicht? *McComas erhebt sich lächelnd.*

DOLLY *zieht ein Gesicht, offensichtlich sehr enttäuscht:* Der? Wo sind die wallenden Locken?

PHILIP *hilft ihr:* Wo ist der Bart? Der Umhang? Das ganze poetische Aussehen?

DOLLY Oh, Herr McComas! Sie haben sich ja ganz schlimm verändert. Warum haben Sie nicht gewartet, bis wir Sie zu Gesicht bekamen?

MC COMAS *erst verdutzt, dann zeigt sich sein Humor der Lage gewachsen:* Weil ein Rechtsanwalt sich in achtzehn Jahren wenigstens einmal die Haare schneiden lassen muß.

GLORIA *auf der andern Seite von ihm:* Guten Tag, Herr McComas. *Er dreht sich ihr zu, sie drückt seine Hand und schaut ihm offen in die Augen.* Wir freuen uns, Sie endlich kennenzulernen.

MC COMAS Fräulein Gloria, nicht wahr? *Gloria lächelt zustimmend, drückt nochmal seine Hand und geht dann zur Gartenbank.* Und dieser junge Herr?

PHILIP Ich wurde in einer verhältnismäßig prosaischen Laune getauft. Mein Name ist –

DOLLY *ergänzt seinen Satz und deklamiert:* Ich heiße Norval, auf den Grampianhügeln –

PHILIP *ernsthaft deklamierend:* Weidet mein Vater seine Herde, nur ein Schäfer –

FRAU CLANDON *unterbricht:* Meine lieben, lieben Kinder, seid doch nicht so albern. Alles ist für sie so neu hier, Finch, daß sie ganz durchgedreht sind. Sie halten jeden Engländer, den sie treffen, für einen Witz.

DOLLY Ist er doch auch. Wir können nichts dafür.

PHILIP Selbst als großer Menschenkenner ist es mir unmöglich, Herr McComas, die Bewohner dieser Insel ernst zu nehmen.

MC COMAS Sie sind vermutlich der junge Herr Philip. *Bietet ihm die Hand*

PHILIP *nimmt die Hand und schaut ihn ernst an:* Ich war einmal der junge Herr Philip, war es viele Jahre lang. Genauso wie Sie einmal der junge Herr Finch gewesen sind. *Schüttelt ihm kurz die Hand und läßt sie dann fallen. Er dreht sich um und ruft nachdenklich:* Es ist doch sonderbar, auf seine Jugendzeit zurückzublicken!

DOLLY *zu Frau Clandon:* Hat Finch schon was zu trinken gekriegt?

FRAU CLANDON *protestierend:* Liebes Kind, Herr McComas wird mit uns lunchen.

DOLLY Hast du für sieben decken lassen? Vergiß nur den alten Opa nicht.

FRAU CLANDON Ich hab ihn nicht vergessen, mein Kind. Wie heißt er?

DOLLY Krampfader. Er wird um halb zwei hier sein. *Zu McComas:* Sind wir so, wie Sie gedacht haben?

FRAU CLANDON *ernst, fast herrisch:* Dolly, Herr McComas hat euch Wichtigeres als das zu sagen. Kinder, ich habe meinen alten Freund gebeten, die mir heute morgen von euch gestellte Frage zu beantworten. Er ist genauso der Freund eures Vaters wie meiner und wird euch die Geschichte meines Ehelebens besser erzählen, als ich es könnte. Bist du nun zufrieden, Gloria?

GLORIA *ernst und aufmerksam:* Herr McComas ist sehr freundlich.

MC COMAS *nervös:* Aber nein, mein Fräulein, nein. Außerdem kommt es ziemlich plötzlich. Ich bin ja kaum darauf vorbereitet – äh –

DOLLY *argwöhnisch:* Wir wollen ja auch gar nichts Vorbereitetes hören.

PHILIP Sagen Sie uns nur die Wahrheit.

DOLLY *emphatisch:* Die reine Wahrheit.

MC COMAS *gereizt:* Ich hoffe, daß Sie das ernst nehmen, was ich zu sagen habe.

PHILIP *mit tiefem Ernst:* Ich hoffe, daß es das verdient, Herr McComas. Als Menschenkenner weiß ich, daß man nie zuviel erwarten darf.

FRAU CLANDON *protestiert:* Phil!

PHILIP Ja, Mutter, schon gut. Verzeihen Sie, Herr McComas. Sie dürfen es uns nicht übelnehmen.

DOLLY *versöhnlich:* Wir meinen es gut.

PHILIP Beide Klappe halten jetzt.

Dolly hält ihre Lippen zu. McComas holt sich einen Stuhl vom Eßtisch und setzt sich zwischen den kleinen Tisch und die Gartenbank: Dolly rechts und Phil links von ihm. Er läßt sich mit der Miene eines Mannes nieder, der im Begriff ist, eine lange Auseinandersetzung zu beginnen. Die Clandons schauen erwartungsvoll zu.

MC COMAS Hm – – Ihr Vater –

DOLLY Wie alt ist er?

PHILIP Scht!

FRAU CLANDON Liebe Dolly, wir wollen Herrn McComas nicht unterbrechen.

MC COMAS *emphatisch:* Danke, Frau Clandon, danke sehr! *Zu Dolly:* Ihr Vater ist siebenundfünfzig.

DOLLY *springt auf, überrascht und aufgeregt:* Siebenundfünfzig?!! Und wo lebt er?

FRAU CLANDON *weist sie zurecht:* Dolly! Dolly!

MC COMAS *unterbricht sie:* Lassen Sie mich das beantworten, Frau Clandon. Die Antwort wird Sie sehr überraschen. Er lebt hier, in diesem Ort. *Frau Clandon erhebt sich, sie ist sehr böse, setzt sich aber wieder hin, sprachlos. Gloria schaut sie bestürzt an.*

DOLLY *mit Überzeugung:* Phil, das habe ich gewußt. Krampfader, das ist unser Vater!

MC COMAS Krampfader?

DOLLY Naja, Krampfton oder sonstwie – Was weiß ich? Er sagte, daß ich seiner Mutter ähneln würde. Aber ich wußte, er meint seine Tochter.

PHILIP *sehr ernst:* Herr McComas, ich möchte Ihnen in keiner Weise zu nahe treten, aber ich warne Sie. Wenn Sie den langen Arm des Zufalls so weit verlängern, daß Sie mir einreden wollen, der hier lebende Herr Crampton sei mein Vater, so weigere ich mich, Ihnen auch nur einen Augenblick länger zuzuhören.

MC COMAS Und warum, wenn ich bitten darf?

PHILIP Weil ich diesen Herrn gesehen habe und er völlig ungeeignet ist, mein Vater oder Dollys Vater oder Glorias Vater oder auch nur Mutters Mann zu sein.

MC COMAS Wirklich? Also, ob Sie es nun gern hören oder nicht: Er ist Ihr Vater und der Vater Ihrer Schwestern und der Mann Ihrer Mutter. Was sagen Sie dazu?

DOLLY *weinerlich:* Sie brauchen doch nicht sauer zu sein. Krampfader ist ja nicht Ihr Vater.

PHILIP Herr McComas, Ihr Benehmen ist herzlos. Hier haben Sie mal eine Familie, die den unbeschreiblichen Frieden und die Freiheit genießt, verwaist zu sein, die niemals das Antlitz eines Verwandten hat sehen müssen, niemals eine Verbindung anerkannt hat, mit Ausnahme der einer freigewählten Freundschaft, und dieser Familie wollen Sie jetzt die Intimität mit einem Manne zumuten, den wir nicht kennen –

DOLLY *heftig:* Ein entsetzlicher alter Mann! *Vorwurfsvoll:* Und dabei fingen Sie so an, als ob Sie einen wirklich netten Vater für uns hätten.

MC COMAS *ärgerlich:* Woher wissen Sie, daß er nicht nett ist? Und welches Recht haben Sie, sich Ihren Vater selbst zu wählen? *Erhebt die Stimme:* Ich muß Ihnen sagen, Fräulein Clandon, daß Sie zu jung sind, um –

DOLLY *unterbricht ihn plötzlich und sagt eifrig:* Halt! Das hab ich ja ganz vergessen. Hat er Geld?

MC COMAS Er hat eine ganze Menge Geld.

DOLLY Na, Phil, was habe ich immer gesagt?

PHILIP Wir haben den alten Mann vielleicht zu schnell verurteilt, Dolly. Reden Sie weiter, Herr McComas.

MC COMAS Nein, dazu bin ich viel zu verletzt, zu erschüttert.

FRAU CLANDON *kämpft mit ihrem Zorn:* Sind Sie sich eigentlich im klaren darüber, Finch, was jetzt gleich passieren wird. Wissen Sie, daß meine Kinder diesen Mann zum Lunch eingeladen haben und daß er gleich hier sein wird?

MC COMAS *außer Fassung:* Was? Sie glauben? Versteh ich richtig, daß – ist es –

PHILIP *nachdrücklich:* Ruhig Blut, Finch. Denken Sie langsam und gründlich nach. Er kommt wirklich. Er kommt zum Lunch.

GLORIA Wer von uns soll ihm die Wahrheit sagen? Habt ihr daran schon gedacht?

FRAU CLANDON Sie müssen es ihm sagen, Finch!

DOLLY Oh, Finch ist kein besonders guter Aufklärer. Du siehst doch, was er mit seiner Aufklärung jetzt angerichtet hat.

MC COMAS Man hat mich ja gar nicht zu Wort kommen lassen. Ich erhebe Protest.

DOLLY *greift seinen Arm und redet ihm gut zu:* Nicht sauer werden, lieber Finch.

FRAU CLANDON Komm, Gloria, wir gehen ins Hotel. Er kann jeden Augenblick hier sein.

GLORIA *stolz:* Mutter, du rührst dich nicht vom Fleck. Ich werde mich auch nicht vom Fleck rühren. Wir dürfen jetzt einfach nicht davonlaufen.

FRAU CLANDON *weist sie zurecht:* Aber so können wir doch nicht lunchen, mein Kind. Wir kommen gleich wieder. Wir brauchen uns doch nicht als Helden aufzuspielen. *Gloria zuckt zusammen und geht schweigend ins Hotel.* Komm, Dolly! *Während sie zur Tür geht, kommt der Ober aus dem Hotel und bringt die beiden zusätzlichen Gedecke auf einem Tablett.*

OBER Sind die Herren schon da, gnädige Frau?

FRAU CLANDON Noch nicht, aber sie werden gleich hier sein. Danke. *Sie geht ins Hotel, während der Ober das Tablett aufs Büfett stellt.*

PHILIP Herr McComas, mir fällt da grade was ein: Die Mitteilung, die Sie jetzt machen müssen, erfordert doch eigentlich einen Mann mit sehr großem Taktgefühl?

MC COMAS Natürlich muß er Taktgefühl haben.

PHILIP Eben! Weißt du noch, Dolly, wer uns erst heute morgen da besonders aufgefallen ist?

DOLLY *nimmt die Idee mit Begeisterung auf:* Oh ja, natürlich!

PHILIP Das ist unser Mann! *Ruft:* William?

OBER Ich komme!

MC COMAS *entsetzt:* Der Ober? Nein, nein! Das laß ich nicht zu! Ich –

OBER *taucht zwischen Phil und McComas auf:* Ja, mein Herr?

McComas' Gesicht wird aschfahl. Seine Augen werden ausdruckslos. Er setzt sich total verdutzt wieder hin.

PHILIP Erinnern Sie sich an meine Bitte, William, mich als Ihren Sohn anzusehen?

OBER *respektvoll und nachsichtig:* Ja, mein Herr. Was immer Sie wollen.

PHILIP Ja, William, Ihre Karriere als mein Vater hat kaum begonnen, und schon ist ein Rivale auf der Bildfläche erschienen.

OBER Ihr richtiger Vater? Das war früher oder später zu erwarten, mein Herr, nicht wahr? *Mit einem glücklichen Lächeln zu McComas:* Sind Sie es, mein Herr?

MC COMAS *faßt sich. Entrüstet:* Nein, ganz gewiß nicht. Meine Kinder wissen sich zu benehmen.

PHILIP Nein, William. Doch fast hätte dieser Herr mein Vater werden können. Er wollte meine Mutter heiraten, aber bekam einen Korb.

MC COMAS *beleidigt:* Also das ist ja –

PHILIP Scht! Infolgedessen ist er nur unser Anwalt geworden. Kennen Sie einen gewissen Crampton, hier in der Stadt?

OBER Meinen Sie den schielenden Wirt vom »Krummen Knüppel«?

PHILIP Das weiß ich nicht. Hat er eine Kneipe, Finch?

MC COMAS *erhebt sich empört:* Nein, nein, nein! Ihr Vater, mein Herr, ist ein sehr bekannter Schiffsreeder. Einer der angesehensten Männer hier.

OBER *sehr beeindruckt:* Oh, verzeihen Sie, mein Herr. Natürlich. Ein Sohn von Herrn Crampton, ach du meine Güte!

PHILIP Herr Crampton kommt zum Lunch.

OBER *verwirrt:* Ja, mein Herr. *Diplomatisch:* Sonst speist er wohl nicht mit seiner Familie?

PHILIP *mit Nachdruck:* William, er weiß gar nicht, daß wir seine Familie s i n d. Er hat uns achtzehn Jahre lang nicht gesehen. Bestimmt wird er uns nicht mal erkennen. *Um seine Worte zu unterstreichen, setzt sich Phil mit einem*

Sprung auf den eisernen Tisch, läßt die Beine baumeln und schaut den Ober an, die Lippen zusammengekniffen.

DOLLY Wir möchten gern, daß Sie ihm diese Neuigkeit mitteilen, William.

OBER Aber ich will doch annehmen, daß er es ahnt, sobald er Ihre Mutter sieht, gnädiges Fräulein. *Philips Beine werden ruhig. Er schaut den Ober versunken an.*

DOLLY *verwirrt:* Daran habe ich noch gar nicht gedacht.

PHILIP Ich auch nicht. *Steigt vom Tisch und sagt vorwurfsvoll zu McComas:* Und Sie erst recht nicht!

DOLLY Ein schöner Anwalt.

PHILIP Ihre berufliche Unzulänglichkeit ist erschreckend, Finch. Und Sie, William, beschämen uns alle durch Ihren Scharfsinn.

DOLLY William, Sie sind wirklich ein Shakespeare.

OBER Aber ich bitte Sie, mein Herr. Nicht der Rede wert, gnädiges Fräulein. Wirklich nur ein glücklicher Zufall. *Er geht bescheiden zum Tisch und legt die beiden letzten Gedecke auf, eins an die Schmalseite in Treppennähe und das zweite so, daß noch ein drittes an der von der Brüstung am weitesten entfernten Seite Platz hat.*

PHILIP *nimmt plötzlich McComas beim Arm und führt ihn zum Hotel:* Kommen Sie, Finch, Hände waschen.

MC COMAS Ich bin wirklich beunruhigt, und es schmerzt mich sehr, Herr Clandon, daß –

PHILIP *unterbricht:* Sie werden sich noch an uns gewöhnen. Komm, Dolly. *McComas schüttelt ihn ab und geht ins Hotel. Philip folgt ihm in großer Gemütsruhe.*

DOLLY *geht hinterher und dreht sich vor dem Hotel noch mal um:* Behalten Sie einen klaren Kopf, William. Gleich wird hier der Teufel los sein.

OBER Jawohl, gnädiges Fräulein. Sie können sich ganz auf mich verlassen. *Dolly verschwindet im Hotel.*

Vom Strand kommt leichtfüßig Valentine die Treppe rauf. Crampton folgt ihm verbissen. Valentine trägt einen Spazierstock, Crampton hat, entweder, weil er alt ist und friert, oder um seinen unmodernen Seemannsanzug zu verstecken, einen leichten Überzieher an. Er bleibt in der Mitte der Terrasse stehen, stützt sich auf die Lehne des Stuhles, den McComas grade verlassen hat, und verschnauft.

CRAMPTON Diese Treppe macht mich ganz schwindlig. Und das teuflische Gas hab' ich immer noch nicht verkraftet. *Fährt sich mit der Hand über die Stirn. Er setzt sich auf den eisernen Stuhl, nimmt seinen Kopf in die Hände und stützt die Ellbogen auf den Tisch. Kurz darauf hat er sich erholt und beginnt, seinen Überzieher aufzuknöpfen. Valentine beschäftigt sich inzwischen mit dem Ober.*

VALENTINE Herr Ober?

OBER *tritt zwischen sie:* Ja, mein Herr?

VALENTINE Frau Lanfrey Clandon, bitte.

OBER *mit dem Lächeln des Willkommens:* Jawohl, mein Herr. Wir erwarten Sie. Dies hier ist der bestellte Tisch. Frau Clandon wird gleich herunterkommen. Die junge Dame und ihr Bruder haben grade eben noch über Ihren Freund gesprochen.

VALENTINE Wirklich?

OBER *mit sanfter, angenehmer Stimme:* Ja, mein Herr. Sie sprühen von Einfällen. Eine spaßhafte Ader, sozusagen. *Schnell zu Crampton, der aufgestanden ist, um seinen Überzieher abzulegen:* Verzeihung, mein Herr, wenn Sie gestatten – *Er hilft ihm aus dem Überzieher, den er an sich nimmt.* Ich danke sehr. *Crampton setzt sich wieder, und der Ober nimmt den Faden wieder auf:* Zuletzt kam der junge Herr auf die Schnapsidee, daß Sie sein Vater sind, mein Herr.

CRAMPTON Was?

OBER Nur spaßeshalber. Sein Lieblingsspaß. Gestern sollte ich es sein. Kaum hatte er heute erfahren, daß Sie kommen würden, versuchte er, mir weiszumachen, daß Sie es wären. Sein lange verlorener Vater, den er achtzehn Jahre lang nicht gesehen hat.

CRAMPTON *verblüfft:* Achtzehn Jahre?

OBER Jawohl, mein Herr. *Mit liebenswürdigem Schalk:* Aber ich habe es gleich gemerkt. Ich wußte nämlich schon, was kommt, als er hier so stand und sich seinen nächsten Schabernack mit mir einfallen ließ. Ja, mein Herr, das ist so seine Art. Er ist sehr amüsant, sehr frei und wirklich sehr umgänglich, mein Herr. *Verändert wieder sein Sprechtempo und sagt zu Valentine, der seinen Stock gegen die Gartenbank lehnt:* Darf ich, mein Herr? *Nimmt den Stock an sich.* Danke sehr. *Valentine geht zum Tisch und schaut sich das Menü an. Der Ober wieder zu Crampton:* Sogar der Anwalt ist auf den Spaß eingegangen, obgleich er vorher vertraulich mit mir über den jungen Herrn gesprochen hatte. Ja, ich kann Ihnen sagen, mein Herr, Sie machen sich keine Vorstellung, wozu die vernünftigsten Londoner Geschäftsleute fähig sind, wenn sie mal einen Ausflug machen und an die frische Seeluft kommen.

CRAMPTON So, sie haben also einen Anwalt bei sich.

OBER Ja, den Familienanwalt, mein Herr. Herrn McComas. *Geht mit Überzieher und Stock zum Hoteleingang, ohne zu ahnen, daß der Name McComas bei Crampton wie eine Bombe eingeschlagen ist.*

CRAMPTON *erhebt sich wütend:* McComas! *Ruft:* Valentine! Valentine! *Und noch einmal heftig:* Valentine! *Valentine dreht sich um.* Dies ist eine Falle, eine Verschwörung! Meine Familie ist hier! Meine Kinder! Mein Teufelsweib!

VALENTINE *kalt:* Tatsächlich? Eine interessante Begegnung. *Studiert weiter das Menü.*

CRAMPTON Begegnung? Nicht mit mir. Da halt' ich mich raus! *Ruft nach dem Ober:* Ober, meinen Überzieher!

OBER Sofort, mein Herr. *Er kommt zurück, stellt den Spazierstock behutsam gegen den Tisch und will Crampton in den Überzieher helfen.* Wahrscheinlich habe ich dem jungen Herrn unrecht getan, nicht wahr, mein Herr?

CRAMPTON Rrrh! *Will in die Ärmel schlüpfen, wendet sich dann aber plötzlich mißtrauisch Valentine zu:* Doktor, Sie mischen da doch mit. Das haben Sie doch angestiftet. Sie –

VALENTINE *entschieden:* Quatsch! *Wirft die Speisekarte weg, geht um den Tisch herum und schaut gleichgültig über die Brüstung.*

CRAMPTON *ärgerlich:* Zum Teufel, was – *McComas, Dolly und Phil kommen aus dem Hotel. Der Anwalt sieht Crampton und erschrickt.*

OBER *unterbricht Crampton sanft:* Ruhig Blut, mein Herr. Da kommen sie. *Will mit Valentines Stock und Überzieher ins Hotel.*

McComas zieht entschlossen die Mundwinkel herab und geht zu Crampton, der die Hände auf den Rücken nimmt, etwas zurückweicht und ihn böse anstarrt. McComas steht ihm mit offenem Gesicht und der Majestät des reinen Gewissens gegenüber.

OBER *als er an Phil vorbeigeht:* Ich hab's ihm schon beigebracht, junger Herr.

PHILIP Unbezahlbar, William! *Geht zum Tisch.*

DOLLY *leise zum Ober:* Wie hat er's aufgenommen?

OBER *leise:* Erst etwas verstört, gnädiges Fräulein, dann hat er sich damit abgefunden. Wirklich gut damit abgefunden. *Geht mit Stock und Überzieher ins Hotel.*

MC COMAS *hat Crampton durch seinen Blick außer Fassung gebracht:* Da wären Sie also, Herr Crampton.

CRAMPTON Ja, da bin ich. In einer Falle, einer ganz gemeinen Falle. Sind das meine Kinder?

PHILIP *mit tödlicher Höflichkeit:* Ist das unser Vater, Herr McComas?

MC COMAS *bestimmt:* Ja.

DOLLY *förmlich:* Nett, daß wir uns wiedersehen. *Sie geht ruhig um den Tisch und schneidet unterwegs Dr. Valentine eine Grimasse. Valentine revanchiert sich sofort.*

PHILIP Darf ich meine erste Pflicht als Gastgeber erfüllen und Ihnen Wein bestellen? *Nimmt die Weinkarte vom Tisch. Seine höfliche Aufmerksamkeit und Dollys achtlose Gleichgültigkeit lassen Crampton den Status eines zufälli-*

gen Bekannten, den man an diesem Morgen beim Zahnarzt kennengelernt hat. Der Vater wird sich dessen bewußt und beginnt vor Erregung zu zittern. Mit feuchter Stirn starrt er seinen Sohn schweigend an. Phil ist sich andrerseits seiner Gefühllosigkeit genug bewußt, um seine Schlagfertigkeit und seinen Humor zu genießen. Er fährt freundlich fort: Für den angesehenen alten Familienanwalt einen gutabgelagerten alten Port, was, Finch?

MC COMAS *bestimmt:* Nur Apollinaris. Nichts, was aufheizt. *Geht auf die andere Terrassenseite wie ein Mann, der eine Versuchung von sich gewiesen hat.*

PHILIP Doktor?

VALENTINE Wäre ein Lagerbier zu vulgär?

PHILIP Vermutlich ja. Aber bestellen wir es ruhig. *Wendet sich mit freundlicher Höflichkeit an Crampton.* Und was können wir für Sie tun, Herr Crampton?

CRAMPTON Junge, was soll das heißen?

PHILIP Junge? *Sehr feierlich:* Wessen Schuld ist es denn, daß ich ein Junge bin. *Crampton reißt ihm die Getränkekarte grob aus der Hand und tut so, als ob er sie lesen würde. Philip überläßt sie ihm mit vollendeter Höflichkeit.*

DOLLY *über Cramptons Schulter blickend:* Der Whisky steht auf der vorletzten Seite.

CRAMPTON Kind, laß mich zufrieden.

DOLLY Kind? Nein, so nicht! Wenn Sie wollen, können Sie mich Dolly nennen. Aber Kind dürfen Sie nicht zu mir sagen. *Sie hängt sich bei Philip ein, und beide betrachten Crampton wie einen exzentrischen Fremden.*

CRAMPTON *wischt sich wütend und gequält über die Stirn und ist dennoch erleichtert, daß sie mit ihm spielen:* McComas, das wird – ha! – ein schöner Lunch heute.

MC COMAS *bestimmt und freudig:* Es gibt keinen Grund, daß es nicht schön wird.

PHILIP Schon das Gesicht von Finch ist ein Festessen.

Frau Clandon und Gloria kommen aus dem Hotel. Frau Clandon nähert sich mutig, selbstbeherrscht und mit deut-

lich zur Schau getragener Würde. Sie bleibt am Fuße der Hoteltreppe stehen, um Valentine anzureden, der ihr grade über den Weg läuft. Gloria bleibt auch stehen und betrachtet Crampton mit einem gewissen Widerwillen.

FRAU CLANDON Freut mich, Sie wiederzusehen, Herr Doktor. *Er lächelt. Sie geht weiter und steht vor Crampton, um ihn mit vollendeter Selbstbeherrschung anzusprechen, aber sein Anblick erschüttert sie so, daß sie besorgt und mit einem Anflug von Reue sagt:* Fergus, mein Gott, hast du dich verändert!

CRAMPTON *grimmig:* Das kann man wohl sagen. In achtzehn Jahren verändert man sich.

FRAU CLANDON *beunruhigt:* Nein, das meine ich nicht. Ich hoffe, du bist gesund.

CRAMPTON Danke. Aber es hat nichts mit meiner Gesundheit zu tun. Mein Glück, meinst du wohl, hat sich geändert. *Plötzlich ausbrechend:* Sehen Sie diese Frau an, McComas! Sehen Sie sie an und dann – *halb lachend, halb schluchzend:* betrachten Sie mich!

PHILIP Scht! *Zeigt auf den Hoteleingang, wo gerade der Ober aufgetaucht ist.* Haltung vor William!

DOLLY *berührt warnend Cramptons Arm:* Hm –

Der Ober geht zum Büfett und winkt zum Kücheneingang, aus dem ein junger Kellner mit Suppentellern und ein weißgekleideter Koch mit der Suppenterrine kommen. Der junge Kellner bleibt zum Servieren, der Koch entfernt sich wieder, um von Zeit zu Zeit mit einem neuen Gang zu erscheinen. Er tranchiert, aber serviert nicht. Der Ober tritt an den Tisch.

FRAU CLANDON *als sich alle beim Tisch versammelt haben:* Ich glaube, die Herrschaften haben sich heute schon alle gesehen. Oh nein, verzeihen Sie: Herr Dr. Valentine – Herr McComas! *Geht zum Ende des Tisches an der Hotelseite.* Fergus, nimm bitte am Kopfende Platz.

CRAMPTON Ha! *Bitter:* Am Kopfende.

OBER *hält ihm den Stuhl freundlich ermunternd hin:* Hier,

mein Herr. *Crampton fügt sich und nimmt Platz* Ich danke sehr.

FRAU CLANDON Herr Doktor, wollen Sie hier Platz nehmen? *Zeigt auf die Seite, an der die Brüstung ist.* Mit Gloria? *Valentine und Gloria nehmen Platz, Gloria neben Crampton und Valentine neben Frau Clandon.* Finch, Sie müssen auf dieser Seite sitzen, zwischen Dolly und Phil. Wehren Sie sich, so gut Sie können. *Die drei nehmen an der vierten Seite Platz: Dolly neben ihrer Mutter, Phil neben seinem Vater. Die Suppe wird aufgetragen.*

OBER *zu Crampton:* Nur Bouillon oder auch Einlage, mein Herr?

CRAMPTON *zu Frau Clandon:* Spricht in dieser Familie niemand ein Tischgebet?

PHILIP *unterbricht ihn geschickt:* Erst wollen wir mal bestellen. William!

OBER Ja, mein Herr. *Geht zu Phil und raunt unterwegs dem jungen Kellner zu:* Mit Einlage.

PHILIP Für uns Kinder wie gewöhnlich: zwei kleine Lagerbier, William, und ein großes für diesen Herrn – *zeigt auf Valentine.* Für Herrn McComas eine große Flasche Apollinaris.

OBER Ja, mein Herr.

DOLLY Ein Schuß Whisky, Finch?

MC COMAS *entrüstet:* Nein, danke, nein.

PHILIP Für meine Mutter und Fräulein Gloria wie immer Nummer vierhundertdreizehn und – *dreht sich fragend zu Crampton um:* Na?

CRAMPTON *mürrisch, will beleidigend antworten:* Ich –

OBER *honigsüß:* Schon gut, mein Herr. Wir wissen, was Herr Crampton immer trinkt. *Geht ins Hotel.*

PHILIP *schaut seinen Vater ernst an:* Sie sitzen in Bars herum? Schlechte Angewohnheit!

Der Koch, gefolgt von einem Kellner mit vorgewärmten Tellern, bringt den Fisch aus der Küche zum Büfett und beginnt ihn zu zerlegen.

CRAMPTON Ich sehe, daß du ein gelehriger Schüler deiner Mutter bist.

FRAU CLANDON Denk dran, Phil, daß deine Scherze Leute verärgern können, die nicht daran gewöhnt sind, und daß dein Vater heute unser Gast ist.

CRAMPTON *bitter:* Ja, Gast am Kopfende meines eigenen Tisches. *Die Suppenteller werden entfernt.*

DOLLY *teilnahmsvoll:* Es ist wirklich peinlich, ja. Aber für uns ist es genauso schlimm, wissen Sie.

PHILIP Scht! Dolly, uns beiden mangelt's an Takt. *Zu Crampton:* Wir meinen es gut, Herr Crampton, aber Ihre Vaterschaft ist uns noch etwas fremd. *Der Ober kommt mit den Getränken aus dem Hotel.* Kommen Sie, William, und stellen Sie den Frieden wieder her.

OBER *heiter:* Mit größtem Vergnügen. *Setzt die Getränke vor.* Ihr kleines Lagerbier, mein Herr. *Zu Crampton gewandt:* Ihr Whisky und Soda. *Zu McComas:* Ihr Apollinaris. *Zu Dolly:* Ein kleines Lager, gnädiges Fräulein. *Zu Frau Clandon, Wein einschenkend:* Vierhundertdreizehn, gnädige Frau. *Zu Valentine:* Ihr großes Lager, mein Herr. *Zu Gloria:* Vierhundertdreizehn, gnädiges Fräulein.

DOLLY *trinkt:* Auf die Familie!

PHILIP *trinkt:* Auf Heim und Herd! *Der Fisch wird serviert.*

MCCOMAS Es geht doch ganz gut, eigentlich.

DOLLY *kritisch:* Eigentlich? Warum »eigentlich«, Finch?

CRAMPTON *sarkastisch:* Er meint, daß es trotz der Anwesenheit eures Vaters doch ganz gut geht. Ist das richtig, Herr McComas?

MC COMAS *aus der Fassung gebracht:* Nein, nein, »eigentlich« habe ich nur gesagt, um den Satz abzurunden. Ich – – ich –

OBER *taktvoll:* Steinbutt, mein Herr?

MC COMAS *sehr dankbar für die Unterbrechung:* Danke, Herr Ober, danke.

OBER *halblaut:* Keine Ursache, mein Herr. *Geht zum Büfett zurück.*

CRAMPTON *zu Phil:* Hast du schon daran gedacht, was du mal werden willst?

PHILIP Ich denke ständig daran. William?

OBER Ja, mein Herr?

PHILIP Was denken Sie, wie lange ich lernen müßte, um ein wirklich guter Kellner zu werden?

OBER Das kann man nicht lernen, mein Herr. Man hat es, oder man hat es nicht. *Vertraulich zu Valentine, der etwas zu suchen scheint:* Brot für das gnädige Fräulein? Bitte sehr! *Reicht Gloria das Brot und fährt im selben Ton fort:* Sehr wenige sind dazu geboren, mein Herr.

PHILIP Sie haben nicht zufällig selbst so was wie einen Sohn, oder?

OBER Aber ja. Oh ja, mein Herr. *Senkt die Stimme wieder und sagt zu Gloria:* Noch etwas Fisch, gnädiges Fräulein? Der Braten wird Ihnen zu Mittag kaum zusagen.

GLORIA Nein, danke.

Die Fischteller werden weggenommen und der nächste Gang serviert.

DOLLY Ist Ihr Sohn auch Kellner, William?

OBER *legt Gloria etwas Geflügel vor:* Oh, nein, gnädiges Fräulein. Dazu ist er zu impulsiv. Er ist vor den Schranken tätig.

MC COMAS *gönnerhaft:* Eisenbahner, was?

OBER *mit einem Anflug von Melancholie, als ob er sich an eine durch die Zeit gelinderte Enttäuschung erinnerte:* Nein, mein Herr: die anderen Schranken. Ihr Beruf. Königlicher Anwalt, vor den Schranken des Gerichts.

MC COMAS *verlegen:* Entschuldigen Sie bitte.

OBER Aber gern. Ein begreiflicher Irrtum, mein Herr. Ich habe schon oft gewünscht, daß ein Eisenbahner aus ihm geworden wäre. Dann hätte er mir nicht so lange auf der Tasche gelegen. *Zu Valentine, der wieder etwas sucht:* Hier ist das Salz, Herr Doktor. *Fährt fort:* Ja, mein Herr, ich mußte für ihn sorgen, bis er siebenunddreißig war. Aber jetzt geht es ihm gut, recht zufriedenstellend, wirklich. Unter sechzig Pfund faßt er nichts an.

MC COMAS Demokratie, Crampton! Moderne Demokratie!

OBER *ruhig:* Nein, mein Herr, nicht Demokratie: Nur Erziehung. Stipendium. Aufnahmeprüfung in Cambridge. Dann im Sidney Sussex College. *Dolly zieht ihn am Ärmel, er beugt sich runter, und sie flüstert ihm etwas ins Ohr.* Ein Maß Ingwerbier, gnädiges Fräulein? Sofort. *Zu McComas:* Ein Glück für ihn, mein Herr. Er hatte nie Lust, richtig zu arbeiten. *Er geht ins Hotel. Die ganze Gesellschaft ist durch die berufliche Stellung seines Sohnes ziemlich überrascht.*

VALENTINE Wer von uns wagt es noch, etwas bei diesem Mann zu bestellen?

DOLLY Hoffentlich nimmt er es mir nicht übel, daß er mir ein Maß Bier holen muß.

CRAMPTON *halsstarrig:* Solange er Kellner ist, muß er kellnern. Wenn ihr ihn so behandelt hättet, wie man einen Kellner behandeln muß, hätte er seinen Mund gehalten.

DOLLY Das wäre jammerschade gewesen! Vielleicht gibt er uns eine Empfehlung an seinen Sohn mit, daß er uns in die Londoner Gesellschaft einführt.

Der Ober kommt mit dem Ingwerbier.

CRAMPTON *brummt wütend:* Londoner Gesellschaft! Londoner Gesellschaft! Du paßt in gar keine Gesellschaft, Kind.

DOLLY *verliert ihre Beherrschung:* Wissen Sie, Herr Crampton, wenn Sie glauben –

OBER *leise:* Ihr Ingwerbier, gnädiges Fräulein.

DOLLY *abgelenkt, findet ihre gute Laune wieder und sagt sanft:* Danke sehr, lieber William. Sie sind grade richtig gekommen. *Sie trinkt.*

MC COMAS Wenn ich das Thema wechseln darf, Fräulein Clandon: Was ist eigentlich die offizielle Religion auf Madeira?

GLORIA Die der Portugiesen vermutlich. Ich habe mich nie erkundigt.

DOLLY In der Fastenzeit kommen die Bediensteten, knien

vor einem nieder und beichten alles, was sie angestellt haben, und man muß so tun, als ob man ihnen verzeiht. Ist das in England auch so, William?

OBER Gewöhnlich nicht, gnädiges Fräulein. In einigen Gegenden vielleicht, aber ich habe noch nie davon gehört. *Er fängt einen Blick von Frau Clandon auf, als der junge Kellner ihr die Salatschüssel reicht.* Sie möchten den Salat sicher nicht angemacht, gnädige Frau. Ich habe noch etwas für Sie da. *Bedeutet seinem jungen Kollegen, Gloria zu bedienen.* Hier herüber, Jo. *Holt eine Extraportion Salat vom Büfett und stellt sie neben Frau Clandons Teller. Dabei bemerkt er, daß Dolly das Gesicht verzieht.* Nur ein bißchen Brunnenkresse, ist versehentlich hineingeraten, gnädiges Fräulein. *Er nimmt den Salat weg.* Entschuldigen Sie. *Weist den jungen Kellner an, Dolly mit einem anderen Salatteller zu bedienen.* Jo! *Nimmt das alte Thema wieder auf.* Die meisten hier sind Mitglieder der anglikanischen Kirche, gnädiges Fräulein.

DOLLY Mitglieder der anglikanischen Kirche? Und wie hoch ist da der Jahresbeitrag?

CRAMPTON *springt, zum Entsetzen aller, empört auf:* Da sehen Sie, McComas, wie meine Kinder erzogen worden sind! Da sehen Sie und da hören Sie es. Ich rufe Sie alle zu Zeugen auf und – *Er wird unverständlich und will mit der Faust auf den Tisch schlagen, als der Ober ihm rücksichtsvoll den Teller wegnimmt.*

FRAU CLANDON *fest:* Fergus, setz dich wieder hin. Du hast überhaupt keinen Grund, dich so aufzuführen. Denke daran, daß Dolly hier fremd ist. Setz dich bitte.

CRAMPTON *unwillig nachgebend:* Ich weiß nicht, ob ich mich noch an diesen Tisch setzen soll, um mir das alles gefallen zu lassen, wirklich nicht.

OBER Käse, mein Herr? Oder vielleicht eine kalte Süßspeise?

CRAMPTON *verwirrt:* Was? Oh! Käse, Käse natürlich.

DOLLY Bringen Sie mir eine Schachtel Zigaretten, William.

OBER Hier, gnädiges Fräulein. *Nimmt eine Zigarettenschachtel vom Büfett und legt sie vor Dolly hin, die sich eine Zigarette in den Mund steckt. Dann holt er Streichhölzer vom Büfett.*

CRAMPTON *starrt Dolly entsetzt an:* Was, sie raucht?

DOLLY *am Ende ihrer Geduld:* Also gut, Herr Crampton, wenn es Sie beim Essen stört, geh ich an den Strand und rauche dort. *Sie verläßt abrupt den Tisch und läuft die Treppe zum Strand hinunter, nachdem ihr William Feuer gegeben hat.* Danke, William.

CRAMPTON *wütend:* Margaret, ruf das Mädchen zurück! Ruf sie sofort zurück, sag ich dir!

MC COMAS *versucht Frieden zu stiften:* Crampton, regen Sie sich doch nicht so auf. Sie ist eben die Tochter ihres Vaters, weiter nichts.

FRAU CLANDON *mit tiefem Groll:* Hoffentlich nicht, Finch. *Erhebt sich, und alle erheben sich ein wenig.* Entschuldigen Sie mich bitte, Herr Doktor. Ich fürchte, daß Dolly durch diesen Vorfall sehr verletzt und furchtbar aufgeregt ist. Ich muß zu ihr.

CRAMPTON Um gemeinsame Sache gegen mich zu machen, was?

FRAU CLANDON *ignoriert ihn:* Gloria, willst du mich in meiner Abwesenheit bei Tisch vertreten, meine Liebe? *Geht die Strandtreppe hinunter.*

Crampton ist starr vor Haß. Die anderen beobachten sie verwirrt und schweigend, denn sie spüren, daß der Vorfall sehr schmerzhaft für sie ist. Der Ober zieht seinen Gehilfen diskret mit sich durch den Kücheneingang ins Hotel und überläßt die Gesellschaft sich selbst.

CRAMPTON *wirft sich im Stuhl zurück:* Eine Mutter nach Ihrem Geschmack, McComas, was? Wirklich eine Mutter nach Ihrem Geschmack.

GLORIA *standfest:* Ja, eine gute Mutter.

CRAMPTON Und ein schlechter Vater. Das meinst du doch, was?

VALENTINE *erhebt sich entrüstet und wendet sich an Gloria:* Fräulein Clandon, ich –

CRAMPTON *zu Valentine:* Dieses Mädchen heißt Crampton, Herr Doktor, nicht Clandon. Wollen Sie mich auch noch beleidigen?

VALENTINE *ignoriert ihn:* Ich bin außer mir, Fräulein Clandon. Es ist ganz allein meine Schuld. Ich habe ihn hierher gebracht. Ich bin verantwortlich für ihn. Und ich schäme mich für ihn.

CRAMPTON Was wollen Sie damit sagen, Doktor?

GLORIA *erhebt sich kalt:* Es ist nichts geschehen, Doktor Valentine. Ich fürchte, wir sind alle etwas kindisch gewesen. Dieses Essen war ein Reinfall. Brechen wir es ab und damit basta. *Sie schiebt ihren Stuhl zur Seite, geht zur Strandtreppe und fügt, als sie an Crampton vorbeikommt, geringschätzig und gelassen hinzu:* Adieu, Vater. *Kalt, angewidert und gleichgültig geht sie die Treppe hinab. Alle schauen ihr nach und bemerken daher den Ober nicht, der mit Cramptons Überzieher, Valentines Stock, einigen Schals und Sonnenschirmen und ein paar Feldstühlen, die er an die Bank stellt, aus dem Hotel kommt.*

CRAMPTON *starrt Gloria mit verzerrtem Gesicht nach und sagt zu sich selbst:* Vater! Vater! *Schlägt wütend mit der Faust auf den Tisch:* Nein!

OBER *hält ihm den Überzieher hin:* Ich glaube, das ist Ihrer, mein Herr. *Crampton starrt ihn an, packt den Überzieher, geht über die Terrasse in Richtung Gartenbank und verheddert sich in dem Überzieher, als er ihn anzuziehen versucht. McComas hilft ihm, nimmt dann Hut und Schirm von dem kleinen Eisentisch und wendet sich der Treppe zu. Inzwischen bietet der Ober, der mit unveränderter Freundlichkeit Crampton für die Abnahme des Überziehers gedankt hat, Phil die Sonnenschirme an:* Die Sonnenschirme für die Damen, mein Herr. Heute reflektiert das Meer außerordentlich stark. Das ist schädlich für den Teint. Die Strandstühle werde ich selbst hinuntertragen.

PHILIP Sie sind alt, Vater William, aber Sie sind der aufmerksamste Mensch, den ich kenne. Nein, behalten Sie die Sonnenschirme und geben Sie mir die Strandstühle bitte. *Nimmt die Stühle.*

OBER *geschmeichelt und dankbar:* Danke sehr, mein Herr.

PHILIP Helfen Sie mir, Finch? *Gibt ihm zwei Stühle.* Gehen wir. *Sie gehen zusammen die Treppe hinunter.*

VALENTINE *zum Ober:* Darf ich auch was runtertragen? Einen von diesen? *Will ihm einen Sonnenschirm abnehmen.*

OBER *diskret:* Der gehört der jüngeren Dame, Herr Doktor. *Valentine läßt den Schirm los.* Danke sehr. Wenn Sie gestatten, so würde ich mir den Vorschlag erlauben: Nehmen Sie lieber das hier. *Legt seine Last auf Cramptons Stuhl und zieht ein Buch aus der hinteren Fracktasche, in dem ein Damentaschentuch als Lesezeichen liegt.* Die ältere junge Dame liest es gerade. *Valentine nimmt das Buch schnell an sich.* Danke sehr. »Die Abhängigkeit der Frau«, wie Sie sehen. *Nimmt seine Last wieder auf.* So was Schweres würden vermutlich weder Sie noch ich am Strand lesen. *Geht die Treppe hinunter.*

VALENTINE *ziemlich aufgeregt zu Crampton:* Nein, wirklich, Crampton, Sie sollten sich was schämen.

CRAMPTON *streitsüchtig:* Ich mich schämen? Warum?

VALENTINE Weil Sie sich wie ein Bär benommen haben. Was wird Ihre Tochter jetzt von mir denken, wo ich Sie hierhergebracht habe?

CRAMPTON Ich habe noch nicht darüber nachgedacht, was meine Tochter von Ihnen denkt.

VALENTINE Nein, Sie haben nur an sich selbst gedacht. Sie sind krankhaft egozentrisch.

CRAMPTON *bekümmert:* Sie hat Ihnen ja gesagt, was ich bin: Ein Vater, ein seiner Kinder beraubter Vater. Mein Gott, eine herzlose Generation! Was mußte ich auch nach all den Jahren hierherkommen? Um zum ersten Male zu sehen, was aus meinen Kindern geworden ist? Um ihre Stimme zu hören? Und dabei soll ich mich wie ein vornehmer Gast benehmen? Platze hier zufällig herein und werde »Herr Crampton« genannt. Herr Crampton! Was für ein Recht haben sie, so mit mir zu reden? Ich bin ihr Vater. Oder wollen sie das bestreiten? Ich bin ein Mann mit den üblichen menschlichen Gefühlen. Habe ich denn keine Rechte, keine Ansprüche? Was für Menschen habe ich in all diesen Jahren um mich gehabt? Diener, Angestellte, Geschäftsfreunde. Und alle haben mir Achtung entgegengebracht, ja, Güte. Keiner von ihnen hat jemals so mit mir gesprochen wie dieses Mädchen. Keiner hat sich jemals so über mich lustig gemacht wie dieser Bengel die ganze Zeit. *Wild:* Meine eigenen Kinder! Herr Crampton! Meine –

VALENTINE Aber, aber! Es sind eben noch Kinder. Und »sie« hat immerhin Vater zu Ihnen gesagt.

CRAMPTON Ja: Adieu, Vater! Adieu! Oh ja, sie hat mich ins Herz getroffen! – – Aber mit einem Dolchstoß.

VALENTINE *nimmt das sehr übel auf:* Also hören Sie, Crampton, halten Sie bloß das Mädchen da raus. Sie hat Sie doch sehr gut behandelt. Für mich war das alles viel schlimmer als für Sie.

CRAMPTON Schlimmer?

VALENTINE *mit wachsender Heftigkeit:* Ja, schlimmer. Ich saß neben ihr und habe während der ganzen Zeit kein Wort mit ihr gesprochen. Nicht ein einziges blödes Wort fiel mir ein. Und auch sie hat nichts zu mir gesagt.

CRAMPTON Na und?

VALENTINE Na und –? *spricht sehr ernst und wird dabei immer schneller:* Wissen Sie denn, Crampton, was heute mit mir los ist? Sie wollen doch wohl nicht im Ernst annehmen, daß ich die Gewohnheit habe, alle meine Patienten so auszutricksen, wie ich Sie heute ausgetrickst habe?

CRAMPTON Hoffentlich nicht.

VALENTINE Es gibt nur eine Erklärung: Ich bin heute entweder völlig verrückt oder niemals vorher im Besitz meines gesunden Menschenverstandes gewesen. Ich bin auf einmal zu allem fähig. Ich bin endlich erwachsen. Ich bin plötzlich ein Mann. Und Ihre Tochter ist es, die einen Mann aus mir gemacht hat.

CRAMPTON *ungläubig:* Sind Sie in meine Tochter verliebt?

VALENTINE *Die Worte stürzen nur so aus seinem Mund:* Verliebt? Unsinn! Es ist viel weniger und viel mehr als das. Es ist das Leben selbst, es ist Zutrauen, es ist Kraft, Gewißheit, das Paradies –

CRAMPTON *unterbricht ihn mit beißendem Hohn:* Quatsch, Mann! Wie wollen Sie für eine Frau sorgen? Sie können sie nicht heiraten.

VALENTINE Wer will sie denn heiraten? Ich möchte ihre Hände küssen. Ich möchte ihr zu Füßen knien. Ich will für sie leben, ich will für sie sterben. Das ist alles. Sehen Sie sich ihr Buch an, sehen Sie! *Küßt das Taschentuch.* Dafür könnten Sie mir Ihr ganzes Geld anbieten, ich würde Ihnen nur ins Gesicht lachen. Denn das ist der Vorwand, an den Strand zu gehen, um wieder mit ihr zusammen zu sein. *Er geht übermütig zur Treppe, wo er dem Ober, der vom Strand kommt, direkt in die Arme läuft. Um nicht zu stürzen, halten sie sich aneinander fest.*

OBER *taktvoll:* Langsam, Herr Doktor, langsam.

VALENTINE *von seiner eigenen Heftigkeit unangenehm berührt:* Verzeihen Sie.

OBER Aber bitte, bitte, Herr Doktor. Alles ganz natürlich in Ihrem Alter, ganz natürlich. Das gnädige Fräulein hat mich nach dem Buch geschickt. Darf ich Sie bitten, es ihr gleich zu bringen?

VALENTINE Mit Vergnügen. Und darf ich Sie bitten, den Sechswochenverdienst eines Zahnarztes anzunehmen? *Gibt ihm Dollys Fünf-Shilling-Stück.*

OBER *als überträfe diese Summe seine höchsten Erwartungen:* Danke sehr, Herr Doktor, danke bestens! *Valentine rennt die Treppe hinunter.* Ein sehr temperamentvoller junger Mann, der Herr. Sehr männlich und gut gewachsen.

CRAMPTON *brummig:* Wird zweifellos im Handumdrehen ein Vermögen machen. Ich weiß nämlich, was er in sechs Wochen verdient hat. *Geht über die Terrasse und setzt sich an den eisernen Tisch.*

OBER *philosophisch:* Ja, mein Herr, man kann nie wissen. Das ist mein Prinzip, falls Sie mir erlauben, so etwas zu haben. *Der Philosoph wird für einen Moment vom Kellner verdrängt.* Darf ich Sie darauf aufmerksam machen, daß Sie Ihren Whisky noch nicht angerührt haben? *Nimmt das Glas und setzt es Crampton vor.* Ja, Herr Crampton, man kann nie wissen. Zum Beispiel mein Sohn. Wer hätte je gedacht, daß er es bis zu einem seidenen Talar als königlicher Anwalt bringen würde? Das war mir eine Lehre, mein Herr. Und heute faßt er nichts unter sechzig Pfund an.

CRAMPTON Hoffentlich ist er Ihnen auch dankbar und sieht, was er als Sohn schuldig ist.

OBER In Anbetracht der Verschiedenheit unserer gesellschaftlichen Stellung vertragen wir uns sehr gut, mein Herr, wirklich ausgezeichnet. *Crampton will trinken.* Ein Stückchen Zucker, mein Herr, wird den faden Sodageschmack beseitigen, ohne daß der Drink merklich süßer wird. Erlauben Sie? *Wirft Crampton ein Stückchen Zucker ins Glas.* Aber ich frage ihn immer, was uns denn überhaupt unterscheidet. Ich muß einen Frack anziehen, wenn ich zeigen will, was ich bin, und er muß eine Perücke aufsetzen und einen Talar anlegen, um zu zeigen, was er ist. Wenn mein Einkommen vorwiegend aus Trinkgeldern besteht und ich doch so tun muß, als wäre ich nicht darauf angewiesen, so besteht sein Einkommen aus Gebühren, und auch er muß, wie ich es sehe, so tun, als wäre er nicht darauf angewiesen. Wenn er Gesellschaft liebt und ihn sein Beruf in Kontakt mit allen möglichen Gesellschaftsschichten bringt, so tut es meiner auch. Wenn es für einen Anwalt etwas ungewöhnlich ist, einen Kellner als Vater zu haben, so ist es genauso ungewöhnlich für einen Kellner, einen

Anwalt als Sohn zu haben. Ich versichere Ihnen, daß viele Leute es für eine große Ungehörigkeit halten, mein Herr. Darf ich Ihnen noch irgend etwas bringen?

CRAMPTON Nein, vielen Dank. *Bitter und gedemütigt:* Ich hoffe, daß man nichts dagegen hat, wenn ich hier noch ein Weilchen sitzen bleibe. Hier störe ich jedenfalls die Strandgesellschaft nicht.

OBER *gerührt:* Sehr freundlich von Ihnen, so zu tun, als ob Sie nicht wüßten, daß Ihre Anwesenheit eine Auszeichnung und eine Ehre für uns ist, Herr Crampton, wirklich sehr freundlich. Je mehr Sie sich hier zu Hause fühlen, um so besser für uns.

CRAMPTON *scharf ironisch:* Zu Hause!

OBER *nachdenklich:* Das ist natürlich auch Ansichtssache, mein Herr. Ich sage immer, der große Vorzug eines Hotels ist, daß es Schutz bietet vor dem Familienleben.

CRAMPTON Diesen Vorzug habe ich heute vermißt.

OBER Richtig, mein Herr! Meine Güte, das stimmt! Immer geschieht etwas, was man nicht erwartet. *Schüttelt seinen Kopf.* Man kann nie wissen, mein Herr, man kann wirklich nie wissen. *Geht ins Hotel.*

CRAMPTON *nimmt sein unglückliches Gesicht mit den harten Augen in die Hände:* Zu Hause – – zu Hause! *Er hört jemand kommen und setzt sich wieder kerzengrade hin. Gloria mit Sonnenschirm und Buch in der Hand kommt allein die Treppe herauf. Crampton sieht sie trotzig an. Die brutale Hartnäckigkeit seines Mundes und die wehmütigen Augen stehen zueinander in Widerspruch. Gloria geht zur Gartenbank, lehnt sich mit dem Rücken dagegen und schaut so auf Crampton herab, als ob sie erstaunt über seine Schwäche sei. Sie ist zu neugierig, um gleichgültig bleiben zu können, aber das Verwandtschaftsverhältnis zu ihm interessiert sie nicht. Zur Begrüßung knurrt er sie an:* Nun?

GLORIA Ich möchte Sie einen Augenblick sprechen.

CRAMPTON *blickt sie fest an:* Wirklich? Was für eine Überraschung! Du triffst nach achtzehn Jahren deinen Vater wieder und hast tatsächlich den Wunsch, einen Augenblick mit ihm zu sprechen. Wie rührend, nicht wahr?

GLORIA Alles, was Sie da sagen, scheint mir so unsinnig, so unberechtigt zu sein. Was für Gefühle erwarten Sie denn von uns? Was sollen wir für Sie tun? Warum sind Sie weniger höflich zu uns als andere Leute? Sie können uns offensichtlich nicht so recht leiden. Warum sollten Sie auch? Aber trotzdem können wir uns doch begegnen, ohne zu streiten.

CRAMPTON *Sein Gesicht verfinstert sich:* Bist du dir denn im klaren darüber, daß ich dein Vater bin?

GLORIA Vollkommen.

CRAMPTON Begreifst du auch, was mir als deinem Vater zukommt?

GLORIA Zum Beispiel –?

CRAMPTON *erhebt sich, als ob er ein Ungeheuer bekämpfen wolle:* Zum Beispiel! Zum Beispiel! Zum Beispiel Pflicht, Liebe, Achtung, Gehorsam!

GLORIA *gibt ihre sorglose Haltung auf und steht ihm stolz gegenüber:* Ich gehorche nur meinem Gerechtigkeitssinn. Ich achte nichts, was nicht edel ist. Das ist meine Pflicht. *Sie fügt, weniger fest, hinzu:* Was die Liebe anlangt, das entzieht sich meiner Kontrolle. Ich weiß nicht einmal genau, was Liebe ist. *Sie wendet sich mit offensichtlichem Widerwillen, noch mehr zu diesem Thema zu sagen, ab, geht zu einem der bequemen Stühle am großen Tisch und legt Sonnenschirm und Buch nieder.*

CRAMPTON *folgt ihr mit den Augen:* Glaubst du wirklich, was du sagst?

GLORIA *dreht sich rasch und streng zu ihm hin:* Entschuldigen Sie, aber das ist eine unhöfliche Frage. Ich spreche ernst mit Ihnen und erwarte, daß auch Sie mich ernst nehmen. *Sie nimmt einen Stuhl, dreht ihn vom Tisch weg und setzt sich etwas abgespannt nieder.* Können Sie nicht kühl und vernünftig darüber sprechen?

CRAMPTON Kühl und vernünftig? Nein, kann ich nicht! Verstehst du? Ich kann nicht.

GLORIA *nachdrücklich:* Nein, das kann ich nicht verstehen. Ich habe kein Mitleid mit –

CRAMPTON *fährt nervös zusammen:* Halt! Kein Wort mehr! Du weißt nicht, was du tust. Willst du mich noch ganz verrückt machen? *Sie runzelt die Stirn, weil sie diese Gereiztheit unerträglich findet. Er fügt schnell hinzu:* Ich bin nicht ärgerlich darüber, nein, wirklich nicht. Einen kleinen Moment! Ich muß mich besinnen. *Er steht einen Augenblick da, runzelt die Stirn und ballt vor Aufregung die Fäuste. Dann nimmt er den Stuhl vom Kopfende des Tisches und setzt sich neben Gloria. Mit rührender Anstrengung, sanft und geduldig zu sein:* So, ich glaube, jetzt bin ich soweit. Jedenfalls will ich es versuchen.

GLORIA *fest:* Sehen Sie, es geht alles, wenn man es nur energisch genug zu Ende denkt.

CRAMPTON *plötzlich erschreckt:* Nein, nicht denken. Du mußt fühlen. Nur das kann uns helfen. Paß auf! Weißt du – – Aber zuerst – – Ich vergaß: Wie heißt du eigentlich? Deinen Kosenamen meine ich. Sie können dich ja nicht gut Sophronia nennen.

GLORIA *erstaunt und widerwillig:* Sophronia? Ich heiße Gloria. Und werde immer Gloria genannt.

CRAMPTON *wird wieder erregt:* Mädchen, dein Name ist Sophronia! Du wurdest nach deiner Tante, meiner Schwester, Sophronia genannt. Sie hat dir deine erste Bibel geschenkt, und in der stand dein Name.

GLORIA Dann hat mir meine Mutter einen neuen Namen gegeben.

CRAMPTON *ärgerlich:* Dazu hatte sie kein Recht. Ich werde es nicht gestatten.

GLORIA Und Sie hatten kein Recht, mir den Namen Ihrer Schwester zu geben. Ich kenne sie ja gar nicht.

CRAMPTON Unsinn! Das lasse ich mir nicht länger gefallen. Irgendwo gibt es eine Grenze. Verstehst du?

GLORIA *steht warnend auf:* Suchen Sie schon wieder Streit?

CRAMPTON *bittet sie entsetzt:* Nein, nein, setz dich wieder hin, bitte, setz dich wieder! *Sie schaut ihn an und läßt ihn in Ungewißheit. Er zwingt sich, den verhaßten Namen auszusprechen:* Gloria. *Sie setzt sich, und an einer leichten Bewegung ihrer Lippen sieht man, daß sie zufrieden ist.* Also du siehst, ich will dir wirklich nur zeigen, daß ich dein Vater bin, mein – – mein liebes Kind. *Die Zärtlichkeit ist so kläglich unbeholfen, daß Gloria gegen ihren Willen lächeln muß und sich vornimmt, etwas nachsichtiger zu sein.* Hör zu: Ich möchte dich folgendes fragen. Kannst du dich überhaupt nicht mehr an mich erinnern? Du warst ja noch ein ganz kleines Kind, als man dich mir wegnahm, hast aber schon alles sehr bewußt aufgenommen. Kannst du dich wirklich an niemanden erinnern, den du geliebt oder – *schüchtern* – wenigstens auf kindliche Art gern gehabt hast? Na? An jemanden, der dich in sein Arbeitszimmer ließ, damit du dir die kleinen Schiffchen anschauen konntest, die du für Spielzeug hieltest? *Er sieht ihr ängstlich in die Augen, als suche er nach einer Antwort, und fährt dann eindringlicher, wenn auch mit weniger Hoffnung fort:* An jemanden, bei dem du machen konntest, was du wolltest, und der dir nie etwas gesagt hat. Höchstens, daß du mal einen Moment ruhigsitzen und still sein sollst? An jemanden, der etwas für dich war, was sonst niemand für dich war: nämlich dein Vater?

GLORIA *ungerührt:* Wenn Sie noch länger so erzählen, werde ich mir zweifellos bald einbilden, mich daran zu erinnern. Aber eigentlich erinnere ich mich an gar nichts.

CRAMPTON *sehnsüchtig:* Hat deine Mutter dir nie etwas von mir erzählt?

GLORIA Sie hat Ihren Namen mir gegenüber nie erwähnt. *Er stöhnt unwillkürlich auf. Sie schaut ihn voller Verachtung an und fährt fort:* Bis auf ein einziges Mal. Und das war, um mich an etwas zu erinnern, was ich auch vergessen hatte.

CRAMPTON *blickt hoffnungsvoll auf:* Was war das?

GLORIA *erbarmungslos:* Die Peitsche, die Sie gekauft hatten, um mich zu schlagen.

CRAMPTON *knirscht mit den Zähnen:* Oh! So was aufzutischen, nur um mich schlecht zu machen! Und daß du nichts von mir wissen willst! Das hätte sie dir nicht sagen müssen! Verflucht nochmal.

GLORIA *springt auf:* Sie Ekel! Sie abscheuliches Ekel! Sie wagen es, meine Mutter zu verfluchen?

CRAMPTON Hör auf, oder du wirst es bereuen. Ich bin dein Vater!

GLORIA Wie ich dieses Wort hasse! Wie ich das Wort »Mutter« liebe! Gehen Sie jetzt lieber.

CRAMPTON Ich – – ich ersticke. Du willst mich töten. Etwas – – ich – *Seine Stimme erstickt, und er wird fast ohnmächtig.*

GLORIA *geht kühl zur Brüstung und ruft zum Strand hinunter:* Herr Dr. Valentine?

VALENTINE *von unten:* Ja?

GLORIA Kommen Sie bitte einen Moment. Herr Crampton braucht Sie. *Sie geht zum Tisch zurück und schenkt ein Glas Wasser ein.*

CRAMPTON *findet seine Sprache wieder:* Nein! Laß mich in Ruhe. Ich brauche ihn nicht. Ich fühle mich vollkommen wohl, sage ich dir. Ich brauche weder seine Hilfe noch deine. *Er erhebt sich und reißt sich zusammen.* Du hast recht: Ich gehe jetzt lieber. *Er setzt seinen Hut auf.* War das dein letztes Wort?

GLORIA Das will ich hoffen.

Er starrt sie einen Moment lang an, nickt grimmig, als ob er damit einverstanden wäre, und geht ins Hotel. Sie sieht ihm mit festem Blick nach, bis er verschwindet, macht dann eine befreite Bewegung und dreht sich zu Valentine um, der die Treppe heraufgelaufen kommt.

VALENTINE *keuchend:* Was ist los? *Sieht sich um:* Wo ist Crampton?

GLORIA Fort. *Valentine freut sich, da er bemerkt, daß er mit*

Gloria allein ist. Sie fährt gleichgültig fort: Ich dachte, daß er sich nicht wohlfühlt, aber er hat sich wieder erholt. Er wollte nicht auf Sie warten. Es tut mir leid. *Sie geht ihr Buch und den Sonnenschirm holen.*

VALENTINE Um so besser. Er geht mir sowieso schon auf die Nerven. *Tut, als ob er sich vergessen würde:* Wie kommt dieser Mann nur zu so einer wundervollen Tochter?

GLORIA *stutzt einen Moment und antwortet dann mit höflicher, aber absichtlicher Verachtung:* Das scheint der Versuch zu einem Kompliment zu sein. Darf ich Sie gleich darauf aufmerksam machen, Doktor, daß Komplimente nur eine sehr fade Unterhaltung sind? Bitte lassen Sie uns auf eine vernünftige und gesunde Art Freunde sein, falls wir überhaupt befreundet sein sollten. Ich habe keinesfalls die Absicht zu heiraten, und wenn Sie diesen Stand der Dinge nicht anerkennen können, so wäre es besser, unsere Bekanntschaft nicht fortzusetzen.

VALENTINE *vorsichtig:* Ich verstehe. Gestatten Sie mir nur eine einzige Frage: Sind Sie gegen die Ehe als gesellschaftliche Einrichtung im allgemeinen, oder haben Sie nur etwas dagegen, grade mich zu heiraten?

GLORIA Ich kenne Sie viel zu wenig, um über Ihre persönlichen Vorzüge eine Meinung zu haben, Herr Doktor. *Wendet sich gleichzeitig ab und setzt sich mit ihrem Buch auf die Gartenbank.* Die Bedingungen einer heutigen Ehe, glaube ich, sind nicht so, daß eine Frau mit Selbstachtung sie annehmen könnte.

VALENTINE *herzlich und aufrichtig, als ob er ihre Bedingungen sofort akzeptierte und sich über ihre Grundsätze freuen würde:* Oh, dann haben wir ja schon etwas Gemeinsames. Ich bin ganz Ihrer Meinung, daß diese Bedingungen sehr ungerecht sind. *Nimmt seinen Hut und wirft ihn fröhlich auf den eisernen Tisch.* Also ich persönlich will diesen Unsinn abschaffen. *Er setzt sich so unbefangen neben sie, daß sie nichts dagegen hat, und fährt mit Enthusiasmus fort:* Finden Sie es nicht auch schrecklich, daß ein

Mann und eine Frau sich nur zu kennen brauchen, um sofort verdächtigt zu werden, Heiratsabsichten zu haben? Als ob es keine anderen Interessen gäbe, keine anderen Gesprächsthemen. Als ob Frauen zu nichts Besserem fähig wären.

GLORIA *interessiert:* Aha! Sie beginnen menschlich und vernünftig zu reden, Doktor.

VALENTINE *freut sich über den Erfolg seiner Jagdlist:* Aber natürlich! Zwei so intelligente Menschen wie wir. Es ist doch schön, in dieser dummen, von Konventionen gefesselten Welt jemanden zu treffen, der das gleiche Niveau hat, den gleichen vorurteilsfreien, aufgeklärten, hellen Geist.

GLORIA *ernst:* Ich hoffe, in England viele Menschen dieser Art zu treffen.

VALENTINE *zweifelnd:* Hm, es gibt eine ganze Menge Menschen hier. Fast vierzig Millionen. Das sind nicht alles schwindsüchtige Mitglieder der Klassen mit höherer Bildung wie die Leute in Madeira.

GLORIA *ganz gepackt von dem Gesprächsgegenstand:* Oh, in Madeira sind alle dumm und voller Vorurteile. Schwache, sentimentale Geschöpfe. Ich hasse Schwäche, und ich hasse Sentimentalität.

VALENTINE Deshalb wirken Sie auch so anregend.

GLORIA *mit einem leichten Lachen:* Ich bin anregend?

VALENTINE Ja. Kraft ist ansteckend.

GLORIA Schwäche auch. Das weiß ich.

VALENTINE *mit Überzeugung:* Sie sind stark. Wissen Sie, daß Sie für mich heute morgen die Welt verändert haben? Ich war auf einem Tiefpunkt angelangt, dachte an meine unbezahlte Miete, hatte Angst vor der Zukunft. Da kamen Sie, und ich war wie geblendet. *Glorias Stirn bewölkt sich ein wenig, und er fährt rasch fort:* Das war natürlich albern, aber es geschah etwas mit mir, wirklich und wahrhaftig. Denken Sie, was Sie wollen, aber mein Blut wurde –*Zögert und sucht nach einem Wort, das leidenschaftslos genug ist*

– mit Sauerstoff angereichert, meine Muskeln spannten sich, mein Geist wurde klar, mein Mut wuchs. Komisch, nicht wahr? Wenn man bedenkt, daß ich wirklich kein sentimentaler Mensch bin.

GLORIA *unbehaglich, steht auf:* Gehen wir zum Strand zurück.

VALENTINE *blickt zu ihr hoch und sagt düster:* Was? Sie spüren es auch?

GLORIA Spüren, was?

VALENTINE Angst.

GLORIA Angst?

VALENTINE Daß irgend etwas geschehen könnte. Es kam plötzlich über mich, grade ehe Sie vorschlugen, zu den andern zu laufen.

GLORIA *erstaunt:* Merkwürdig! Sehr merkwürdig. Ich hatte das gleiche Gefühl.

VALENTINE *ernst:* Sehr ungewöhnlich. *Steht auf.* Also sollen wir fliehen?

GLORIA Fliehen? Nein, das wäre kindisch. *Sie setzt sich wieder. Er setzt sich neben sie und beobachtet sie mit ernsthafter Sympathie. Nachdenklich und etwas verwirrt fügt sie hinzu:* Ich möchte wirklich mal die wissenschaftliche Erklärung für diese gelegentlichen Phantastereien kennenlernen.

VALENTINE Ja, ich auch. So ein merkwürdig hilfloses Gefühl, nicht wahr?

GLORIA *rebelliert:* Hilflos?

VALENTINE Ja, hilflos. Da hat die Natur uns jahrelang erlaubt, uns selbst anzuhören und zu tun, was wir für richtig und vernünftig halten. Aber plötzlich hebt sie ihre große Hand, packt ihre zwei kleinen Kinder beim Kragen und – gebraucht uns gegen unseren Willen auf ihre eigene Weise für ihre eigenen Zwecke. Ist es nicht so?

GLORIA Ist das nicht ziemlich phantastisch?

VALENTINE *plötzlich sehr sorglos:* Das weiß ich nicht. Ich frage nicht danach. *Vorwurfsvoll losbrechend:* Oh, Fräulein Clandon! Fräulein Clandon, wie konnten Sie nur?

GLORIA Was habe ich denn getan?

VALENTINE Mich so zu verzaubern! Ich versuche doch ehrlich, vernünftig, wissenschaftlich und wie immer Sie mich haben wollen, zu sein. Aber – – aber – – sehen Sie denn nicht, wie Sie meine Phantasie in Gang gesetzt haben?

GLORIA Hoffentlich sind Sie jetzt nicht so albern – – nicht so vulgär – – und sprechen von »Liebe«.

VALENTINE Nein, nein, nein, nein, nein! Nicht Liebe. Da wissen wir entschieden besser Bescheid. Nennen wir es Chemie. Sie können nicht abstreiten, daß es so etwas wie einen chemischen Prozeß, eine chemische Affinität, eine chemische Verbindung gibt: die unwiderstehlichste aller Naturkräfte. Ja, und Sie ziehen mich unwiderstehlich an. Chemisch!

GLORIA *verachtungsvoll:* Unsinn!

VALENTINE Natürlich ist das Unsinn, dummes Mädchen. *Gloria ist empört und weicht zurück.* Ja, dummes Mädchen. Das ist nun mal eine wissenschaftliche Tatsache. Sie sind ein Besserwisser, ein weiblicher Philister. Genau das sind Sie. *Erhebt sich.* Jetzt sind Sie wahrscheinlich fertig mit mir – – für immer. *Geht zum eisernen Tisch und nimmt seinen Hut.*

GLORIA *setzt sich wie eine Hochschullehrerin für ein Foto mit vollendeter Ruhe hin:* Das zeigt mir nur, wie wenig Sie meinen Charakter kennen. Ich bin nicht im geringsten beleidigt. *Er schweigt und legt seinen Hut wieder hin.* Ich bin immer bereit, mich von meinen Freunden auf meine Fehler aufmerksam machen zu lassen, Herr Doktor, selbst wenn diese Freunde mich so lächerlich mißverstehen wie Sie. Ich habe viele Fehler – sehr große Fehler sogar – aber wenn ich etwas nicht bin, so ist es das, was Sie einen Philister nennen. *Sie preßt ihre Lippen fest zusammen und blickt ihn standhaft und herausfordernd an, gefaßter als vorher.*

VALENTINE *kommt zur Gartenbank zurück, um ihr mit mehr*

Nachdruck gegenübertreten zu können: Oh doch, das sind Sie! Mein Verstand sagt es mir. Mein Wissen sagt es mir. Meine Erfahrung sagt es mir.

GLORIA Verzeihen Sie, daß ich Sie darauf aufmerksam mache, daß Ihr Verstand, Ihr Wissen und Ihre Erfahrung nicht unfehlbar sind. Wenigstens hoffe ich es.

VALENTINE Aber ich muß doch meinem Verstand, meinem Wissen und meiner Erfahrung glauben. Es sei denn, ich glaube meinen Augen, meinem Herzen, meinen Instinkten und meiner Einbildungskraft, die mir alle die fürchterlichsten Lügen über Sie erzählen.

GLORIA *verliert langsam ihre Steifheit:* Lügen?

VALENTINE *hartnäckig:* Ja, Lügen. *Er setzt sich wieder neben sie.* Oder soll ich vielleicht glauben, daß Sie die schönste Frau der Welt sind?

GLORIA Das ist lächerlich – – und ziemlich persönlich.

VALENTINE Natürlich ist es lächerlich. Aber es ist das, was mir meine Augen sagen. *Gloria protestiert mit einer verachtungsvollen Bewegung.* Nein, ich schmeichle Ihnen nicht. Ich habe Ihnen doch gesagt, daß ich meinen Augen nicht traue. *Sie schämt sich dafür, daß auch dies ihr nicht ganz recht ist.* Erwarten Sie, daß ich hier sitzen und wie ein Kind heulen würde, falls Sie aus Widerwillen gegen meine Schwäche nichts von mir wissen wollten?

GLORIA *sieht ein, daß sie kurz und bündig werden muß:* Warum sollten Sie das, bitte?

VALENTINE Natürlich werde ich das nicht. So ein Idiot bin ich nicht. Und doch sagt mir mein Herz, daß ich heulen würde. Dieses blöde Herz. Aber ich werde ein ernstes Wort mit ihm reden und es zur Vernunft bringen. Und wenn ich Sie auch tausendmal lieben würde, ich würde doch der Wahrheit tapfer ins Auge sehen. Es ist ja auch ganz leicht, vernünftig zu sein. Tatsachen sind Tatsachen. Wir sind hier doch nicht im Himmel, sondern im Marinehotel. Wir leben auch nicht in der Ewigkeit, sondern es ist halb zwei am Nachmittag. Und ich bin ein Zahnarzt, ein Fünf-Shilling-

Zahnarzt.

GLORIA Und ich ein weiblicher Philister.

VALENTINE *leidenschaftlich:* Nein, nein, das kann ich nicht ertragen. Eine einzige Illusion muß ich behalten: die Illusion über Sie. Ich liebe Sie. *Er dreht sich ihr zu, als ob er sie unbedingt berühren möchte. Sie erhebt sich zornig und paßt auf. Er springt ungeduldig auf und tritt einen Schritt zurück.* Oh, was für ein Esel bin ich! Was für ein Idiot! Aber Sie verstehen mich nicht. Ich könnte ebensogut zu den Steinen am Strand sprechen. *Er wendet sich entmutigt ab.*

GLORIA *etwas ruhiger und schon ein wenig bereuend:* Es tut mir leid. Ich möchte auch nicht hart zu Ihnen sein, aber was soll ich sagen.

VALENTINE *läßt sich nicht mehr gehen, sondern wird verbindlich, ritterlich und respektvoll:* Sie können nichts sagen, Fräulein Clandon. Verzeihen Sie, es war wirklich nur meine Schuld. Oder sagen wir: Ich habe Pech gehabt. Sehen Sie, alles hängt davon ab, ob ich Ihnen sympathisch bin. *Sie will etwas sagen, aber er macht eine bittende Geste:* Oh, ich weiß, Sie dürfen mir nicht sagen, ob ich Ihnen sympathisch bin oder nicht, aber –

GLORIA *kommt sofort mit ihren Grundsätzen:* Ich darf nicht? Warum nicht? Ich bin eine freie Frau. Warum soll ich es Ihnen nicht sagen dürfen?

VALENTINE *weicht ängstlich zurück und sagt bittend:* Nein. Davor habe ich Angst.

GLORIA *nicht länger mit Verachtung:* Sie brauchen keine Angst zu haben. Ich halte Sie für sentimental und für ein bißchen albern, aber ich habe Sie gern.

VALENTINE *fällt in den Eisenstuhl:* Dann ist alles aus. *Er ist ein Bild der Verzweiflung.*

GLORIA *kommt verwirrt näher:* Aber warum denn?

VALENTINE Weil Gernhaben nicht genügt. Jetzt, wo ich ernsthaft darüber nachdenke, weiß ich selber nicht mehr, ob ich Sie gern habe oder nicht.

GLORIA *blickt erstaunt und interessiert auf ihn herab:* Das tut mir leid.

VALENTINE *im Schmerz zurückgehaltener Leidenschaft:* Oh, bitte kein Mitleid! Ihre Stimme zerreißt mir das Herz. Lassen Sie mich allein, Gloria. Sie wühlen mich in meinen tiefsten Tiefen auf. Sie quälen und beleben mich zugleich. Dagegen kann ich nichts tun. Ich kann es Ihnen nicht sagen –

GLORIA *bricht plötzlich zusammen:* Hören Sie auf, über Ihre Gefühle zu sprechen. Ich kann es nicht mehr ertragen.

VALENTINE *springt triumphierend auf, seine Stimme klingt jetzt fest, stark und jubelnd:* Jetzt ist der Augenblick endlich da! Der Augenblick meines Mutes. *Er ergreift ihre Hände, und sie schaut ihn entsetzt an.* Der Augenblick unseres Mutes! Er zieht sie an sich, küßt sie wild und lacht wie ein Junge. Gloria, jetzt ist es passiert! Es ist alles vorbei! Wir sind ineinander verliebt! *Sie kann nur nach Luft ringen.* Aber was für ein Ungeheuer sind Sie gewesen! Und was für ein armer Hasenfuß ich!

PHILIP *seine Stimme vom Strand:* Doktor Valentine?

VALENTINE Auf Wiedersehn! Vergeben Sie mir. *Küßt ihr rasch die Hände und läuft zur Treppe, wo er der heraufkommenden Frau Clandon begegnet. Gloria, ganz verloren, kann ihm nur nachstarren.*

FRAU CLANDON Die Kinder suchen Sie, Herr Doktor. *Sie sieht sich ängstlich um.* Ist er gegangen?

VALENTINE *verwirrt:* Er? *Erinnert sich:* Ach so: Crampton! Der ist schon längst weg, Frau Clandon. *Rennt wie ein Junge die Treppe hinunter.*

GLORIA *sinkt auf die Bank:* Mutter!

FRAU CLANDON *läuft ängstlich zu ihr:* Was ist, mein Kind?

GLORIA *sehr bekümmert und anklagend:* Warum hast du mich nicht ordentlich erzogen, Mutter?

FRAU CLANDON *erstaunt:* Ich habe getan, was ich konnte, mein Kind.

GLORIA Oh, ich habe nichts begriffen! Gar nichts!

FRAU CLANDON Sag mal, was ist denn mit dir los?

GLORIA *mit größtem Nachdruck:* Ich schäme mich! Schäme mich! Schäme mich so! *Sie wird unerträglich rot, bedeckt ihr Gesicht mit den Händen und wendet sich ab.*

Dritter Akt

Das Hotelzimmer der Clandons. Es ist ein teures Apartment zu ebener Erde mit einer Verandatür zum Garten. In der Mitte steht ein massiver, von Stühlen umgebener Tisch, auf dem eine kastanienbraune Decke liegt. Auf der Decke Hotel- und Eisenbahnführer mit kostbarem Einband. Geht man von der Verandatür zum Tisch, so hat man den Kamin zur Linken und einen Schreibtisch an der Wand rechts, in der Nähe der weiter hinten liegenden Tür. An der Wand sind Verzierungen von Lincrusta Walton, pflaumen- und bronzelackfarbig und mit Sockel und Kranzgesims, in den Ecken Goldbronze-Konsolen. Zu beiden Seiten des Fensters sieht man Vasen auf Pfeilerpiedestalen aus gesprenkeltem Marmor und mit Untersätzen aus poliertem schwarzen Holz. Neben der Vase in der Nähe des Kamins steht ein verzierter Schrank, dessen Mittelfach eine Tür mit Intarsienarbeit verschließt und dessen durch gewölbte Glasscheiben abgerundete Kanten Gestelle mit billigem blauem und weißem Steingutgeschirr schützen. Ein Teetisch aus Bambusrohr mit zusammenklappbaren Seitenbrettern steht gegenüber auf der anderen Seite des Fensters, die Photogravüren sind nach Buton und Stacy Marks. In einer Linie mit der Tür, aber auf der anderen Seite des Zimmers stehen eine Ottomane und auf dem Kaminteppich zwei bequeme, dazu passende Stühle. Über dem Fenster ist eine massive Messingstange angebracht, an der ein Paar rotbraune Ripsvorhänge mit mattgrünen Zierborten hängen. Es ist, alles zusammen, ein Zimmer, das eingerichtet ist, um den Hotelgästen aus der Mittelklasse ein Gefühl für ihre eigene Wichtigkeit zu vermitteln und sie dadurch mit den Kosten von einem Pfund täglich zu versöhnen.

Frau Clandon sitzt am Schreibtisch und liest Korrekturen. Gloria steht am Fenster und starrt qualvoll und träumend ins Weite. Die Uhr auf dem Kaminsims schlägt fünf, und man hört dabei ein schwaches Klirren, da die Glocke gegen das marmorne schwarze Ehrengrab, in das sie eingemauert ist, nicht aufkommen kann.

FRAU CLANDON Fünf! Ich glaube, wir brauchen nicht länger auf die Kinder zu warten. Sie trinken sicher schon woanders Tee.

GLORIA *müde:* Soll ich klingeln?

FRAU CLANDON Ja, mein Kind. *Gloria geht an den Kamin und klingelt.* Mit den Korrekturen bin ich jetzt Gott sei Dank fertig.

GLORIA *geht teilnahmslos durch den Raum und tritt hinter ihre Mutter:* Was für Korrekturen?

FRAU CLANDON Die neue Auflage von »Frauen des zwanzigsten Jahrhunderts«.

GLORIA *mit einem bitteren Lächeln:* Ein Kapitel fehlt.

FRAU CLANDON *durchstöbert ihre Korrekturen:* Bestimmt nicht. Es ist alles da.

GLORIA Ich meine ein ungeschriebenes. Vielleicht werde ich es für dich schreiben. – – Sobald ich den Schluß weiß. *Geht zum Fenster zurück.*

FRAU CLANDON Ein neues Rätsel, Gloria?

GLORIA Oh nein. Das uralte.

FRAU CLANDON *verwirrt und ziemlich bekümmert:* Mein Kind?

GLORIA *kommt zurück:* Ja?

FRAU CLANDON Du weißt, daß ich niemals Fragen stelle.

GLORIA *kniet neben ihrem Stuhl:* Ich weiß, ich weiß. *Sie wirft plötzlich ihren Arm um den Hals der Mutter und umarmt sie beinahe leidenschaftlich.*

FRAU CLANDON *lächelt sanft, aber verlegen:* Mein Kind, du wirst ja ganz sentimental.

GLORIA *fährt zurück:* Nein, nein! Bitte sage nicht so was. Oh! *Sie erhebt sich und wendet sich so von Frau Clandon ab, als ob sie sich losrisse.*

FRAU CLANDON *sanft:* Was ist mir dir, liebes Kind? Was – *Der Ober kommt mit dem Teetablett.*

OBER *wie Balsam:* Danach haben Sie doch wohl geklingelt, gnädige Frau?

FRAU CLANDON Ja. Vielen Dank. *Dreht ihren Stuhl vom Schreibtisch weg und setzt sich wieder. Gloria geht an den Kamin und kauert sich dort mit abgewandtem Gesicht in einen Stuhl.*

OBER *Setzt das Tablett erst einmal auf den Mitteltisch* Ich habe es mir gedacht, gnädige Frau. Komisch, wie sehr am Nachmittag die Spannkraft nachläßt ohne eine Tasse Tee. *Er holt den Teetisch und stellt ihn vor Frau Clandon, dabei spricht er weiter:* Die junge Dame und der junge Herr sind gerade zurückgekommen, gnädige Frau. Sie haben eine Bootsfahrt unternommen. Das ist herrlich an so einem schönen Nachmittag wie heute. Wirklich herrlich, und es gibt Kraft. *Nimmt das Tablett vom Mitteltisch und setzt es auf den Teetisch.* Herr McComas kommt nicht zum Tee, gnädige Frau. Er ist Herrn Crampton besuchen begangen. *Nimmt zwei Stühle und setzt sie rechts und links neben den Teetisch.*

GLORIA *blickt auf und fragt entsetzt:* Und der andere Herr?

OBER *summt unbewußt ein Lied vor sich hin, das er als Junge gesungen hat:* Oh, der kommt, gnädiges Fräulein, der kommt. Er hat das Boot gerudert und ist schnell noch zur Apotheke gerannt, um sich etwas gegen die Blasen an seinen Händen geben zu lassen. Aber er wird sicher gleich hier sein, gleich. *Gloria ist sehr besorgt, steht auf und läuft zur Tür.*

FRAU CLANDON *erhebt sich halb:* Glo – *Gloria geht hinaus. Frau Clandon starrt den Ober an. Dieser bleibt ungerührt.*

OBER *heiter:* Sonst noch etwas, gnädige Frau?

FRAU CLANDON Nein, danke sehr.

OBER Ich habe zu danken, gnädige Frau. *Als er sich zurückziehen will, kommen Phil und Dolly in bester Laune hereingestürmt. Er hält ihnen die Tür auf, geht dann hinaus und schließt sie.*

DOLLY *gierig:* Oh, gib mir schnell etwas Tee. *Frau Clandon schenkt ihr eine Tasse ein.* Wir sind mit einem Boot auf See gewesen. Dr. Valentine wird gleich da sein.

PHILIP Er ist Seefahrten nicht gewöhnt. Wo ist Gloria?

FRAU CLANDON *gießt ihm Tee ein, ängstlich:* Phil, mit Gloria ist irgendwas los. Wißt ihr, ob etwas passiert ist? *Phil und Dolly sehen sich mit unterdrücktem Lachen an.* Was ist es denn?

PHILIP *setzt sich an ihre rechte Seite:* Romeo –

DOLLY *setzt sich an ihre linke Seite:* – und Julia.

PHILIP *nimmt seinen Tee entgegen:* Ja, liebste Mutter, die uralte Geschichte. Dolly, nimm nicht alle Milch! *Er nimmt ihr geschickt die Kanne aus der Hand.* Ja, im Frühling –

DOLLY – kann die Phantasie eines jungen Mannes –

PHILIP – sehr leicht Liebesblüten treiben. *Frau Clandon gibt ihm die Biskuits.* Ich danke. Übrigens: das kommt auch im Herbst vor. Diesmal ist der Jüngling –

DOLLY Doktor Valentine.

PHILIP Und seine Phantasie hat sich Gloria in einem Maße zugewandt, daß er sie sogar –

DOLLY – umarmt und küßt –

PHILIP – auf der Terrasse –

DOLLY – auf die Lippen. Vor allen Leuten.

FRAU CLANDON *ungläubig:* Phil! Dolly! Ihr macht Witze. *Sie schütteln die Köpfe.* Und sie hat nichts dagegen gehabt?

PHILIP Wir dachten, daß ihn der Blitz ihrer Verachtung zu Boden schmettern würde, aber –

DOLLY – aber nichts geschah.

PHILIP Sie schien es sogar gern zu haben.

DOLLY Soweit wir es beurteilen konnten. *Hindert Phil daran, sich noch eine zweite Tasse Tee einzugießen.* Nein, du hast geschworen, nur eine Tasse zu trinken.

FRAU CLANDON *sehr beunruhigt:* Kinder, wenn Dr. Valentine kommt, müßt ihr verschwinden. Ich habe ein ernstes Wort mit ihm zu reden.

PHILIP Willst du ihn nach seinen Absichten fragen? Was für eine Verletzung der »Grundsätze des zwanzigstens Jahrhunderts«!

DOLLY Richtig, Mama, stell ihn zur Rede. Rette noch, soviel du kannst, aus dem neunzehnten Jahrhundert herüber.

PHILIP Scht! Er kommt.

VALENTINE *tritt ein:* Es tut mir sehr leid, Frau Clandon, daß ich mich verspätet habe. *Sie greift zur Teekanne.* Nein, danke. Ich trinke nie Tee. Sicher haben Phil und Dolly Ihnen schon erzählt, was mir passiert ist.

PHILIP *erhebt sich, sehr wichtig:* Ja, Doktor, wir haben es erzählt.

DOLLY *erhebt sich ebenfalls, bedeutungsvoll:* Wir haben es sehr genau erzählt.

PHILIP Es war unsere Pflicht. *Sehr ernst:* Komm, Dolly! *Er bietet Dolly seinen Arm, sie hängt sich ein, beide schauen Valentine mitleidig an und gehen Arm in Arm hinaus, während Valentine ihnen nachstarrt.*

FRAU CLANDON *steht auf und verläßt den Teetisch:* Würden Sie bitte Platz nehmen, Herr Doktor. Wenn Sie erlauben, möchte ich gerne etwas mit Ihnen besprechen. *Dr. Valentine setzt sich langsam auf die Ottomane. Sein Gewissen prophezeit ihm eine schlimme Viertelstunde. Frau Clandon setzt sich würdevoll auf Phils Stuhl.* Zunächst möchte ich Sie bitten, ein wenig nachsichtig mit mir zu sein. Ich will mit Ihnen ein Thema besprechen, über das ich kaum etwas weiß. Vielleicht überhaupt nichts. Ich meine – Liebe.

VALENTINE Liebe?

FRAU CLANDON Ja, Liebe. Sie brauchen sich aber nicht zu beunruhigen, Herr Doktor, ich bin nicht in Sie verliebt.

VALENTINE *überwältigt:* Nein, wirklich, Frau – *Hat sich wieder in der Hand:* Es würde mich mehr als stolz machen, wenn Sie es wären.

FRAU CLANDON Danke, Doktor. Aber um jetzt damit anzufangen, bin ich zu alt.

VALENTINE Anzufangen? Haben Sie denn nie –?

FRAU CLANDON Nie. Mein Schicksal ist ganz alltäglich. Ich habe geheiratet, bevor ich alt genug war, um zu wissen, was ich da eigentlich tat. Wie Sie ja selbst gesehen haben, war die Folge eine bittere Enttäuschung für mich. So kommt es, daß ich niemals verliebt war, obgleich ich eine verheiratete Frau bin. Ich habe auch nie eine Liebschaft gehabt. Und um ganz aufrichtig zu sein, Doktor, was ich von den Liebschaften anderer gesehen habe, hat nicht dazu beigetragen, mich diesen Mangel bedauern zu lassen. *Valentine macht ein mürrisches und skeptisches Gesicht, sagt aber nichts. Sie errötet etwas und fügt mit unterdrücktem Ärger hinzu:* Sie glauben mir wohl nicht?

VALENTINE *fühlt sich bei seinen Gedanken ertappt und sagt bestürzt:* Aber warum denn nicht? Warum nicht?

FRAU CLANDON Lassen Sie sich sagen, Doktor, daß ein der Menschheit gewidmetes Leben Begeisterungen bietet und Leidenschaften kennt, die bei weitem die selbstsüchtigen Verblendungen und Sentimentalitäten einer Romanze übersteigen. Aber Ihre Begeisterungen und Leidenschaften sind das ja wohl nicht, oder? *Valentine weiß, daß Frau Clandon ihn deswegen verachtet, und schüttelt melancholisch den Kopf.* Das habe ich mir gedacht. Nun, dafür bin ich im Nachteil, wenn ich über diese sogenannten Herzensangelegenheiten diskutieren muß, in denen Sie Fachmann zu sein scheinen.

VALENTINE *unruhig:* Worauf spielen Sie an, Frau Clandon?

FRAU CLANDON Ich glaube, Sie wissen es.

VALENTINE Gloria?

FRAU CLANDON Ja, Gloria.

VALENTINE *streckt die Waffen:* Nun ja, ich bin in Gloria verliebt. *Unterbricht sie, als sie antworten will:* Ich weiß schon, was Sie jetzt sagen wollen: Ich habe kein Geld.

FRAU CLANDON Das interessiert mich sehr wenig, Herr Doktor.

VALENTINE Dann sind Sie aber grundverschieden von allen andern Müttern, die mich bisher ausgefragt haben.

FRAU CLANDON Ah, nun kommen wir zur Hauptsache, Doktor. Sie sind ein alter Praktikus. *Er will widersprechen, aber sie unterbricht ihn entrüstet:* Glauben Sie doch nicht, daß ich nicht genug gesunden Menschenverstand besitze, um zu wissen, so wenig ich sonst von diesen Dingen verstehe, daß ein Mann, der bei der ersten Begegnung mit einer Frau wie meiner Tochter so weit kommen konnte, kaum ein Novize sein kann.

VALENTINE Ich versichere Ihnen –

FRAU CLANDON *stoppt ihn:* Ich mache Ihnen keinen Vorwurf, Herr Doktor. Gloria soll selbst auf sich aufpassen, und Sie haben jedes Recht, sich so zu amüsieren, wie es Ihnen Spaß macht. Aber –

VALENTINE *protestiert:* Mich zu amüsieren? Aber Frau Clandon!

FRAU CLANDON *unnachgiebig:* Bei Ihrer Ehre, meinen Sie es ernst, Herr Doktor Valentine?

VALENTINE *verzweifelt:* Bei meiner Ehre, ich meine es ernst! *Sie schaut ihn forschend an. Sein Sinn für Komik bricht durch, und er fügt verschmitzt hinzu:* Allerdings habe ich es immer ernst gemeint, und trotzdem – – nun, wie Sie sehen, bin ich jetzt hier gelandet.

FRAU CLANDON Genau das habe ich befürchtet. *Ernst:* Sie sind einer der Männer, Herr Doktor, die mit den Gefühlen der Frauen spielen.

VALENTINE Ja. Warum nicht, wo die Probleme der Menschheit doch das einzige sind, was überhaupt verdient, ernst genommen zu werden? Aber ich verstehe trotzdem. *Er steht auf und nimmt seinen Hut. Mit förmlicher Höflichkeit:* Sie wünschen also, daß ich meine Besuche einstelle?

FRAU CLANDON Nein. Ich bin klug genug zu wissen, daß es Glorias beste Chance ist, Ihnen zu entkommen, wenn sie Sie noch besser kennenlernt.

VALENTINE *wirklich beunruhigt:* Oh, sagen Sie das nicht, Frau Clandon! Das glauben Sie doch selber nicht.

FRAU CLANDON Ich habe großes Vertrauen, Doktor, zu der gesunden Ausbildung, die Glorias Verstand von Kindesbeinen an erfahren hat.

VALENTINE *erstaunlich erleichtert:* Oh – oh! Dann ist ja alles in Ordnung. *Er setzt sich wieder und wirft seinen Hut mit der Miene eines Menschen, der nichts mehr zu fürchten hat, übermütig beiseite.*

FRAU CLANDON *empört über seine Sicherheit:* Wie meinen Sie das?

VALENTINE *vertraulich:* Soll ich Ihnen auch etwas beibringen, Frau Clandon?

FRAU CLANDON *steif:* Ich bin immer bereit zu lernen.

VALENTINE Haben Sie sich jemals mit Geschützen befaßt? Mit Artillerie, Kanonen, Kriegsschiffen und so weiter?

FRAU CLANDON Was haben Geschütze mit Gloria zu tun?

VALENTINE Sehr viel. Zur Verdeutlichung nämlich. Während dieses ganzen Jahrhunderts war der Fortschritt der Artillerie ein Zweikampf zwischen dem Hersteller von Kanonen und dem Hersteller von kugelsicheren Panzerplatten. Man baut ein Schiff, dem die besten bekannten Kanonen nichts anhaben können. Da erfindet jemand eine bessere Kanone und bringt das Schiff zum Sinken. Sofort baut man ein noch schwereres Schiff, dem auch die neue Kanone nichts anhaben kann, da erfindet wieder jemand noch bessere Kanonen und bringt so auch das neue Schiff zum Sinken. Und so weiter. Nun, der Krieg der Geschlechter ist genauso.

FRAU CLANDON Der Krieg der Geschlechter?

VALENTINE Ja. Sie haben doch schon vom Krieg der Geschlechter gehört? Oh, ich habe ganz vergessen, daß Sie ja aus Madeira kommen. Dieser Ausdruck ist hier erst nach Ihrer Zeit zum Begriff geworden. Muß ich ihn erklären?

FRAU CLANDON *verachtungsvoll:* Nein!

VALENTINE Natürlich nicht. Was geschieht denn nun in diesem Krieg der Geschlechter? Die altmodische Mutter bekam eine altmodische Erziehung, um gegen die Tricks des Mannes gerüstet zu sein. Gut. Sie kennen das Ergebnis: Der altmodische Mann hat sie doch herumgekriegt. Die altmodische Frau entschloß sich nun, ihre Tochter wirksamer zu wappnen, also irgendeine Waffe zu erfinden, gegen die der altmodische Mann machtlos war. Sie gab ihrer Tochter deshalb eine wissenschaftliche Erziehung. Ihr System! Das war eine prima Sache gegen den altmodischen Mann. Also jammerte er, es sei nicht gerecht, unweiblich und weiß Gott was alles. Aber alles half ihm nichts, und so mußte er seinen altmodischen Angriffsplan aufgeben, wie Sie wissen. Also das ganze Auf-die-Knie-Fallen, das Liebe-und-Achtung-Schwören und so weiter.

FRAU CLANDON Entschuldigen Sie, aber das hatten die Frauen geschworen.

VALENTINE Wirklich? Vielleicht haben Sie recht. Ja, natürlich waren es die Frauen. Nun gut. Was hat der Mann getan? Genau das gleiche, was der Hersteller von Kanonen tut. Er ging noch einen Schritt weiter als die Frau, bildete sich wissenschaftlich aus und schlug sie auf diesem Feld genauso, wie er sie auf dem alten geschlagen hatte. Ich war noch nicht dreiundzwanzig und hatte schon gelernt, wie man eine Frauenrechtlerin herumkriegt. Vor einer Ewigkeit schon habe ich das gewußt. Sie sehen, meine Methoden sind durch und durch modern.

FRAU CLANDON *ruhig und widerwillig:* Zweifellos.

VALENTINE Aber grade deshalb gibt es eine Art von Mädchen, bei der diese Methode nutzlos ist.

FRAU CLANDON Und welche Art, bitte?

VALENTINE Das völlig altmodische Mädchen. Wenn Sie Gloria auf die alte Art erzogen hätten, so hätte ich achtzehn Monate gebraucht, um so weit zu kommen, wie ich heute nachmittag in achtzehn Minuten gekommen bin. Ja, Frau Clandon, die höhere Schulbildung – hat mir Gloria ausgeliefert, und Sie waren es, die sie den Glauben an die höhere Bildung gelehrt hat.

FRAU CLANDON *erhebt sich:* Herr Doktor, Sie sind sehr gescheit.

VALENTINE *steht auch auf:* Oh, Frau Clandon!

FRAU CLANDON Aber Sie haben mir nichts Neues beigebracht. Adieu!

VALENTINE *erschreckt:* Darf ich Gloria nicht wiedersehen, bevor ich gehe?

FRAU CLANDON Ich fürchte, sie wird erst wiederkommen, wenn Sie gegangen sind, Herr Doktor. Sie hat das Zimmer nur verlassen, um Ihnen auszuweichen.

VALENTINE *in Gedanken:* Ein gutes Zeichen. Auf Wiedersehen! *Er verbeugt sich und will, offensichtlich sehr zufrieden, zur Tür.*

FRAU CLANDON *beunruhigt:* Warum soll das ein gutes Zeichen sein?

VALENTINE *dreht sich kurz vor der Tür noch einmal um:* Weil ich eine wahre Todesangst vor ihr habe, und sie anscheinend auch vor mir.

Er will gehen, steht aber plötzlich Gloria gegenüber, die gerade eingetreten ist. Sie schaut ihm fest in die Augen. Er starrt sie hilflos an, schaut zu Frau Clandon, wieder zurück und ist völlig außer Fassung.

GLORIA *weiß im Gesicht und nur mühsam beherrscht:* Mutter, ist das wahr, was Dolly mir grade gesagt hat?

FRAU CLANDON Was hat sie dir denn gesagt, mein Kind?

GLORIA Daß du mit diesem Herrn hier über mich gesprochen hast.

VALENTINE *murmelnd:* Mit diesem Herrn –

FRAU CLANDON *scharf:* Könnten Sie mal einen Moment den Mund halten, Dr. Valentine? *Er blickt sie kläglich an, zuckt verzweifelt mit den Achseln und geht zur Ottomane zurück, auf die er seinen Hut wirft.*

GLORIA *betrachtet ihre Mutter vorwurfsvoll:* Mit welchem Recht hast du das getan, Mutter?

FRAU CLANDON Ich glaube, ich habe nichts gesagt, wozu ich nicht ein Recht gehabt hätte, Gloria.

VALENTINE *bestätigt es übereifrig:* Nichts! Nicht das geringste! *Die Frauen sehen ihn vernichtend an.* Verzeihen Sie. *Setzt sich beschämt auf die Ottomane.*

GLORIA Ich glaube nicht, daß irgend jemand das Recht hat, auch nur nachzudenken über Dinge, die nur mich etwas angehen. *Sie wendet sich ab, um ihre Erregung zu verbergen.*

FRAU CLANDON Wenn ich deinen Stolz verletzt haben sollte, mein Kind –

GLORIA *wendet sich ihnen kurz zu:* Mein Stolz! Mein Stolz! Oh, der ist weg. Ich weiß jetzt, daß es mir an Kraft fehlt, auf die ich stolz sein könnte. *Dreht sich wieder weg.* Aber wenn eine Frau sich nicht selber beschützen kann, kann niemand sie beschützen. Niemand ist berechtigt, es auch nur zu versuchen. Nicht einmal ihre eigene Mutter. Ich weiß, ich habe dein Vertrauen verloren, genauso wie ich die Achtung dieses Mannes verloren habe, aber – *Sie hält inne, um an Stimme zu gewinnen.*

VALENTINE Dieses Mannes!

FRAU CLANDON Seien Sie bitte still, Herr Doktor.

GLORIA *spricht weiter:* – aber ich habe wenigstens das Recht, mit meiner Blamage alleine zu bleiben. Ich bin eben eins von diesen schwachen Geschöpfen, die geboren sind, um von dem erstbesten Mann, der ein Auge auf sie wirft, beherrscht zu werden. Ich muß mein Schicksal erfüllen. Erspare mir wenigstens die Demütigung deiner Rettungsversuche. *Setzt sich, das Taschentuch vor den Augen, an das andere Ende des Tisches.*

VALENTINE *springt auf:* Hören Sie mal!

FRAU CLANDON Herr Dokt –

VALENTINE *unbekümmert:* Nein! Jetzt rede ich. Ich habe jetzt fast dreißig Sekunden geschwiegen. *Geht resolut zu Gloria:* Fräulein Clandon –

GLORIA *bitter:* Oh, nicht Fräulein Clandon. Sie haben mich doch schon Gloria genannt.

VALENTINE Nein, jetzt nicht. Hinterher werfen Sie es mir dann wieder vor und beschuldigen mich, Sie unhöflich behandelt zu haben. Es ist eine herzzerreißende Lüge, daß ich keine Achtung vor Ihnen hätte. Es stimmt wohl, daß ich Ihren früheren Stolz nicht respektiert habe. Warum auch? Er war nichts als Feigheit. Auch Ihren Verstand habe ich nicht respektiert, weil ich etwas mehr besitze. Das ist nämlich eine männliche Spezialität. Aber als Sie mich in meinen Tiefen aufgewühlt hatten, als mein großer Augenblick da war, als Sie mich tapfer machten, da, ah, da, da!

GLORIA Sie meinen, da haben Sie mich respektiert.

VALENTINE Nein. Da habe ich Sie angebetet. *Sie springt auf und dreht ihm den Rücken zu.* Und diesen Augenblick können Sie mir nicht rauben. Und nun ist es mir ganz egal, was passiert. *Er kommt zur Ottomane zurück und sagt fröhlich:* Ich weiß natürlich ganz genau, daß ich Unsinn rede. Aber ich kann nicht anders. *Zu Frau Clandon:* Ich liebe Gloria – und damit basta!

FRAU CLANDON *nachdrücklich:* Sie sind ein höchst gefährlicher Mann, Herr Doktor. Komm her, Gloria! *Gloria wundert sich etwas über diesen Befehl, gehorcht aber und bleibt mit gesenktem Kopf rechts von ihrer Mutter stehen, Valentine steht auf der andern Seite. Frau Clandon höhnisch:* Frag diesen Mann, den du grade so begeistert und tapfer gemacht hast, wie viele Frauen das schon vor dir geschafft haben. *Gloria schaut auf: plötzlich eifersüchtig, ärgerlich und erstaunt.* Wie oft er schon die Falle gestellt hat, in die du ihm gegangen bist. Wie oft er sie mit den gleichen Redensarten geködert hat. Wieviel Übung er schon im Krieg der Geschlechter hat, seinem eigentlichen Beruf.

VALENTINE Das ist unfair. Frau Clandon, Sie mißbrauchen mein Vertrauen.

FRAU CLANDON Frag ihn, Gloria.

GLORIA *bekommt einen Wutanfall und geht mit geballten Fäusten auf ihn los:* Ist das wahr?

VALENTINE Nicht böse werden.

GLORIA *unterbricht ihn unerbittlich:* Ist das wahr? Haben Sie das alles schon mal gesagt? Haben Sie das alles auch schon mal gefühlt? Für eine andere Frau?

VALENTINE *geradeheraus:* Ja. *Gloria hebt ihre geballten Hände, aber Frau Clandon fällt ihr entsetzt in den Arm.*

FRAU CLANDON Gloria! Liebes Kind, du vergißt dich! *Seufzt tief und gibt ihre drohende Haltung auf.*

VALENTINE Bedenken Sie, daß die Fähigkeit eines Mannes, zu lieben und zu bewundern, genauso wie jede andere seiner Fähigkeiten ist. Er muß sie oft verschwenden, bevor er ihren Wert schätzen lernt.

FRAU CLANDON Vorsicht, Gloria! Schon wieder einer seiner alten Sprüche.

VALENTINE *protestiert:* Also –!

GLORIA *zu Frau Clandon mit verachtungsvoller Selbstbeherrschung:* Glaubst du, daß ich jetzt noch gewarnt werden muß? *Zu Valentine:* Sie hatten es darauf angelegt, daß ich mich in Sie verliebe.

VALENTINE Ja.

GLORIA Nun gut: Sie haben damit erreicht, daß ich Sie leidenschaftlich hasse.

VALENTINE *philosophisch:* Es ist überraschend, wie klein der Unterschied da ist. *Gloria wendet sich entrüstet von ihm ab; er spricht weiter zu Frau Clandon:* Ich kenne Männer, die sich genauso verhalten und trotzdem von ihren Frauen geliebt werden.

FRAU CLANDON Verzeihen Sie, Herr Doktor, aber sollten Sie jetzt nicht besser gehen?

GLORIA Meinetwegen brauchst du ihn nicht wegzuschicken, Mutter. Er bedeutet mir jetzt nichts mehr, und Dolly und Phil haben was zu lachen. *Setzt sich geringschätzig und gleichgültig an den Tisch beim Fenster.*

VALENTINE *lustig:* Natürlich. Die vernünftige Betrachtungsweise. Aber Sie können doch einem Schmetterling wie mir nicht ernstlich böse sein, Frau Clandon?

FRAU CLANDON Ich habe überhaupt kein Vertrauen zu Ihnen, Dr. Valentine, aber ich will nicht annehmen, daß Ihre beklagenswert leichtsinnige Veranlagung reine Schamlosigkeit und Wertlosigkeit bedeutet.

GLORIA *für sich, aber laut:* Natürlich schamlos und wertlos.

FRAU CLANDON Deshalb ist es vielleicht besser, wenn wir

Phil und Dolly rufen lassen und Ihnen gestatten, Ihren Besuch auf die übliche Weise zu beenden.

VALENTINE *als ob sie ihm das größte Kompliment gemacht hätte:* Sie sind sehr liebenswürdig, Frau Clandon, und ich danke Ihnen.

Der Ober kommt.

OBER Herr McComas, gnädige Frau.

FRAU CLANDON Ja, sicher! Ich lasse bitten.

OBER Er möchte Sie gern in der Halle sprechen, gnädige Frau.

FRAU CLANDON Warum nicht hier?

OBER Ja, wenn ich es sagen darf, gnädige Frau: Ich glaube, Herr McComas spürt, daß er bei einem Gespräch mit Ihnen, ohne die jüngeren Mitglieder der Familie, mehr Fairness erwarten darf.

FRAU CLANDON Sagen Sie ihm, daß die Kinder nicht da sind.

OBER Sie sind in Sichtweite der Tür und passen aus irgendeinem Grund auf wie die Schießhunde.

FRAU CLANDON *geht:* Gut, dann werde ich zu ihm gehen.

OBER *hält die Tür auf:* Ich danke Ihnen, gnädige Frau. *Sie geht hinaus. Der Ober kommt ins Zimmer, schaut Valentine an und merkt, daß er stört.* Ich gehe sofort. Nur das Teegeschirr. *Nimmt das Tablett auf.* Verzeihung, mein Herr. Ich danke Ihnen. *Er geht hinaus.*

VALENTINE *zu Gloria:* Hören Sie! Früher oder später werden Sie mir sowieso alles verzeihen. Verzeihen Sie mir doch lieber gleich.

GLORIA *steht auf, um ihrer Erklärung mehr Nachdruck zu verleihen:* Niemals! Solange Gras wächst und Wasser fließt! Nie! Nie! Nie!

VALENTINE *unerschrocken:* Also, mir ist das egal. Mich kann überhaupt nichts unglücklich machen. Ich werde nie wieder unglücklich sein. Solange Gras wächst und Wasser fließt! Nie! Nie! Nie! Der Gedanke an Sie wird mich immer vor Freude rasend machen. *Sie will etwas Höhnisches sagen, aber er kommt ihr rasch zuvor:* Nein, das habe ich noch zu keiner gesagt. Das ist ganz neu.

GLORIA Wenn Sie es der nächsten Frau sagen, wird es nicht mehr neu sein.

VALENTINE Oh nicht, Gloria, nicht! *Er kniet vor ihr nieder.*

GLORIA Stehen Sie auf! Aufgestanden! Wie können Sie es wagen?

Phil und Dolly stürzen ins Zimmer. Sie laufen wie üblich um die Wette und prallen zurück, als sie sehen, was vorgeht. Valentine springt auf.

PHILIP *diskret:* Entschuldigen Sie bitte. Komm, Dolly. *Bietet Dolly seinen Arm an, um zu gehen.*

GLORIA *verärgert:* Gleich wird Mutter wieder hier sein, Phil. *Streng:* Bitte wartet hier auf sie. *Geht zum Fenster und schaut hinaus*

PHILIP *bedeutungsvoll:* Ach so – – tatsächlich – – hmhm!

DOLLY Aha!

PHILIP Sie scheinen schwer in Form zu sein, Valentine.

VALENTINE Und wie! *Tritt zwischen sie.* Also hören Sie mal zu! Sie wissen doch beide, was hier läuft, oder nicht?

Gloria dreht sich rasch um, als ob sie eine neue Beleidigung erwarte.

DOLLY Hundertprozentig.

VALENTINE Aber jetzt ist alles aus. Ich habe mir einen Korb geholt. Ich werde verachtet. Nur noch geduldet. Verstehen Sie? Es ist alles aus. Ihre Schwester will von meinen Huldigungen absolut nichts wissen. Sie will sich nicht einmal herablassen, auch nur das kleinste Interesse für mich zu zeigen. *Gloria ist zufrieden und dreht sich wieder voller Verachtung dem Fenster zu.* Ist das klar?

DOLLY Geschieht Ihnen ganz recht. Warum hatten Sie es auch so eilig?

PHILIP *klopft ihm auf die Schulter:* Nicht tragisch nehmen. Sie hätten nicht einmal Ihre eigene Seele behalten, wenn Gloria Sie geheiratet hätte. Jetzt können Sie ein neues Kapitel Ihres Lebens beginnen.

DOLLY Kapitel siebzehn oder so, schätzungsweise.

VALENTINE *durch diesen Scherz aus dem Text gebracht:* Sie dürfen nicht solche Sachen sagen. Grade gedankenlose Bemerkungen dieser Art richten das größte Unglück an.

DOLLY Oh, tatsächlich? Hmhm!

PHILIP Aha! *Geht zum Kamin und posiert dort als »Haupt der Familie«. McComas kommt rasch und sehr ernst mit Frau Clandon ins Zimmer. Sie ist um Gloria besorgt, schaut sich suchend um, will zum Fenster, aber Gloria kommt ihr bereits vertrauens- und liebevoll entgegen. Frau Clandon setzt sich hin, und Gloria stellt sich hinter ihren Stuhl. McComas will zur Ottomane, als Dolly ihn anspricht.*

DOLLY Na, was bringen Sie Gutes, Finch?

MC COMAS *düster:* Sehr ernste Nachrichten von Ihrem Vater, Fräulein Clandon. Wirklich sehr ernste Nachrichten. *Setzt sich auf die Ottomane.*

Dolly ist tief beeindruckt, folgt ihm und setzt sich rechts neben ihn.

VALENTINE Vielleicht ist es besser, wenn ich jetzt gehe.

MC COMAS Ganz und gar nicht, Dr. Valentine. Diese Sache geht Sie genausoviel an. *Valentine holt sich einen Stuhl vom Tisch und setzt sich rittlings auf ihn.* Ihr Ehemann, Frau Clandon, beansprucht das Sorgerecht für seine zwei jüngeren Kinder, die noch nicht volljährig sind.

FRAU CLANDON *sehr erschreckt:* Er will mir Dolly wegnehmen?

DOLLY *ergriffen:* Wie nett von ihm, Mama, er hat uns lieb!

MC COMAS Diese Illusion muß ich Ihnen leider nehmen, Fräulein Dorothea.

DOLLY *säuselt ekstatisch:* Dorothee – ee – ee – a! *Lehnt sich, von ihren Gefühlen überwältigt, an seine Schulter.* Oh, Finch!

MC COMAS *rückt nervös weg:* Nein, nein, nein, nein!

FRAU CLANDON Die Tatsache, daß er uns verlassen hat, gibt mir das Sorgerecht für die Kinder.

MC COMAS Verpflichtet Sie aber auch, sich ihm weder zu

nähern, noch ihn in irgendeiner anderen Weise zu belästigen.

FRAU CLANDON Wieso? Habe ich das vielleicht getan?

MC COMAS Ob das Benehmen Ihrer jüngeren Kinder dem Gesetz nach eine Belästigung ist, kann vielleicht nur ein Rechtsberater entscheiden. Herr Crampton beklagt sich jedenfalls, nicht nur belästigt worden zu sein, sondern er behauptet auch, daß er planmäßig hergelockt worden sei und Dr. Valentine dabei die Hand im Spiel gehabt habe.

VALENTINE Was ist los? Was?

MC COMAS Er behauptet, daß Sie ihn betäubt haben, Doktor.

VALENTINE Das stimmt.

MC COMAS Aber warum denn nur?

DOLLY Fünf Shilling mehr.

MC COMAS *kurzangebunden zu Dolly:* Ich muß Sie wirklich bitten, Fräulein Clandon, unsere sehr ernste Unterredung nicht durch ungehörige Zwischenrufe zu stören. *Heftig:* Ich bestehe darauf, daß ernste Angelegenheiten ernst und würdig besprochen werden. *Diesem Ausbruch folgt ein kleinlautes Schweigen. McComas gerät außer Fassung, hustet und beginnt von neuem, diesmal zu Gloria:* Ferner habe ich die Pflicht, Ihnen, Fräulein Clandon, mitzuteilen, daß Ihr Vater die Überzeugung gewonnen hat, daß Dr. Valentine Sie zu heiraten wünscht.

VALENTINE *unterbricht ihn geschickt:* Richtig.

MC COMAS *wütend:* In diesem Falle, Herr, dürfen Sie nicht erstaunt sein, daß der Vater dieser jungen Dame Sie für einen Mitgiftjäger hält.

VALENTINE Genau das bin ich. Oder glauben Sie, daß meine Frau von meinen Einkünften leben kann? Einen Shilling pro Woche!

MC COMAS *empört:* Ich habe dem nichts hinzuzufügen, Herr! Ich gehe jetzt wieder zu Herrn Crampton und werde ihm sagen, daß diese Familie kein Platz für einen Vater ist. *Geht zur Tür.*

FRAU CLANDON *mit ruhiger Würde:* Finch! *Er bleibt stehen.*

Wenn Dr. Valentine nicht ernst sein kann: Sie können es. Setzen Sie sich. *Nach einem kurzen Kampf zwischen seiner Würde und seiner Freundschaft zu Frau Clandon setzt sich McComas zwischen Dolly und ihre Mutter.* Sie wissen doch, daß all dies eine Komödie ist und daß Fergus ebensowenig daran glaubt wie Sie. Geben Sie mir deshalb einen wirklichen Rat. Ihren aufrichtigen, freundschaftlichen Rat. Sie wissen, ich habe Ihrem Urteil immer vertraut. Ich verspreche Ihnen, daß die Kinder sich ruhig verhalten werden.

MC COMAS *ergibt sich:* Na ja, gut, gut, ich wollte ja auch nur folgendes sagen: Nach der alten Übereinkunft zwischen Ihnen und ihm, Frau Clandon, war Ihr Mann schrecklich benachteiligt.

FRAU CLANDON Wieso, bitte?

MC COMAS Als emanzipierte Frau waren Sie daran gewöhnt, die öffentliche Meinung zu verachten und auf das, was die Welt über Sie sagen könnte, keinerlei Rücksicht zu nehmen.

FRAU CLANDON *stolz:* Ja, das ist wahr. *Gloria beugt sich vor und küßt ihre Mutter aufs Haar, was diese sehr verwirrt.*

MC COMAS Andererseits, Frau Clandon, hatte Ihr Mann einen großen Widerwillen gegen alles, was ihn in die Zeitung bringen konnte. Er mußte sowohl Rücksicht auf sein Geschäft als auch auf die Vorurteile seiner altmodischen Familie nehmen.

FRAU CLANDON Ganz zu schweigen von seinen eigenen Vorurteilen.

MC COMAS Natürlich hat er sich schlecht benommen, Frau Clandon.

FRAU CLANDON *mit Verachtung:* Und wie!

MC COMAS Aber war das ausschließlich seine Schuld?

FRAU CLANDON War es denn meine?

MC COMAS *rasch:* Selbstverständlich nicht.

GLORIA *betrachtet ihn aufmerksam:* Herr McComas, Sie glauben selbst nicht, was Sie da sagen.

MC COMAS Mein liebes junges Fräulein, das war sehr direkt.

Aber lassen Sie mich nur soviel sagen: Wenn ein Mann eine unpassende Ehe eingeht – wie Sie wissen, hat oft keiner schuld, und es liegt nur an der Unvereinbarkeit der Geschmacksrichtungen –, wenn er durch dieses Unglück der häuslichen Geborgenheit beraubt wird, die meiner Meinung nach der Grund ist, warum ein Mann eine Ehe eingeht, wenn, kurz gesagt, seine Frau schlimmer als gar keine Frau ist – woran sie natürlich unschuldig sein kann –, ist es dann wirklich so erstaunlich, daß er alles dadurch verschlimmert, indem er ihr zuerst Vorwürfe macht und dann in seiner Verzweiflung gelegentlich zuviel trinkt oder anderweitig Sympathie sucht?

FRAU CLANDON Ich habe ihm keine Vorwürfe gemacht. Ich habe mich und die Kinder einfach von ihm befreit.

MC COMAS Ja, Frau Clandon, aber Sie haben harte Bedingungen gestellt. Sie hatten ihn in Ihrer Gewalt und haben ihn auf die Knie gezwungen. Sie drohten ihm, vor Gericht einen Antrag auf Scheidung zu stellen und damit die ganze Geschichte an die Öffentlichkeit zu bringen. Wenn er diese Macht über Sie gehabt und dazu benutzt hätte, Ihnen Ihre Kinder wegzunehmen und sie so zu erziehen, daß sie sogar Ihren Namen vergessen hätten, wie würden Sie sich jetzt fühlen? Und was würden Sie tun? Wollen Sie nicht auch seinen Gefühlen etwas Nachsicht entgegenbringen? Aus reiner Menschlichkeit?

FRAU CLANDON Ich habe niemals Gefühle bei ihm entdeckt. Ich habe sein heftiges Temperament entdeckt und – – *Sie schaudert* – was er sonst noch an ganz gewöhnlicher Menschlichkeit besitzt.

MC COMAS *gedankenvoll:* Frauen können sehr hart sein, Frau Clandon.

VALENTINE Wie wahr!

GLORIA *zornig:* Schweigen Sie! *Er fügt sich.*

MC COMAS *nimmt seine ganze Kraft zusammen:* Lassen Sie mich eine letzte Bitte aussprechen, Frau Clandon. Glauben Sie mir, es gibt Männer, die sehr viel Gefühl, ja Güte haben, die aber unfähig sind, sie auszudrücken. Was Sie an Crampton vermissen, ist bloß dieser äußere Anstrich von Zivilisation. Sie vermissen die Kunst, Ihnen nichtssagende Aufmerksamkeiten zu erweisen und auf reizende, liebenswürdige Art unaufrichtige Komplimente zu machen. Wenn Sie in London leben würden, wo die ganze Gesellschaftsordnung aus verlogener Kameradschaft besteht und Sie mit einem Menschen zwanzig Jahre zusammen sein können, ohne zu bemerken, daß er Sie haßt wie die Pest, würden Ihnen die Augen bald aufgehen. Dort tut man unfreundliche Dinge auf freundliche Art und Weise, sagt Bosheiten mit süßer Stimme, gibt seinen Freunden immer Chloroform, bevor man sie in Stücke reißt. Aber denken Sie auch an die Kehrseite der Medaille. Denken Sie an die Leute, die auf unfreundliche Weise Gutes tun, deren Berührung schmerzt, deren Stimme schneidet, denen manchmal das Temperament durchgeht, die andere verletzen und quälen, selbst dann noch, wenn sie sie lieben und versöhnen wollen, und die trotzdem genausoviel Liebe brauchen wie wir andern. Ich gebe zu, daß Crampton ein widerwärtiges Temperament hat, keine Manieren, keinen Takt, keine Anmut. Er wird niemals die Zuneigung eines andern erringen können, wenn dieser andere nicht glaubt, daß auch er Sehnsucht nach Zuneigung hat. Soll er denn gar keine Liebe haben? Nicht einmal Mitleid? Von seinem eigenen Fleisch und Blut?

DOLLY *ganz gerührt:* Oh, wie wundervoll, Finch! Wie lieb von Ihnen!

PHILIP *mit Überzeugung:* Das nenne ich Beredsamkeit, Finch. Wirkliche Beredsamkeit.

DOLLY Oh, Mama, geben wir ihm noch eine Chance! Laß ihn doch zum Dinner kommen.

FRAU CLANDON *unbewegt:* Nein, Dolly, ich habe kaum etwas vom Lunch gehabt. Mein lieber Finch, es ist vollkommen zwecklos, mit mir über Fergus zu sprechen. Sie sind nie mit ihm verheiratet gewesen, aber ich.

MC COMAS *zu Gloria:* Ich habe bisher davon abgesehen, Fräulein Clandon, mich an Sie zu wenden, weil Sie sogar noch unbarmherziger gewesen sind als Ihre Mutter, wenn das wahr ist, was mir Crampton gesagt hat.

GLORIA *trotzig:* Nach der starken Mutter wenden Sie sich an die schwache Tochter.

MC COMAS Nicht an die schwache Tochter, Fräulein Clandon. Ich habe mich an den Verstand der Mutter gewandt und wende mich jetzt an das Herz der Tochter.

GLORIA Ich habe gelernt, meinem Herzen zu mißtrauen. *Mit einem zornigen Blick auf Valentine:* Wenn ich könnte, würde ich es mir aus der Brust reißen und wegwerfen. Meine Antwort ist die Antwort meiner Mutter.

MC COMAS *geschlagen:* Dann tut es mir leid. Sehr leid. Aber ich habe mein Bestes getan. *Steht auf und will sehr unzufrieden fortgehen.*

FRAU CLANDON Aber was haben Sie denn erwartet, Finch? Was sollen wir tun?

MC COMAS Zuallererst sollten Sie beide das Gutachten eines Anwalts einholen, ob Crampton durch die Trennungsurkunde gebunden ist. Warum sollte man das nicht sofort tun und eine freundschaftliche Begegnung – *Ihr Gesicht wird hart* – oder sagen wir: eine neutrale Begegnung veranstalten, um die Schwierigkeiten aus dem Weg zu räumen? Hier? In diesem Hotel? Gleich heute abend? Was meinen Sie dazu?

FRAU CLANDON Wo sollen wir so schnell dieses Gutachten herbekommen?

MC COMAS Es ist uns vom Himmel gefallen. Auf meinem Rückweg hierher traf ich einen hervorragenden Anwalt, einen Mann, dem ich mal einen Fall anvertraut habe, der ihn berühmt gemacht hat. Er ist das Wochenende über hier, um ein bißchen Seeluft zu schnappen und einen Verwandten zu besuchen, der hier lebt. Falls es mir gelingt, eine Begegnung der Parteien zu arrangieren, will er uns mit einem Gutachten zu Hilfe kommen. Wir sollten wirklich diese Gelegenheit zu einem ruhigen, freundlichen Familientreffen benutzen. Sie erlauben mir, meinen Freund herzubringen, und ich will versuchen, Crampton zum Kommen zu bewegen. Ja? Einverstanden?

FRAU CLANDON *überlegt und sagt dann abweisend:* Ich brauche kein Rechtsgutachten, Finch, weil ich mich von meinem eigenen Gutachten leiten lassen will. Ich will Fergus nicht wiedersehen, weil ich ihn nicht leiden kann und auch nicht glaube, daß eine Begegnung Zweck hat. *Sie steht auf.* Sie haben jedoch die Kinder überzeugen können, daß er noch kein ganz hoffnungsloser Fall ist. Deshalb machen Sie, was Sie wollen.

MC COMAS *schüttelt ihr die Hand:* Frau Clandon, ich danke Ihnen. Paßt es Ihnen um neun?

FRAU CLANDON Sehr gut. Phil, zieh die Klingel, bitte. *Phil klingelt.* Aber da man mir möglicherweise vorwerfen wird, mich mit Dr. Valentine verschworen zu haben, halte ich es für gut, wenn er auch kommt.

VALENTINE *steht auf:* Da bin ich ganz Ihrer Meinung. Ich muß unbedingt dabei sein.

MC COMAS Dagegen ist wohl nichts einzuwenden. Ich hoffe sehr, daß es eine glückliche Lösung geben wird. Bis dann: auf Wiedersehen! *Er geht hinaus und begegnet dem Ober, der die Tür für ihn aufhält.*

FRAU CLANDON William, wir bekommen um neun Uhr Besuch. Können wir schon um sieben statt um halb acht dinieren?

OBER *an der Tür:* Um sieben, gnädige Frau? Selbstverständlich. Es ist sogar eine Erleichterung für uns, wo heute abend soviel zu tun ist. Es kommt eine Band, wir müssen für die Festbeleuchtung sorgen und auch sonst noch so allerhand, gnädige Frau.

DOLLY Festbeleuchtung?

PHILIP Eine Band? William, was ist denn los?

OBER Heute ist Maskenball, gnädiges Fräulein.

DOLLY UND PHILIP *gleichzeitig:* Maskenball?

OBER Jawohl. Der Regatta-Klub veranstaltet ein Wohltätigkeitsfest zugunsten des Rettungsbootes, junger Herr. *Zu Frau Clandon:* Das macht man hier öfters, gnädige Frau. Lampions im Garten, alles ist fröhlich und lustig, ein harmloses Fest. *Zu Phil:* Eintrittskarten zu fünf Shilling gibt es unten im Büro, junger Herr. Damen in Herrenbegleitung zahlen die Hälfte.

PHILIP *zieht ihn am Arm fort:* William, auf zum Büro!

DOLLY *packt atemlos seinen anderen Arm:* Schnell, bevor sie alle verkauft sind! *Sie rennen mit ihm aus dem Zimmer.*

FRAU CLANDON *folgt ihnen:* Aber ihr könnt doch heute abend nicht tanzen gehen! Wir haben doch ein Familientreffen! *Sie verschwindet. Gloria starrt Valentine kühl ins Gesicht und blickt dann bewußt auf die Uhr.*

VALENTINE Schon kapiert. Ich bin zu lange hier gewesen. Ich gehe schon.

GLORIA *mit herablassender Förmlichkeit:* Ich muß mich bei Ihnen entschuldigen, Herr Dr. Valentine. Ich weiß, daß ich Ihnen gegenüber etwas scharf gewesen bin. Vielleicht sogar grob.

VALENTINE Überhaupt nicht.

GLORIA Meine einzige Entschuldigung ist, daß es sehr schwer fällt, jemandem mit Respekt und Achtung zu begegnen, dessen würdeloser Charakter weder Respekt noch Achtung verdient.

VALENTINE Wie kann ein Mann würdevoll auftreten, wenn er verliebt ist?

GLORIA *ärgerlich:* Ich verbiete Ihnen, so mit mir zu reden. Das ist eine Beleidigung.

VALENTINE Nein, nur eine Dummheit. Aber ich kann nichts dafür.

GLORIA Würden Sie mich wirklich lieben, dann wären Sie nicht dumm. Liebe macht würdevoll, ernst, sogar schön.

VALENTINE Glauben Sie wirklich, daß ich davon schön werde? *Sie dreht ihm mit kalter Verachtung den Rücken zu.* Sehen Sie, Sie meinen es nicht ernst. Liebe kann einem

Menschen nichts Neues geben. Sie kann nur das, womit er geboren ist, verstärken.

GLORIA *geht wieder zu ihm:* Und womit, bitte, sind Sie geboren?

VALENTINE Mit der Leichtigkeit des Herzens.

GLORIA Und der Leichtigkeit des Verstandes. Und der Leichtigkeit in der Treue. Und der Leichtigkeit in allem, was einen richtigen Mann ausmacht.

VALENTINE Ja, die ganze Welt ist jetzt wie eine Feder, die im Licht tanzt. Und Gloria ist die Sonne. *Sie hebt ärgerlich den Kopf.* Verzeihung. Ich geh ja schon. Also bis um neun. Auf Wiedersehen! *Er läuft fröhlich hinaus.*

Gloria in der Mitte des Zimmers starrt ihm nach, wird plötzlich wütend, weil er weggegangen ist, und schreit mit voller Stimmkraft: Idiot!

Vierter Akt

Im selben Zimmer. Neun Uhr. Niemand ist da. Die Lampen sind angezündet, die Vorhänge nicht zugezogen. Das Fenster ist weit geöffnet, und die Ketten der Lampions leuchten draußen zwischen den Bäumen. Im Garten spielt die Band Tanzmusik und übertönt die Brandung des Meeres.
Der Ober führt Crampton und McComas ins Zimmer. Crampton sieht ängstlich und bedrückt aus. Er setzt sich schwach und mutlos auf die Ottomane.

OBER Die Damen sind in den Garten gegangen, um sich die Masken anzusehen, mein Herr. Wenn die Herren so gut wären, einstweilen Platz zu nehmen, werde ich sie holen. *Will durch die Verandatür in den Garten, als McComas ihn anhält.*

MC COMAS Einen Augenblick! Falls noch ein anderer Herr kommt, bringen Sie ihn sofort herein. Wir warten auf ihn.

OBER Jawohl, mein Herr. Darf ich um seinen Namen bitten?

MC COMAS Er heißt Boon. Da Frau Clandon ihn noch nicht kennt, wird er Ihnen wahrscheinlich seine Karte geben. In diesem Falle dürfen Sie nicht vergessen, daß sein Name B-O-H-U-N geschrieben wird.

OBER *lächelnd:* Da können Sie sich völlig auf mich verlassen. Ich heiße selber Boon, obgleich ich hier fast nur als Balmy Walters bekannt bin, mein Herr. Eigentlich sollte ich auch ein H und ein U einfügen, aber es ist besser, wenn ich mir diese Freiheit nicht erlaube. Es würde nämlich auf vornehmstes Normannenblut hindeuten, und das ist keine Empfehlung für einen Kellner.

MC COMAS Schon gut. Treue Herzen sind mehr wert als Adelskronen und schlichte Ehrlichkeit mehr als Normannenblut.

OBER Das hängt zum großen Teil von der Stellung ab,

die man im Leben einnimmt, mein Herr. Wenn Sie Kellner wären, würden Sie bald merken, daß schlichte Ehrlichkeit Ihnen ebensowenig zugutekommt wie Normannenblut. Für mich ist es das beste, meinen Namen B-O-O-N zu schreiben und einen klaren Kopf zu behalten. Aber entschuldigen Sie, ich halte Sie auf. Sie sind selber schuld, weil Sie so freundlich sind, mein Herr. Ich geh jetzt den Damen sagen, daß Sie da sind. *Geht durch die Verandatür in den Garten.*

MC COMAS Crampton, ich kann mich doch auf Sie verlassen?

CRAMPTON Jaja, ich werde ruhig bleiben. Ich werde geduldig wie ein Lamm sein. Ich werde mein möglichstes tun.

MC COMAS Denken Sie auch daran, daß ich Sie nicht bloßgestellt habe. Ich habe einzig und allein Ihrer Familie die Schuld gegeben.

CRAMPTON Und mir haben Sie gesagt, daß einzig und allein ich der Schuldige wäre.

MC COMAS Ihnen habe ich die Wahrheit gesagt.

CRAMPTON *klagend:* Wenn die Kinder nur fair zu mir wären!

MC COMAS Mein lieber Crampton, sie werden natürlich nicht fair zu Ihnen sein. Das kann man in diesem Alter auch gar nicht verlangen. Wenn Sie weiterhin derart unmögliche Bedingungen stellen, können wir gleich nach Hause gehen.

CRAMPTON Aber ich habe doch sicher das Recht –

MC COMAS *ungeduldig:* Crampton, Sie werden dieses Recht nicht durchsetzen. Also jetzt ein für allemal: Bedeutet Ihr Versprechen, sich gut zu benehmen, nur, daß Sie nicht ohne Grund aufbrausen werden? In diesem Falle nämlich – *Beugt sich vor, als ob er gehen wolle.*

CRAMPTON *jämmerlich:* Nein, nein, lassen Sie mich doch zufrieden. Man hat mich genug herumgestoßen und gequält. Ich sage, ich werde mein möglichstes tun. Aber wenn dieses Mädchen wieder in so einem Ton mit mir redet und mich wieder so ansieht wie – *Bricht ab und vergräbt den Kopf in den Händen.*

MC COMAS *beschwichtigend:* Na na na, es wird schon alles

gutgehen, wenn Sie nur Geduld haben und sich zusammennehmen. Und jetzt reißen Sie sich am Riemen, Crampton, es kommt jemand. *Crampton ist viel zu niedergeschlagen, um sich etwas daraus zu machen, und bleibt in derselben Haltung sitzen. Gloria kommt aus dem Garten. McComas geht ihr bis zur Verandatür entgegen, so daß er mit ihr sprechen kann, ohne von Crampton gehört zu werden.* Da ist Ihr Vater, Fräulein Clandon. Seien Sie gut zu ihm. Ich lasse Sie einen Moment mit ihm allein. *Er geht in den Garten. Gloria kommt ins Zimmer und geht kühl bis in die Zimmermitte.*

CRAMPTON *blickt sich betroffen um:* Wo ist McComas?

GLORIA *gleichgültig, aber nicht unfreundlich:* Hinausgegangen, um uns allein zu lassen. Wahrscheinlich aus Taktgefühl. *Bleibt neben ihm stehen und schaut ihn merkwürdig an:* Nun, Vater?

CRAMPTON *unterwürfig:* Nun, Tochter?

Sie betrachten einander einen Augenblick mit melancholischem Humor, obwohl Humor nicht ihre Stärke ist.

GLORIA Geben wir uns die Hand.

Sie geben sich die Hand.

CRAMPTON *hält ihre Hand fest:* Mein liebes Kind, ich fürchte, ich habe heute nachmittag sehr ungehörig über deine Mutter gesprochen.

GLORIA Bitte entschuldigen Sie sich nicht. Ich bin heute selber sehr arrogant und eingebildet gewesen. Aber jetzt bin ich zur Vernunft gekommen. Ja, ich bin zur Vernunft gebracht worden. *Sie setzt sich neben seinen Stuhl auf den Boden.*

CRAMPTON Was ist dir passiert, mein Kind?

GLORIA Sprechen wir nicht davon. Ich habe mich als Tochter meiner Mutter aufgespielt, aber das bin ich nicht. Ich bin die Tochter meines Vaters. *Sie schaut ihn unglücklich an.* Ein tiefer Sturz, nicht wahr?

CRAMPTON *ärgerlich:* Was? *Ihr Gesichtsausdruck verändert sich nicht. Er streckt die Waffen.* Na ja, mein liebes Kind, wahrscheinlich ist es ein tiefer Sturz, wahrscheinlich. Ich bin sicher manchmal etwas reizbar, aber ich weiß immer, was recht und billig ist, selbst wenn ich nicht danach handle. Kannst du mir glauben?

GLORIA Und ob! Ich bin doch genauso, ganz genauso! Ich weiß, was recht, würdevoll, stark und edel ist, genausogut wie Mutter. Aber ach, was ich dann tue! Was ich alles tue! Und was ich die anderen alles tun lasse!

CRAMPTON *gegen seinen Willen ein wenig mürrisch:* Du weißt es, genausogut wie deine Mutter?

GLORIA *rasch:* Ja. *Dreht sich auf den Knien zu ihm und ergreift seine Hände:* Hören Sie mich an. Wir dürfen sie nicht verraten, dürfen weder in Worten noch in Gedanken gegen sie sein. Sie ist größer als wir. Größer als Sie und größer als ich. Sie ist uns himmelhoch überlegen. Denken Sie das nicht auch?

CRAMPTON Ja ja, mein Kind, ganz wie du willst.

GLORIA *läßt, nicht ganz zufrieden, seine Hände los und zieht sich etwas zurück:* Sie mögen sie nicht?

CRAMPTON Du warst nicht mir ihr verheiratet, mein Kind. Ich war es. *Sie erhebt sich langsam und schaut ihn mit wachsender Kälte an.* Sie hat mir großes Unrecht zugefügt, als sie mich heiratete, ohne mich wirklich zu lieben. Aber danach habe nur noch i c h ihr unrecht getan, glaube ich. *Er reicht ihr wieder die Hand, die sie fest ergreift.*

GLORIA *warnend:* Vorsicht! Das ist mein wunder Punkt. Meine Gefühle – meine jämmerlichen, feigen weiblichen Gefühle – sind vielleicht auf Ihrer Seite, aber mit meinem Gewissen bin ich auf der Seite von Mutter.

CRAMPTON Ich bin mit dieser Teilung sehr zufrieden, mein Kind. Ich danke dir.

Valentine tritt ein, und Gloria wird sofort hochmütig.

VALENTINE Verzeihen Sie, daß ich mich nicht anmelden ließ, aber von den Hotelbediensteten ist keiner zu finden. Selbst der unfehlbare William scheint auf dem Maskenball zu sein. Ich wäre auch gerne hingegangen, habe aber die fünf Shilling für die Eintrittskarte nicht. Wie geht's, Crampton?

Besser?

CRAMPTON Ich bin wieder ganz bei mir, Doktor, was ich aber nicht Ihnen verdanke.

VALENTINE Was sagen Sie zu Ihrem undankbaren Vater, Fräulein Clandon? Ich habe ihn von qualvollen Schmerzen befreit, und er beschimpft mich dafür.

GLORIA *kalt:* Ich bedaure, daß meine Mutter nicht hier ist, Sie zu empfangen, Doktor Valentine. Es ist noch nicht ganz neun, und der von Herrn McComas erwähnte Anwalt ist auch noch nicht da.

VALENTINE Doch, doch! Ich habe ihn getroffen und mit ihm gesprochen. *Fröhlich und boshaft zugleich:* Er wird Ihnen gefallen, Fräulein Clandon. Er ist der personifizierte Intellekt. Man kann sein Gehirn förmlich arbeiten hören.

GLORIA *ignoriert die Stichelei:* Wo ist er?

VALENTINE Er hat sich eine falsche Nase besorgt und ist auf den Maskenball gegangen.

CRAMPTON *sieht auf seine Uhr und knurrt:* Anscheinend sind alle zum Maskenball gegangen, statt unsere Verabredung einzuhalten.

VALENTINE Er wird pünktlich hier sein. Das war vor einer halben Stunde. Ich wollte ihn nicht um fünf Shilling anpumpen und mitgehen, deshalb habe ich mich unters Volk gemischt und vor dem Gitter so lange zugesehen, bis Fräulein Clandon durch diese Tür ins Hotel ging.

GLORIA So weit ist es also gekommen: Sie folgen mir öffentlich, um mich dauernd anzustarren.

VALENTINE Ja. Man sollte mich anketten.

Gloria dreht ihm den Rücken zu und geht zum Kamin. Das läßt ihn jedoch gleichgültig, und er begibt sich auf die andere Zimmerseite. Der Ober erscheint in der Verandatür und führt Frau Clandon und McComas herein.

FRAU CLANDON Es tut mir sehr leid, daß ich Sie habe warten lassen.

Ein Fremder erscheint in der Verandatür: grotesk und majestätisch in ein Dominokostüm gekleidet, mit falscher

Nase und Schielbrille.

OBER *zu dem Fremden:* Verzeihen Sie, mein Herr, aber dies sind Privaträume. Wenn Sie erlauben, zeige ich Ihnen die American-Bar und die Speisesäle. Hier, wenn ich bitten darf!

Er geht in den Garten voraus und glaubt, daß der Fremde ihm folge. Dieser jedoch kommt direkt bis zum Tisch, wo er mit eindrucksvoller Bedachtsamkeit die falsche Nase und den Dominoumhang ablegt, die Nase in das Kostüm wickelt und das Bündel, wie ein Preisboxer seine Handschuhe, auf den Tisch wirft. Er entpuppt sich als ein großer, starker Mann zwischen vierzig und fünfzig, ist glattrasiert und von einer Blässe, die durch das kurzgeschorene, ölige, steife schwarze Haar noch verstärkt wird. Seine Augenbrauen gleichen den Roßhaarfüllungen frühviktorianischer Möbel. Er ist physisch und geistig ein grobschlächtiger Mensch, aber von listiger Schläue und rücksichtsloser Schärfe des Denkens. Sein Auftreten imponiert und beunruhigt, und wenn er spricht, wird dieser Eindruck bis zur Furcht verstärkt durch die mächtige, drohende Stimme, seine eindrucksvolle Redeweise, seine starke, unerbittliche Art und eine beängstigende Kraft, intensiv und kritisch zuzuhören.

BOHUN Mein Name ist Bohun. *Alle blicken erschreckt auf.* Habe ich die Ehre, mit Frau Clandon zu sprechen? *Frau Clandon verbeugt sich, Bohun verbeugt sich.* Fräulein Clandon? *Gloria verbeugt sich, Bohun verbeugt sich.* Herr Clandon?

CRAMPTON *besteht ärgerlich auf seinem wahren Namen:* Ich heiße Crampton, mein Herr.

BOHUN Oh, tatsächlich? *Beachtet ihn weiter nicht und wendet sich Valentine zu.* Sind Sie Herr Clandon?

VALENTINE *will zeigen, daß er ihm nicht imponiert, und macht deshalb einen Witz daraus:* Sehe ich so aus? Ich heiße Valentine. Ich bin aber der, der ihn unter Drogen gesetzt hat.

BOHUN Ach so. Dann ist Herr Clandon noch nicht da.

OBER *kommt ängstlich durch die Verandatür zurück:* Verzeihung, gnädige Frau, können Sie mir vielleicht sagen, wo dieser – *Erkennt Bohun und verliert seine ganze Selbstbeherrschung. Bohun wartet unbeweglich, bis er sich wieder gefangen hat.* Entschuldige – – aber – – warst – – warst du das?

BOHUN *streng:* Ich war es.

OBER *kann seine Tränen nicht mehr zurückhalten:* Du mit einer falschen Nase! Walter! *Fällt in einen Stuhl.* Verzeihung, gnädige Frau. Ein kleiner Schwindelanfall –

BOHUN *befiehlt:* Sie werden ihm verzeihen, Frau Clandon, wenn ich Ihnen sage, daß er mein Vater ist.

OBER *mit gebrochenem Herzen:* Oh, nein, nein, Walter! Erst eine falsche Nase und dann noch einen Kellner als Vater. Was werden sie jetzt von dir denken?

FRAU CLANDON Herr Bohun, ich freue mich, das zu hören. Ihr Vater ist ein guter Freund von uns geworden, seitdem wir hier sind.

Bohun verneigt sich ernst.

OBER *schüttelt den Kopf:* Oh, nein, nein, gnädige Frau! Es ist sehr freundlich von Ihnen. Wie eine wirkliche Dame. Sehr gütig, gnädige Frau. Aber sobald ich nicht mehr in meinem Element bin, verliere ich ganz meine Sicherheit. Entschuldigen Sie, daß ich der Vater dieses Herrn bin. Es ist ja auch nur der Zufall der Geburt, gnädige Frau. Und entschuldigen Sie auch die Störung. *Er bewegt sich von Stuhl zu Stuhl in Richtung Tür.*

BOHUN Moment! *William bleibt stehen, das Herz fällt ihm in die Hose.* Mein Vater war doch Zeuge der heutigen Vorfälle, Frau Clandon?

FRAU CLANDON Ich glaube, ja, größtenteils.

BOHUN Dann werden wir ihn brauchen.

OBER *bittend:* Hoffentlich wird es nicht nötig sein. Durch den Maskenball habe ich heute abend viel zu tun. Wirklich sehr viel zu tun, mein Herr.

BOHUN *unerschütterlich:* Wir brauchen dich hier.

FRAU CLANDON *höflich:* Bitte, nehmen Sie doch Platz.

OBER *ernst:* Bitte nicht, gnädige Frau. Es muß da eine Grenze geben. Ich möchte nicht, daß man mich da sitzen sieht, gnädige Frau. Danke sehr, ich danke trotzdem. *Er sieht mit einem verstörten Blick, der ein Herz aus Stein rühren könnte, alle Anwesenden der Reihe nach an.*

GLORIA Wir wollen keine Zeit verschwenden. William will also nur weiterhin für uns sorgen. Ich hätte gern eine Tasse Kaffee.

OBER *sein Gesicht hellt sich auf:* Kaffee, gnädiges Fräulein? Aber natürlich. Danke sehr, gnädiges Fräulein. Das ist genau das Richtige jetzt. Wirklich sehr überlegt und vernünftig. *Zu Frau Clandon, ängstlich, aber erwartungsvoll:* Und für Sie, gnädige Frau?

FRAU CLANDON Ja, es ist hier sehr heiß. Vielleicht sollten wir eine Rotweinbowle trinken.

OBER *strahlend:* Eine Rotweinbowle. Selbstverständlich, gnädige Frau.

GLORIA Also, dann trinke ich auch lieber Rotweinbowle. Tun Sie ein bißchen Gurke hinein.

OBER *entzückt:* Gurke, gnädiges Fräulein, natürlich. *Zu Bohun:* Haben Sie einen besonderen Wunsch, mein Herr? Ich weiß, Sie mögen keine Gurken.

BOHUN Wenn Frau Clandon es mir gestattet, nehme ich einen Scotch mit Soda.

OBER Sehr wohl, mein Herr. *Zu Crampton:* Und für Sie, Herr Crampton, einen irischen Whisky, nicht wahr? *Crampton grunzt zustimmend. William schaut Valentine fragend an.*

VALENTINE Ich habe nichts gegen Gurke.

OBER Sehr wohl, Herr Doktor. *Zählt zusammen.* Rotweinbowle, Scotch-Soda und einen irischen?

FRAU CLANDON Ich glaube, das ist alles.

OBER *wieder ganz er selbst:* Jawohl, gnädige Frau, sofort! Danke sehr. *Er schlendert durch die Verandatür hinaus, glücklich, da er in fünfzig Sekunden die ganze Stufenleiter menschlicher Glückseligkeit durchlebt hat.*

MC COMAS Ich glaube, wir können jetzt beginnen.

BOHUN Es ist besser, noch auf Frau Clandons Mann zu warten.

CRAMPTON Was soll das heißen? Ich bin ihr Mann.

BOHUN *schlägt sofort zu, da ihm der Widerspruch zwischen Cramptons früherer und jetziger Behauptung auffällt:* Aber eben haben Sie noch behauptet, daß Ihr Name Crampton sei.

CRAMPTON So heiße ich auch.

FRAU CLANDON	*gleichzeitig:*	Ich –
GLORIA		Meine –
MC COMAS		Frau –
VALENTINE		Sie –

BOHUN *bringt sie mit einem Donnerwort zum Schweigen:* Augenblick! *Tödliches Schweigen.* Ich muß doch sehr bitten. Alles hingesetzt. *Sie gehorchen demütig. Gloria nimmt den Satteltaschenstuhl am Kamin. Valentine stiehlt sich zur Ottomane, von der aus er Gloria sehen kann. Auch Crampton setzt sich mit dem Rücken zu Valentine auf die Ottomane. Frau Clandon hat sich, um Crampton auszuweichen, die ganze Zeit auf der entgegengesetzten Seite des Zimmers aufgehalten und nimmt jetzt in der Nähe der Tür Platz. McComas setzt sich links neben sie. Bohun, autoritativ im Zentrum der Gruppe, läßt sich an der Tischecke auf Frau Clandons Seite nieder. Als alle sitzen, heftet er seinen Blick auf Crampton und beginnt:* Anscheinend heißt in diesem Falle der Vater der Familie Crampton und die Mutter Clandon. Wir haben es also gleich zu Beginn mit einem Element der Verwirrung zu tun.

VALENTINE *erhebt sich und sagt, ein Knie noch auf der Ottomane:* Aber das ist doch furchtbar einfach –

BOHUN *vernichtet ihn mit seiner Donnerstimme:* Jawohl! Frau Clandon hat einen anderen Namen angenommen. Offensichtlich ist das die Erklärung, die selbst herauszufinden Sie mir nicht zutrauen. Sie mißtrauen meiner Intelligenz, Herr Dr. Valentine. *Valentine will protestieren, aber Bohun läßt ihn nicht zu Wort kommen.* Nein! Ich will darauf keine Antwort. Ich will, daß Sie vorher nachdenken, wenn Sie wieder glauben, mich unterbrechen zu müssen.

VALENTINE *verwirrt:* Sie machen wirklich aus einer Mücke einen Elefanten. Was ist denn dabei? *Er setzt sich wieder*

BOHUN Ich will Ihnen sagen, was dabei ist. Es ist dabei, daß dieser Familienstreit nur beigelegt werden kann, was wir ja alle hoffen, wenn Frau Clandon, wie es sich gehört und gesellschaftlich üblich ist, den Namen ihres Mannes wieder annimmt. *Frau Clandon macht ein ablehnendes Gesicht.* Oder Herr Crampton wird sich Clandon nennen müssen. *Crampton scheint entschlossen, nichts dergleichen zu tun.* Sie halten das zweifellos für sehr einfach, Herr Doktor. *Sieht erst Frau Clandon und dann Crampton scharf an.* Ich bin völlig anderer Ansicht. *Wirft sich in den Stuhl zurück und runzelt die Stirn*

MC COMAS *furchtsam:* Ich glaube, Bohun, wir sollten vielleicht lieber erst die wichtigen Fragen besprechen.

BOHUN Die wichtigen Fragen werden uns keinerlei Schwierigkeiten machen, McComas. Das tun sie nie. Die Kleinigkeiten sind es, die das Schiff noch im Hafen zum Sinken bringen. *McComas scheint das für ein Paradox zu halten.* Sie sind wohl nicht meiner Ansicht, was?

MC COMAS *schmeichelnd:* Und wenn ich es wäre –

BOHUN *unterbricht ihn:* Wenn Sie es wären, so würden Sie jetzt das sein, was ich bin, anstatt das zu sein, was Sie sind.

MC COMAS *kriecherisch:* Sicher, Bohun, Ihre Spezialität –

BOHUN *unterbricht ihn wieder:* Meine Spezialität ist es, recht zu haben, wenn andere Leute unrecht haben. Wenn Sie meiner Meinung wären, wäre ich hier überflüssig. *Er nickt ihm abschließend zu und wendet sich dann plötzlich und heftig an Crampton:* Nun zu Ihnen, Herr Crampton: Welcher Punkt dieser Angelegenheit liegt Ihnen am meisten am Herzen?

CRAMPTON *beginnt langsam:* Ich möchte in dieser Sache allen Egoismus beiseite lassen und –

BOHUN *schneidet ihm das Wort ab:* Das tun wir alle, Herr Crampton. *Zu Frau Clandon:* Sie wollen doch auch allen Egoismus beiseite lassen, Frau Clandon, oder nicht?

FRAU CLANDON Natürlich. Ich wäre nicht hier, wenn ich meinen eigenen Gefühlen nachgeben würde.

BOHUN Denken Sie auch so, Fräulein Clandon?

GLORIA Ja.

BOHUN Das habe ich mir gedacht. Also sind wir alle einer Meinung.

VALENTINE Ich nicht. Meine Absichten sind egoistisch.

BOHUN Das sagen Sie nur, weil Sie glauben, daß die Pose der Aufrichtigkeit auf Fräulein Clandon einen besseren Eindruck macht als die Pose der Selbstlosigkeit. *Valentine, durch diese treffende Bemerkung entlarvt und außer Gefecht gesetzt, nimmt Zuflucht zu einem schwachen, wortlosen Lächeln. Bohun, mit sich selbst zufrieden, jetzt alle Opposition beseitigt zu haben, wirft sich wieder in den Stuhl zurück und zeigt das Gesicht eines Mannes, der bereit ist, alle Wünsche der Parteien geduldig anzuhören.* Also, Herr Crampton, dann fangen Sie mal an. Und es gilt als vereinbart: Aller Egoismus wird beiseite gelassen. Damit beginnt nämlich erst der Mensch.

CRAMPTON Das meine ich auch.

BOHUN Sehr schön. Jetzt zu Ihrer Sache!

CRAMPTON Es geht um die Kinder. Jeder vernünftige Mensch wird zugeben, daß dieser Punkt nichts mit Egoismus zu tun hat.

BOHUN Also? Was ist mit den Kindern?

CRAMPTON *gefühlvoll:* Sie haben –

BOHUN *fällt wieder über ihn her:* Halt! Sie wollen von Ihren Gefühlen sprechen, Herr Crampton. Tun Sie das nicht. Ich kann Ihre Gefühle voll und ganz verstehen, aber das gehört nicht zu meinem Geschäft. Sagen Sie uns genau, was Sie verlangen. Mehr wollen wir nicht wissen.

CRAMPTON *unbehaglich:* Diese Frage ist sehr schwer zu beantworten, Herr Bohun.

BOHUN Gut, ich will Ihnen helfen. Haben Sie etwas gegen die gegenwärtigen Lebensumstände Ihrer Kinder einzuwenden?

CRAMPTON Ich erhebe Einspruch gegen die Art, in der sie erzogen worden sind. *Frau Clandon runzelt die Stirn.*

BOHUN Und wie wollen Sie das jetzt noch ändern?

CRAMPTON Sie sollten sich etwas unauffälliger kleiden.

VALENTINE Quatsch!

BOHUN *ist über die Unterbrechung empört und wirft sich in seinen Stuhl zurück:* Ich warte, bis Sie fertig sind, Dr. Valentine. Bis Sie wirklich ganz fertig sind.

VALENTINE Was haben Sie gegen Fräulein Clandons Kleid?

CRAMPTON *aufgebracht zu Valentine:* Meine Meinung ist ebenso wichtig wie Ihre.

GLORIA *warnend:* Vater!

CRAMPTON *gibt kläglich nach:* Dich habe ich gar nicht gemeint, mein Kind. *Eindringlich zu Bohun:* Aber die beiden jüngeren Kinder! Sie haben sie nicht gesehen, Herr Bohun! Aber ich bin sicher, daß auch Sie ihre Art, sich zu kleiden, für auffällig, ja, für liederlich und frivol halten würden.

FRAU CLANDON *ungeduldig:* Glaubst du, daß ich ihnen ihre Kleidung aussuche? Das ist wirklich kindisch!

CRAMPTON *erhebt sich wütend:* Kindisch?! *Frau Clandon steht entrüstet auf.*

MC COMAS } *gleichzeitig:* Crampton, haben Sie nicht versprochen –

VALENTINE } *gleichzeitig:* Lächerlich! Sie sind reizend angezogen!

GLORIA } *gleichzeitig:* Bitte, benehmen wir uns doch vernünftig!

Tumult. Plötzlich hören sie im Zimmer hinter sich ein warnendes Gläserklirren. Sie drehen sich schuldbewußt um und sehen den Ober. Er kommt mit einem Tablett und stellt es sanft auf den Tisch. Tödliches Schweigen.

OBER *setzt Crampton ein Glas hin:* Ihr irischer Whisky, mein Herr. *Crampton setzt sich und ist etwas beschämt. Der Ober stellt ein zweites Glas und einen Siphon auf den Tisch und sagt zu Bohun:* Scotch und Soda für Sie, mein Herr. *Bohun winkt ungeduldig mit der Hand. Der Ober stellt die Bowle und drei Gläser in die Mitte des Tisches.* Die Rotweinbowle. *Alle nehmen wieder ihre Plätze ein. Es herrscht Frieden.*

FRAU CLANDON Ich fürchte, wir haben Sie unterbrochen, Herr Bohun.

BOHUN *ruhig:* Das haben Sie. *Zum Ober, der hinausgehen will:* Einen Augenblick!

OBER Ja, natürlich, mein Herr. *Stellt sich hinter Bohuns Stuhl.*

FRAU CLANDON *zum Ober:* Hoffentlich macht es Ihnen nichts aus, daß wir Sie aufhalten. Aber Herr Bohun wünscht es so.

OBER *fühlt sich jetzt ganz wohl:* Aber nein, gnädige Frau, überhaupt nicht. Es macht mir großen Spaß, seine großartig ausgebildete, gewaltige Intelligenz am Werke zu sehen. Es ist sehr anregend, sehr unterhaltsam, und man kann davon lernen, gnädige Frau, wirklich!

BOHUN *nimmt die Verhandlung wieder auf:* Nun, Herr Crampton, wir warten auf Sie. Ziehen Sie Ihren Einwand gegen die Kleidung Ihrer Kinder zurück, oder bestehen Sie darauf?

CRAMPTON *bittend:* Herr Bohun, versetzen Sie sich bitte mal einen Augenblick in meine Lage. Ich habe nicht nur an mich zu denken. Da ist meine Schwester Sophronia und mein Schwager und ihr ganzer Kreis. Die finden alles schrecklich, was auch nur irgendwie – – irgendwie – – naja –

BOHUN Raus damit! Locker? Laut? Ausgelassen?

CRAMPTON Natürlich nicht im Sinne von »haltlos«, aber – – aber – *platzt verzweifelt heraus:* Diese beiden Kinder würden meine Leute wirklich schockieren. Sie passen nicht zu ihren eigenen Verwandten. Das ist es, was ich beklage.

FRAU CLANDON *mit unterdrücktem Zorn:* Herr Dr. Valentine, haben Sie etwas Lockeres oder Lautes an Phil und Dolly bemerkt?

VALENTINE Ganz bestimmt nicht. Das ist totaler Quatsch. Nichts kann geschmackvoller sein.

CRAMPTON Oh ja! Sie finden das natürlich geschmackvoll.

FRAU CLANDON William, Sie haben täglich mit Menschen aus allen Gesellschaftsschichten Englands zu tun. Sind meine Kinder übertrieben angezogen?

OBER Aber durchaus nicht, gnädige Frau. *Überzeugend:* Nein, gnädiger Herr, wirklich nicht. Ein wenig schick und erlesen zweifellos, dabei aber ausgesucht und einfach prima, sehr vornehm und hochelegant. Es könnten die Kinder eines Superintendenten sein, mein Herr, versichere ich Ihnen. Man braucht sie nur anzusehen, mein Herr, nur zu –

In diesem Augenblick wirbeln ein Harlekin und eine Kolumbine ins Zimmer, die zu der Musik im Garten den Schluß eines Walzers tanzen. Das Kleid des Harlekins besteht aus Vierecken von türkisblauer und goldfarbener Seide. Seine Pritsche ist vergoldet und seine Maske hochgezogen. Der Rock der Kolumbine zeigt ein Feld zur Erntezeit, orangengolden und mohnblumenrot. Auf der winzigen Samtjacke sind die Staubgefäße der Mohnblume zu sehen. Sie sind ein erlesenes, blendendes Paar. Zwischen McComas und Bohun hindurchtanzend und dann in einem Kreis zurück zum Ende des Tisches, stellen sie sich nach dem letzten Walzertakt als lebendes Bild mitten unter die Anwesenden. Der Harlekin beugt sein linkes Knie, und die Kolumbine stellt sich auf sein rechtes mit über den Kopf gebogenen Armen. Im Gegensatz zu ihrem Tanz, der reizend graziös war, ist diese Pose nicht sehr glücklich und droht mit einer Katastrophe zu enden.

DOLLY *schreit als Kolumbine:* Nehmt mich runter! Gleich fall ich! Papa, nimm du mich runter!

CRAMPTON *läuft ängstlich zu ihr und packt ihre Hände:* Mein Kind!

DOLLY *springt mit seiner Hilfe runter:* Danke. Das war lieb von dir. *Phil setzt sich auf eine Tischecke und schenkt sich Bowle ein. Crampton geht verblüfft zur Ottomane zurück.* Oh, war das lustig! Oh, mein Gott! *Setzt sich mit einem Satz auf die Tischkante und keucht:* Oh, Rotweinbowle! Wunderbar! *Sie trinkt.*

BOHUN *mit mächtiger Stimme:* Das ist die jüngere Dame, nicht wahr?

DOLLY *gleitet, erschreckt von Bohuns Stimme und seiner Art, vom Tisch:* Ja, mein Herr. Und wer sind Sie, bitte?

FRAU CLANDON Das ist Herr Bohun, Dolly, der so freundlich war, heute abend zu uns zu kommen, um uns zu helfen.

DOLLY Oh, was für ein Segen, da hat der Bohun ja viel zu tun!

PHILIP Scht!

CRAMPTON Herr Bohun, Herr McComas, jetzt frage ich Sie: Kann man so etwas durchgehen lassen? Können Sie meiner Schwester und ihrer Familie einen Vorwurf machen, wenn sie sich dergleichen nicht gefallen lassen?

DOLLY *wird rot:* Fängst du schon wieder an?

CRAMPTON *versöhnlich:* Nein, nein. In deinem Alter ist das vielleicht ganz natürlich.

DOLLY *hartnäckig:* Laß mein Alter aus dem Spiel. Ist das nicht hübsch?

CRAMPTON *schaut ihr Kostüm an:* Ja, mein Kind, ja. *Unterwirft sich und setzt sich wieder.*

DOLLY *nachdrücklich:* Ob es dir gefällt?

CRAMPTON Mein Kind, wie kannst du nur von mir erwarten, daß mir so was gefällt oder daß ich es akzeptiere?

MC COMAS *erhebt sich ärgerlich:* Also ich muß wirklich sagen –

BOHUN *der Dolly mit großer Zustimmung zugehört hat, fällt sofort über ihn her:* Unterbrechen Sie die junge Dame doch nicht, McComas. Ihre Methode ist vollkommen richtig. *Zu Dolly mit großem Nachdruck:* Weiterfragen, Fräulein

Clandon, weiterfragen!

DOLLY *wendet sich an Bohun:* Was sind Sie nur für ein Gewaltmensch. Gehen Sie immer so vor?

BOHUN *erhebt sich:* Ja. Aber versuchen Sie nicht, mich aus der Fassung zu bringen, junge Dame. Dafür sind Sie zu jung. *Stellt McComas' Stuhl neben seinen eigenen.* Setzen Sie sich. *Dolly ist von ihm fasziniert und gehorcht. Bohun setzt sich auch wieder. McComas setzt sich auf einen Stuhl zwischen dem Tisch und der Ottomane.* Nun, Herr Crampton, so stehen die Dinge: Sie würden zwar Ihre beiden jüngeren Kinder gern bei sich haben, aber das würde Ihnen gar nicht gefallen. *Crampton will protestieren, aber Bohun erlaubt es ihm unter keinen Umständen.* Nein, es gefiele Ihnen gar nicht. Sie glauben zwar, daß Sie es gern hätten, aber ich weiß es besser als Sie. Sie verlangen, daß diese junge Dame sich nicht mehr am Abend wie eine Theater-Kolumbine und am Morgen wie eine Alltags-Kolumbine nach dem letzten Schrei anzieht. Aber sie wird es weiterhin tun. Immer. Sie denkt, daß sie sich ändern könnte, aber –

DOLLY *unterbricht ihn:* So was habe ich nie gedacht. *Sehr bestimmt:* Ich werde nie aufhören, mich hübsch anzuziehen. Niemals. So wie Gloria zu diesem Mann auf Madeira gesagt hat: Nie, nie, nie, solange Gras wächst und Wasser fließt.

VALENTINE *erhebt sich sehr aufgeregt:* Was, was? *Spricht sehr schnell:* Wann hat sie das gesagt? Und zu wem?

BOHUN *wirft sich in seinen Stuhl, mitleidig, aber mit scharfem Protest:* Herr Dr. Valentine –

VALENTINE *hitzig:* Reden Sie jetzt nicht dazwischen, Herr Bohun. Dies ist eine bitterernste Angelegenheit. Ich bestehe darauf, zu erfahren, zu wem Fräulein Clandon das gesagt hat!

DOLLY Vielleicht weiß Phil das noch. Wer war das, Phil? Numero drei oder Numero fünf?

VALENTINE Numero fünf?!

PHILIP Nicht den Mut sinken lassen, Doktor. Es war noch nicht Nummer fünf. Es war nur ein kleiner, zahmer Marineoffizier, der da immer rumhing. Der geduldigste und harmloseste Mensch von der Welt.

GLORIA *kühl:* Worum geht es jetzt bitte?

VALENTINE *hochrot:* Entschuldigen Sie. Es tut mir leid, daß ich gestört habe. Ich will Sie nicht länger belästigen, Frau Clandon. *Er verbeugt sich vor Frau Clandon und geht, kochend vor unterdrückter Wut, in den Garten.*

DOLLY Hmhm!

PHILIP Aha!

GLORIA Bitte, Herr Bohun, machen Sie weiter.

DOLLY *fährt dazwischen, als Bohun nun die Stirn runzelt, sich konzentriert und weitersprechen will:* Wollen Sie uns eigentlich einschüchtern, Herr Bohun?

BOHUN Ich –

DOLLY *unterbricht ihn:* Ich glaube, ja! So ist es, obgleich Sie es nicht wahrhaben wollen. Ich sehe es Ihnen an der Nasenspitze an.

BOHUN *kapituliert:* Frau Clandon, ich erkenne aus freien Stücken an, daß Sie aufgeweckte und guterzogene Kinder haben. Wollen Sie mir bitte als Gegenleistung sagen, was man tun muß, damit sie den Mund halten?

FRAU CLANDON Aber meine liebe Dolly –!

PHILIP Unser alter Fehler, Dolly, Klappe halten! *Dolly »hält« ihren Mund.*

FRAU CLANDON Schnell, Herr Bohun, bevor sie wieder anfangen –

OBER *leise:* Schnell, mein Herr, schnell.

DOLLY *ihm zublinzelnd:* Lieber William!

PHILIP Scht!

BOHUN *platzt plötzlich unerwartet mit einer Frage an Dolly heraus:* Haben Sie eigentlich die Absicht zu heiraten?

DOLLY Ich? Also Finch spricht mich schon mit meinem Vornamen an.

MC COMAS Was wollen Sie damit sagen? Natürlich nur als

alter Freund der Familie, Herr Bohun.

DOLLY Ja, Sie sagen als alter Freund der Familie »Dolly« zu mir. Aber warum manchmal auch »Dorothee-ee-a?«
McComas erhebt sich entrüstet.

CRAMPTON *steht auch ängstlich auf, um ihn zurückzuhalten:* McComas, reißen Sie sich zusammen. Wir können jetzt keinen Streit gebrauchen. Nur Geduld!

MC COMAS Vonwegen Geduld! Da zeigt sich Ihr beklagenswert schwacher Charakter, Crampton. Ich finde es einfach unerhört.

DOLLY Bitte, Herr Bohun, schüchtern Sie Finch mal kurz ein.

BOHUN Sofort. McComas, Sie machen sich lächerlich. Setzen!

MC COMAS Ich –

BOHUN *winkt ihm befehlend, sich zu setzen:* Nichts da! Sie sollen sich sofort setzen! *McComas nimmt verdrossen Platz, und Crampton folgt ihm erleichtert.*

DOLLY *zu Bohun:* Vielen Dank!

BOHUN Jetzt hören Sie mir mal alle zu: Ich enthalte mich jeder Meinung darüber, McComas, wie weit Sie da gegangen sind oder nicht gegangen sind. *McComas will protestieren.* Nein, jetzt unterbrechen Sie nicht! Wenn Fräulein Clandon Sie nicht heiratet, wird sie jemand anderen heiraten. So wird man am besten mit der Schwierigkeit fertig, daß sie nicht den Namen ihres Vaters trägt. Und die andere Dame heiratet ja.

GLORIA *errötend:* Aber Herr Bohun!

BOHUN Ja, natürlich tun Sie das. Sie wollen es nur noch nicht wahrhaben, aber es ist so.

GLORIA *erhebt sich:* Herr Bohun! Ich warne Sie, sich da einzumischen!

BOHUN *erhebt sich gleichfalls:* Es ist zwecklos, Fräulein Clandon. Mich kriegen Sie nicht klein. Ich prophezeie Ihnen, daß Sie bald weder Clandon noch Crampton heißen werden. Und wenn ich Lust hätte, könnte ich Ihnen auch sagen, wie Sie heißen werden. *Er geht zum Tisch, rollt den*

Domino auf. Alle erheben sich, und Phil geht zum Fenster. Bohun gibt dem Ober den Domino, und dieser hilft ihm hinein. Ihre Absicht, vor Gericht zu gehen, Herr Crampton, ist großer Unsinn. Bevor da etwas entschieden ist, werden alle Ihre Kinder volljährig sein. Es bleibt Ihnen nichts anderes übrig, als ein freundschaftliches Übereinkommen zu treffen. Wenn Sie Ihre Familie nötiger haben als umgekehrt, werden Sie dabei allerdings schlecht wegkommen. Wenn Ihre Familie Sie aber nötiger hat, werden Sie bedeutend besser abschneiden. *Schüttelt den Domino, so daß er in Falten fällt, und setzt sich die falsche Nase auf.* Die Stärke Ihrer Angehörigen ist, daß sie alle persönlich sehr angenehme Menschen sind. Ihre Stärke ist Ihr Einkommen.

DOLLY *hat ihn die ganze Zeit bewundernd angestarrt und läuft jetzt zu ihm:* Oh, jetzt sehen Sie plötzlich ganz menschlich aus. Ich möchte gleich mit Ihnen tanzen. Nur einmal. Können Sie tanzen?

Phil, jetzt wieder Harlekin, bewegt seine Pritsche, als ob er Dolly und Bohun verzaubern wolle.

BOHUN *mit Donnerstimme:* Ja. Sie werden es nicht glauben, aber ich kann tanzen. Wenn Sie gestatten? *Er packt sie und tanzt mit ihr durch die Verandatür, ein wenig gewaltsam, aber sicher und graziös, in den Garten hinaus.*

PHILIP Weiter im Takt! Jubel, Trubel, Heiterkeit! William?

OBER Ja, mein Herr?

PHILIP Können Sie meinem Vater und Herrn McComas zwei Dominos und zwei falsche Nasen besorgen?

MC COMAS Auf gar keinen Fall. Ich protestiere –

CRAMPTON Warum denn? Es ist doch nichts Schlimmes. Ein einziges Mal, McComas. Wir wollen doch keine Spielverderber sein.

MC COMAS Crampton, Sie sind nicht der Mann, für den ich Sie gehalten habe. *Scharf:* Jeder Tyrann ist ein Feigling. *Geht angewidert zur Verandatür*

CRAMPTON *folgt ihm:* Also nichts für ungut. Wir dürfen

nicht so streng mit ihnen sein. Können Sie uns irgendeinen Umhang verschaffen, Ober?

OBER Selbstverständlich, mein Herr. *Läßt die Herren zuerst durch die Verandatür hinausgehen:* Hier bitte, meine Herren! Zwei Dominos und zwei Nasen also?

MC COMAS *ärgerlich beim Hinausgehen:* Ich werde meine eigene Nase tragen.

OBER *zuvorkommend:* Selbstverständlich, mein Herr. Die falsche wird ja nur drübergezogen, mein Herr. Sie ist groß genug, wirklich groß genug, mein Herr. *Geht hinter McComas hinaus.*

CRAMPTON *dreht sich in der Tür um und sagt zu Phil jovial und väterlich:* Komm, mein Junge, komm! *Er geht hinaus.*

PHILIP *fröhlich, während er ihm folgt:* Ich komm ja schon, Papa, ich komm schon! *Er bleibt in der Verandatür stehen, schaut Crampton nach, legt dann seine Pritsche wie einen Heiligenschein um sein Haupt und sagt mit gedämpfter Stimme zu Frau Clandon und Gloria:* Habt ihr das Ergreifende dieser Worte empfunden? *Er verschwindet*

FRAU CLANDON *mit Gloria allein:* Warum ist Dr. Valentine denn plötzlich weggelaufen? Ich begreife das nicht.

GLORIA *verdrießlich:* Ich weiß auch nicht. Doch, ich weiß es. Komm, wir schauen beim Tanzen zu.

Sie wollen hinaus und stoßen auf Valentine, der raschen Schrittes vom Garten hereinkommt, mit mürrischem Gesicht und umwölkter Stirn.

VALENTINE *steif:* Entschuldigen Sie. Ich dachte, Sie hätten sich schon aufgelöst.

GLORIA *nörgelnd:* Und warum kommen Sie dann zurück?

VALENTINE Weil ich kein Geld dabei habe und ohne die Eintrittskarte für fünf Shilling nicht durchgelassen werde.

FRAU CLANDON Hat Sie hier irgendwas gestört, Dr. Valentine?

GLORIA Laß ihn, Mutter. Er will mich wieder beleidigen. Weiter nichts.

FRAU CLANDON *versteht nicht, daß Gloria es auf einen Wort-*

wechsel ankommen lassen will: Gloria!

VALENTINE Habe ich irgend etwas Beleidigendes gesagt, Frau Clandon? Oder irgend etwas Beleidigendes getan?

GLORIA Sie haben mir zu verstehen gegeben, daß meine Vergangenheit und Ihre sich ähneln. Ich kann mir keine schlimmere Beleidigung vorstellen.

VALENTINE Ich habe Ihnen nichts dergleichen zu verstehen gegeben. Ich erkläre hiermit, daß meine Vergangenheit, verglichen mit Ihrer, tadellos gewesen ist.

FRAU CLANDON *äußerst entrüstet:* Doktor Valentine!

VALENTINE Na ja, was soll ich denn davon halten, wenn ich erfahre, daß Fräulein Clandon andern Männern ganz genau dasselbe gesagt hat wie mir? Wenn ich von fünf früheren Liebhabern hören muß? Und einem zahmen Marineoffizier dazu? Oh, ist das niederträchtig!

FRAU CLANDON Aber Sie werden diese Geschichten doch nicht ernstnehmen, Doktor? Es sind Kindereien, mehr nicht.

VALENTINE Für Sie vielleicht. Vielleicht auch für Fräulein Clandon. *Mit spielerischem Ernst:* Ich aber weiß, wie Männer leiden. Haben Sie jemals an die verzweifelten Existenzen gedacht? An die unglücklichen Ehen, die dann Hals über Kopf geschlossen wurden? An die Selbstmorde, die – – die – – die –

GLORIA *unterbricht ihn verachtungsvoll:* Mutter, dieser Mann ist ein sentimentaler Idiot! *Sie rauscht zum Kamin hinüber.*

FRAU CLANDON *schockiert:* Aber liebste Gloria! Doktor Valentine wird das für unverschämt halten.

VALENTINE Ich bin kein sentimentaler Idiot. Ich bin jetzt für immer von jeder Sentimentalität geheilt. *Er setzt sich zornig.*

FRAU CLANDON Herr Dr. Valentine, Sie müssen uns allen verzeihen, ja? Wir Frauen müssen die falschen guten Manieren unseres Sklaventums erst verlernen, bevor wir uns die echten guten Manieren unserer Freiheit aneignen können. Sie dürfen Gloria nicht für gemein halten. Sie ist es wirklich nicht.

GLORIA Mutter! Du entschuldigst dich bei ihm für mich?

FRAU CLANDON Meine Liebe, du hast sowohl einige Fehler der Jugend als auch einige ihrer Vorzüge, und Herr Doktor Valentine scheint eine zu altmodische Vorstellung von seinem eigenen Geschlecht zu haben, um sich einen Idioten nennen zu lassen. Aber jetzt sollten wir doch lieber nachsehen, was Dolly treibt. *Geht zur Verandatür*

GLORIA Geh du bitte allein, Mutter. Ich muß mit Herrn Valentine reden.

FRAU CLANDON *ist überrascht und will protestieren:* Aber meine Liebe! *Besinnt sich:* Entschuldige, Gloria! Wenn du willst: selbstverständlich! *Sie geht hinaus.*

VALENTINE Oh, wenn Ihre Mutter nur Witwe wäre! Sie ist sechsmal soviel wert wie Sie.

GLORIA Das ist das erste aus Ihrem Mund, auf das Sie stolz sein können.

VALENTINE Quatsch! Also nun sagen Sie mir, was Sie zu sagen haben, und lassen Sie mich gehen.

GLORIA Ich habe Ihnen nur das eine zu sagen: Heute nachmittag haben Sie mich einen Moment lang auf Ihr Niveau herabgedrückt. Glauben Sie nicht, daß ich auf der Hut gewesen wäre, wenn ich diese Erfahrung schon mal gemacht hätte? Daß ich gewußt hätte, was kommt, und meine eigene elende Schwäche gekannt hätte?

VALENTINE *schimpft leidenschaftlich:* Wie können Sie so darüber sprechen? Mich interessiert an Ihnen doch nur diese von Ihnen so genannte Schwäche. Sie haben gedacht, daß Ihnen nichts gefährlich werden könnte, nicht wahr? Denn Sie hatten sich verschanzt hinter Ihren fortschrittlichen Ideen. Es hat mir Spaß gemacht, diese Ideen ziemlich leicht außer Kraft zu setzen.

GLORIA *spürt, daß sie jetzt mit ihm machen kann, was sie will, und wird dreist:* Wirklich?

VALENTINE Aber warum habe ich das getan? Weil es mich gereizt hat, Ihr Herz zu wecken und Sie in Ihren Tiefen aufzuwühlen. Und warum hat mich das gereizt? Weil die Natur es mit mir bitter ernst gemeint hat, wo ich mit ihr zu spielen glaubte. Als dann der große Moment da war, wer war da erwacht? Wer war in seinen Tiefen aufgewühlt? In seinem Innersten gestört? Ich! Ich selbst! Ich war vor Entzücken hingerissen. Sie waren nur beleidigt, nur empört. Sie sind eine durchschnittliche junge Dame. Zu durchschnittlich, um zahmen Marineoffizieren zu erlauben, so weit zu gehen, wie ich es getan habe. Das ist alles. Ich will Sie nicht mit den üblichen Entschuldigungen quälen. Auf Wiedersehn! *Er will entschlossen zur Tür gehen.*

GLORIA Halt! *Er zögert.* Sie dürfen es nicht als Entgegenkommen auffassen, wenn ich Ihnen jetzt die reine Wahrheit sage.

VALENTINE Pah! Ich weiß, was Sie jetzt sagen wollen. Daß Sie nämlich nicht durchschnittlich sind. Daß ich recht hatte. Daß Sie wirklich über eine gewisse Tiefe verfügen. Weil es Ihnen schmeichelt, das zu glauben. *Sie geht zurück.* Gut, ich will zugeben, daß Sie in mancher Hinsicht wirklich nicht durchschnittlich sind. Sie sind ja auch ein gescheites Mädchen. *Gloria unterdrückt einen Wutschrei und geht drohend auf ihn zu.* Aber ohne Erfahrung. Ich war Ihnen gleichgültig und bin es noch immer. Das ist meine, nicht Ihre Tragödie. Auf Wiedersehen! *Er geht zur Tür. Sie schaut ihm nach und ist entsetzt, daß er sich ihrem Zugriff entzieht. Die Türklinke in der Hand, dreht er sich noch einmal um und reicht ihr die Hand.* Wir wollen als Freunde auseinandergehen.

GLORIA *sehr erleichtert, kehrt ihm aber absichtlich den Rükken zu:* Auf Wiedersehen! Ich glaube, daß Sie sich bald von der Wunde erholt haben werden.

VALENTINE *freut sich, da er sieht, daß er trotzdem Herr der Situation ist:* Natürlich werde ich mich erholen. Solche Wunden heilen schneller, als der Schmerz dauert. Meine Gloria kann mir schließlich niemand rauben.

GLORIA *schaut ihn an:* Was soll das heißen?

VALENTINE Die Gloria meiner Phantasie.

GLORIA *stolz:* Behalten Sie ruhig diese Gloria, die Gloria Ihrer Phantasie. *Ihr Gefühl wird stärker als ihr Stolz.* Die wirkliche Gloria, die empörte, die beleidigte, die entsetzte – oh, ja, das ist wahr! –, die Gloria, die vor Scham fast wahnsinnig wurde, weil ihre ganze Selbstbeherrschung zusammenbrach bei der ersten Begegnung mit – – mit – – *Sie errötet wieder sehr stark, bedeckt das Gesicht mit der Linken und legt ihre Rechte Valentine auf den Arm, um sich zu stützen.*

VALENTINE Vorsicht! Ich bin schon ganz durcheinander. *Sie nimmt ihren ganzen Mut zusammen und läßt die Hand, die ihr Gesicht bedeckt, auf Valentines rechte Schulter fallen. Dann wendet sie sich zu ihm und schaut ihm in die Augen. Er protestiert aufgeregt:* Gloria, seien Sie vernünftig. Es hat keinen Zweck. Ich habe keinen einzigen Penny.

GLORIA Aber Sie können doch was verdienen. Andere Leute können das auch.

VALENTINE *halb erfreut, halb erschreckt:* Ich könnte es nie. Sie würden sehr unglücklich werden. Ja, Liebste, ich würde ein ganz mieser Mitgiftjäger und Abenteurer – *ihr Griff wird fester, und sie küßt ihn.* Großer Gott! Oh, ich – *er holt Atem.* Ich kenne die Frauen immer noch nicht. Zwölf Jahre sind nicht genug. *In einem Anfall von Eifersucht stößt sie ihn von sich. Er fällt in den Stuhl zurück wie ein vom Winde verwehtes Blatt. Dolly kommt mit dem Ober ins Zimmer getanzt. Frau Clandon und Finch, ebenso walzertanzend, folgen ihr. Phil pirouettiert allein herein.*

DOLLY *sinkt atemlos auf den Stuhl vor dem Schreibtisch:* Oh, ich bin ganz außer Atem! William, Sie tanzen wunderbar!

FRAU CLANDON *sinkt auf den Stuhl vor dem Kamin:* Oh, Finch, wie konnten Sie mich nur zu so einer Dummheit verführen! Zuletzt habe ich vor zwanzig Jahren auf einer Soiree in South Place getanzt.

GLORIA *bestimmt, zu Valentine:* Stehen Sie auf! *Valentine erhebt sich unterwürfig.* Lassen wir alle falsche Ziererei.

Sagen Sie meiner Mutter, daß wir heiraten werden. *Ein Schweigen sprachlosen Erstaunens. Valentine starrt alle in panischem Schrecken an und möchte am liebsten davonlaufen.*

DOLLY *bricht das Schweigen:* Numero sechs!

PHILIP Scht!

DOLLY *ausgelassen:* Oh, ich werde ganz gefühlvoll! Jetzt muß ich schnell jemanden küssen, aber in der Familie ist das ja verboten! Wo ist Finch?

MC COMAS Nein, zum Donnerwetter! *Crampton erscheint in der Verandatür.*

DOLLY *läuft auf ihn zu:* Oh, du kommst grade richtig! *Küßt ihn.* Und nun – *zieht ihn vorwärts* – segne die hier!

GLORIA Nein, so was mag ich nicht. Nicht mal zum Spaß. Wenn ich einen Segen brauche, werde ich Mutter darum bitten.

CRAMPTON *sehr enttäuscht zu Gloria:* Soll das etwa heißen, daß du dich mit diesem Herrn verlobt hast?

GLORIA *resolut:* Ja. Wollen Sie jetzt unser Freund sein oder –

DOLLY Oder unser Vater?

CRAMPTON Mein Kind, ich möchte gern beides sein. Aber so was –! Herr Dr. Valentine, ich appelliere an Sie als Ehrenmann.

VALENTINE Sie haben vollkommen recht. Es ist einfach Wahnsinn. Wenn wir tanzen gehen wollen, muß ich bei Gloria fünf Shilling pumpen, um meine Eintrittskarte bezahlen zu können. Nicht so hastig, Gloria. Sie werfen sich weg. Am besten, wenn ich jetzt verschwinde und keinen von Ihnen wiedersehe. Ich werde keinen Selbstmord begehen, ich werde nicht einmal unglücklich sein. Es wird mich frei machen. Ich – – ich habe Angst. Wirklich: ich habe Angst. Das ist die reine Wahrheit.

GLORIA *entschlossen:* Sie bleiben hier!

VALENTINE *verzagt:* Nein, Liebste, das geht doch nicht. Aber – – wenn doch nur jemand ein vernünftiges Wort sprechen und uns alle zur Besinnung bringen würde! Ich kann's nicht. Wo ist Bohun? Bohun ist unser Mann! Phil, gehen Sie und beschwören Sie Bohun.

PHILIP Und wenn er in der Hölle ist: Ich gehe! *Läßt seine Pritsche durch die Luft sausen und saust selbst durch die Verandatür hinaus.*

OBER *wohlklingend zu Valentine:* Wenn Sie mir auch ein Wort gestatten, Herr Doktor: Verzichten Sie wegen der fünf Shilling nicht auf Ihr großes Glück, mein Herr. Wir geben Ihnen gern eine Eintrittskarte, schreiben den Betrag an, und Sie erledigen die Sache dann, wenn es Ihnen paßt. Ich bin glücklich, wenn ich Ihnen in irgendeiner Form entgegenkommen kann. Wirklich sehr glücklich und erfreut, mein Herr.

PHILIP *kommt zurück:* Er kommt. *Schwingt seine Pritsche in der Tür. Bohun erscheint, nimmt seine falsche Nase ab und wirft sie auf den Tisch.*

VALENTINE Herr Bohun, da ist folgende Sache –

MC COMAS *unterbricht vom Kamin aus:* Verzeihung, Herr Doktor, aber das muß ihm ein Anwalt erklären. Es handelt sich um eine Verlobung zwischen diesen beiden jungen Leuten. Die junge Dame besitzt ein kleines Vermögen und – *blickt auf Crampton* – wird wahrscheinlich später noch sehr viel mehr haben.

CRAMPTON Schon möglich. Ich hoffe es.

VALENTINE Und der junge Herr hat keinen Penny.

BOHUN *nagelt Valentine sofort fest:* Dann bestehen Sie auf einem Ehevertrag. Auch wenn Sie das nicht taktvoll finden: Die meisten Vorsichtsmaßregeln sind nicht taktvoll. Aber Sie wollten meinen Rat, und das ist er: Schließen Sie einen Ehevertrag.

GLORIA Er soll seinen Ehevertrag haben.

VALENTINE Mein lieber Herr Bohun, ich für meine Person brauche Ihren Ratschlag nicht. Aber geben Sie ihr einen guten Rat.

BOHUN Sie wird bestimmt keinen von mir annehmen. Und wenn Sie erst verheiratet sind, auch von Ihnen nicht. *Plötz-*

lich zu Gloria: Nein, sicher nicht. Sie glauben zwar, Sie werden es tun, aber Sie tun es ganz sicher nicht. Er wird die Ärmel aufkrempeln und seinen Unterhalt verdienen. *Dreht sich plötzlich zu Valentine:* Denn Sie glauben zwar, Sie brauchen es nicht, aber Sie werden es doch müssen. Ihre Frau wird Sie dazu bringen.

CRAMPTON *nur halb überzeugt:* Herr Bohun, halten Sie dieses gemeinsame Unternehmen nicht für unklug?

BOHUN Natürlich halte ich es für unklug. Jedes gemeinsame Unternehmen ist unklug. Es ist unklug, geboren zu werden; es ist unklug, zu heiraten; es ist unklug, zu leben. – Und es ist klug, zu sterben.

OBER Dann ist es, wenn ich mir ein Wort erlauben darf, um die Klugheit traurig bestellt.

PHILIP Darf ich sagen, daß, wenn Gloria sich wirklich entschlossen hat –

DOLLY Das ist doch klar, Valentine ist erledigt, und wir verpassen alle Tänze!

VALENTINE *macht galant das Beste aus der Situation und sagt zu Gloria:* Darf ich um diesen Tanz bitten?

BOHUN *widerspricht mit tiefer Stimme:* Entschuldigen Sie, aber dieses Privileg beanspruche ich als Beraterhonorar. Geben Sie mir die Ehre? Danke sehr. *Tanzt mit Gloria aus der Tür, verschwindet unter den Lampions und läßt Valentine, nach Luft schnappend, zurück.*

VALENTINE *kommt wieder zu sich:* Dolly, darf ich bitten? *Will mit ihr tanzen.*

DOLLY Unsinn! *Weicht ihm aus und rennt um den Tisch zum Kamin.* Finch! Mein Finch! *Fällt über McComas her und zwingt ihn zu tanzen.*

MC COMAS *protestiert:* Also bitte –! Das geht doch nicht! Bitte! *Sie reißt ihn durch die Verandatür ins Freie.*

VALENTINE *macht eine letzte Anstrengung:* Frau Clandon, wenn ich –

PHILIP *kommt ihm zuvor:* Mutter, komm! *Wirbelt mit seiner Mutter nach draußen.*

FRAU CLANDON *will sich weigern:* Phil, aber Phil! *Teilt das Schicksal von McComas.*

CRAMPTON *folgt ihnen mit senilem Frohsinn:* Ho! Ho! He! He! He! *Er geht kichernd in den Garten.*

VALENTINE *sinkt auf die Ottomane und starrt den Ober an:* Als ob ich schon verheiratet wäre –

OBER *betrachtet den im Krieg der Geschlechter Besiegten mit liebenswürdiger Teilnahme:* Kopf hoch, mein Herr, Kopf hoch! Jeder Mann hat Angst vor der Ehe, wenn es endlich soweit ist. Aber oft wird es dann doch ganz angenehm, ganz erfreulich und wirklich glücklich, mein Herr, – – von Zeit zu Zeit. Ich selbst hatte in meinem Haus nie was zu sagen, denn meine Frau war wie Ihre Verlobte. Sie mußte immer kommandieren und alles bestimmen. Das hat mein Sohn von ihr geerbt. Aber müßte ich noch einmal mit ihr leben, so würde ich es gern wieder tun. Ich versichere Ihnen, ich würde es tun. Denn man kann nie wissen. Wirklich, mein Herr: Man kann nie wissen.

Anhang

Editorische Notiz

Im Jahre 1895 hatte Bernard Shaw einen Punkt der Resignation erreicht, an dem er erwägen mußte, seine Arbeit als Dramatiker ganz aufzugeben. Abgesehen von einem wohltuenden, aber kurzen Publikumsecho auf seine *Helden*, hatte er mit fünf Dramen nichts als Mißerfolge am Theater erreicht und sah sich gezwungen, seinen Stücken schriftliche Erklärungen beizufügen, damit die ohnehin geringe Resonanz nicht auch noch aufgrund von Mißverständnissen zustande kam. Seinen Lebensunterhalt verdiente er schon seit Jahren als Kunst- und Theaterkritiker, seine politischen Ideen konnte er als Vortragsredner der »Fabian Society« (Gesellschaft der Fabier) verbreiten, einer sozialistischen Vereinigung von Intellektuellen und Künstlern, die gesellschaftliche Veränderungen nicht revolutionär, sondern auf evolutionärem Weg anstrebte – so daß er nicht darauf angewiesen war, sich zu verkaufen oder mit der eigenen Produktion hausieren zu gehen. Als Theaterrezensent für die *Saturday Review* aber blieb er tagtäglich mit dem Angebot der Londoner Bühnen konfrontiert und war der anspruchslosen »Vergnügungstempel« so überdrüssig, daß er es trotz allem noch einmal mit einem Gegenstück versuchen wollte.

Im Juli 1895 begann er mit der Niederschrift einer Komödie, die er wenig später jedoch schon beiseite legte. Erst im Dezember desselben Jahres nahm er die Arbeit wieder auf und beendete das neue und letzte Stück seiner »Erquicklichen Stücke« im Mai 1896. Es hatte den Titel *You Never Can Tell* (deutsch: *Man kann nie wissen*, frühere Übersetzung unter dem Titel *Der verlorene Vater*). Eine erste Inszenierung durch das namhafte Haymarket Theatre mit Frederick Harrison und Cyril Maude, die per Vertrag vom 26. Februar 1897 vereinbart wurde, mußte während der Einstudierung jedoch abgebrochen werden, da die Schauspieler – ähnlich wie bei *Candida* – das Stück für nicht spielbar erklärten. Einen Vorschlag, das Ganze »zu retten« und die letzten zehn Minuten des II. Aktes umzuarbeiten, d. h. die Passagen zur »Chemie« der Liebe etwa und zu ihrem Charakter als biologische Naturkraft zu streichen, lehnte Shaw entschieden ab. Ansonsten wäre tatsächlich nur die Farce übriggeblieben, die er – im engeren Sinn des Begriffes – gerade hatte unterwandern wollen. »Das Ding«, protestierte er, »ist ein Gedicht und ein Dokument, eine Predigt und ein Fest, alles in einem.« Er legte Wert darauf, ein ernsthaftes Gegenstück zu Oscar Wildes *Bunbury or The Importance of*

Being Earnest geschrieben zu haben, dessen geistreiche Witzeleien und Wortspiele ihm unerträglich erschienen, weil sie ihn nur amüsierten, nicht aber berührten. Seine Reaktion auf das damals vielgespielte und gelobte Stück seines irischen Landsmannes und erfolgreichen Kollegen trug Shaw den Tadel ein, neidisch auf Wilde zu sein, da er in dessen Schatten kaum ebenbürtig glänzen konnte. Aber Shaw blieb bei seiner Feststellung: »Ich kann nicht sagen, daß ich mir viel aus *Bunbury* mache. Es hat mich amüsiert, natürlich; aber wenn eine Komödie mich nicht ebenso berührt wie amüsiert, bleibt mir hinterher nur das Gefühl, meinen Abend vergeudet zu haben.«
1898 wird Shaw sich tatsächlich vorübergehend vom reinen Theaterbetrieb abwenden und seine bisherigen Dramen in Buchform (bei Richards in London) herausbringen, insgesamt sieben Stücke, die »erquicklichen«: *Helden*, *Candida*, *Der Mann des Schicksals* (zunächst u.d.T. *Der Schlachtenlenker*), *Man kann nie wissen*, und die zuvor entstandenen »unerquicklichen«: *Die Häuser des Herrn Sartorius*, *Der Liebhaber* und *Frau Warrens Beruf* (früher u.d.T. *Frau Warrens Gewerbe*). Shaws Überlegung, via Buchausgabe womöglich eine intensivere Beschäftigung mit seinem Werk in die Wege leiten zu können, erwies sich als richtig. Am 26. November 1899 führte die Stage Society am Royal Theatre in London *Man kann nie wissen* auf, nach einer Copyright-Performance am Bijou Theatre/Victoria Hall am 23. März 1898. (Die bislang geltende Datierung der ersten öffentlichen Aufführung: Court Theatre, London 1906, wurde in der revidierten Ausgabe der *Collected Plays* von dem Herausgeber Dan H. Laurence korrigiert.)
Zu dieser Zeit hatte Shaw seinen großen Durchbruch jedoch schon geschafft. Am 10. September 1896 hatte er mit der Komposition seines Melodramas *Der Teufelsschüler* begonnen und das Stück am 10. Dezember 1896 beendet. Richard Mansfield, der Manager und Schauspieler in New York, mit dem Shaw seit Jahren in zwar nicht immer erfreulichem, aber doch anregendem Kontakt stand und der schon *Helden* erfolgreich inszeniert hatte, zeigte sofort Interesse an dem neuen Werk. Am 1. Oktober 1897 wurde *Der Teufelsschüler* mit Mansfield in der Hauptrolle in der Hermanus Bleecker Hall in Albany, im Bundesstaat New York, aufgeführt und stand ab 4. Oktober 1897 auf dem Spielplan des Fifth Avenue Theatres in New York, wo es bei Kritik wie Publikum großen Beifall erntete. – Eine Copyright-Performance des Stückes hatte am 17. April 1897 in London, wieder im Bijou Theatre, stattgefunden.
Der Teufelsschüler (frühere Übersetzung unter dem Titel *Ein Teufels-*

kerl) ist das erste der sogenannten »Drei Stücke für Puritaner«, zu denen noch *Cäsar und Cleopatra* und *Kapitän Brassbounds Bekehrung* zählen. Der Sammelband erschien 1901, ebenfalls bei Richards in London; 1904 wurde die Ausgabe revidiert. Sie enthält drei Begleittexte des Autors, die gemeinsam als *Vorrede* für das Buch fungieren: »Warum für Puritaner?«, »Über die diabolische Ethik« und »Besser als Shakespeare?«. Zwei dieser Texte haben wir in unsere Ausgabe übernommen, der dritte gehört sinngemäß zu *Cäsar und Cleopatra* und wird im entsprechenden Band dieser Reihe erscheinen.
Im Februar 1903 wurde *Der Teufelsschüler* am Raimund-Theater in Wien als erste deutschsprachige Aufführung eines Stückes von Bernard Shaw in der Übersetzung von Siegfried Trebitsch gespielt und eroberte, wie in New York einige Jahre zuvor, auf Anhieb Publikum und Kritiker. Von da an war der irische Dramatiker am deutschen Theater angesehener als in seiner Wahlheimat London, wo er erst ein Jahrzehnt später zum »pot boiler« der tonangebenden Theater wurde. Es waren dies die Bühnen im West End von London, deren Programme den Theaterkritiker Shaw Mitte der neunziger Jahre so deprimiert hatten.
Streng genommen sind *Man kann nie wissen* und *Der Teufelsschüler* formal an jener Art Schauspiel orientiert, mit der Shaw eigentlich nichts zu tun haben wollte. Aber gefällig und konventionell war eben nur die Form, die ungehörigen Inhalte mußten zwangsläufig irritieren. »Spielbar« war *Der Teufelsschüler* zwar, doch fehlte ihm die offenbar unerläßliche Liebesgeschichte, auf die das englische Theaterpublikum nicht verzichten wollte. In seinem Begleittext »Warum für Puritaner?« mußte Shaw wieder einmal Interpretationshilfe leisten. Einer Aufführung seines Stückes als Zuschauer beizuwohnen, sah er sich allerdings nicht mehr gewachsen. Wer konnte schon begreifen, daß der Teufelsschüler Richard Dudgeon sich nicht für eine Frau opfern wollte, sondern allein dem »Gesetz seiner Natur« folgte? Shaw aber konnte auch diesmal warten und sich mittlerweile sogar anderweitig »nützlich machen«. Noch 1897 wurde er Stadtrat von St. Pancras/London, ein Posten, den er bis zum Jahre 1903 bekleidete.

Zeittafel

Die Jahreszahlen bezeichnen, wo nicht anders vermerkt, immer die Entstehungszeit der jeweiligen Werke (nicht deren Publikation). Es sind nur die wichtigsten Titel aufgeführt. Die zahllosen politischen Schriften, Kritiken und allgemeinen Essays sowie die kleinen Stücke und die umfangreichen Briefwechsel mit namhaften Zeitgenossen können in diesem Rahmen aus Platzgründen nicht berücksichtigt werden.

1856 Am 26. Juli wird *George Bernard Shaw*, kurz G. B. S. genannt, als drittes Kind und einziger Sohn von George Carr Shaw und Lucinda Elizabeth Shaw geb. Gurly in Dublin geboren. (Der Autor verzichtet später auf den ersten Vornamen, wahrscheinlich aus Protest gegen den Vater.)

1871–1876 Fünfzehnjährig muß Shaw die Schule verlassen, um Geld zu verdienen, da die Familie verarmt und sich allmählich entfremdet. Arbeit im Büro eines Grundstücksmaklers, autodidaktische Weiterbildung. Die Mutter siedelt mit den beiden Töchtern um nach London.

1876 Shaw folgt seiner Mutter nach London, verdient seinen Lebensunterhalt mit Gelegenheitsarbeiten, u. a. als Klavierspieler und Journalist.

1879 Shaw erhält eine feste Anstellung bei der Edison Telephone Company; Besuch politischer Versammlungen, Eintritt in die »Zetetical Society« (eine freie Vereinigung mit Diskussionsabenden zu gesellschaftlichen, politischen und philosophischen Fragen), in der er sich als Vortragsredner übt. Der erste Roman *Immaturity* (deutsch: *Unreif;* früher u. d. T. *Junger Wein gärt*) entsteht. Mehrere Verlage lehnen eine Veröffentlichung ab. (1930 wird das Buch erstmals publiziert.)

1880–1883 Shaw schreibt vier weitere Romane in seiner Freizeit: *The* Irrational Knot (deutsch: *Die törichte Heirat), Love among the Artists* (deutsch: *Künsterliebe), Cashel Byron's Profession* (deutsch: *Cashel Byrons Beruf*) und *An Unsocial Socialist* (deutsch: *Der Amateursozialist)*, die aber erst ab 1894 in den Zeitschriften *To-Day* und *Our Corner* zum Abdruck gelangen.

1884 Shaw tritt der neu gegründeten sozialistischen »Fabian Society« (Gesellschaft der Fabier) bei, der er 27 Jahre lang als provokatorischer Wortführer angehören wird; Beginn der Freundschaft mit Beatrice und Sidney Webb, William Archer (der Shaw entscheidend fördert), Florence Farr, Annie Besant u. a. m.

1885 Tod des Vaters.

Bis 1894 zahlreiche Buchrezensionen, Kunst- und Musikkritiken; Mitarbeit an der namhaften *Pall Mall Gazette;* Arbeit an *Widower's Houses* (deutsch: *Die Häuser des Herrn Sartorius*), Shaws erstem Stück, das 1892 uraufgeführt wird. Unter dem Pseudonym Corno di Bassetto schreibt Shaw vielbeachtete Musikkritiken für *The Star* und *The World* und engagiert sich mit Vorlesungen und Vorträgen zu sozialen und volkswirtschaftlichen Themen.

1891 Ibsen-Brevier *The Quintessence of Ibsenism.*

1893 *The Philanderer* (deutsch: *Der Liebhaber*).

1894 *Mrs. Warrens Profession* (deutsch: *Frau Warrens Beruf*), *Arms and the Man* (deutsch: *Helden*) und *Candida.*

1895–1898 Arbeit als Theaterkritiker für *The Saturday Review* unter Frank Harris.

1895 *The Man of Destiny* (deutsch: *Der Mann des Schicksals;* früher u. d. T. *Der Schlachtenlenker*).

1895–1896 (mit Unterbrechung) *You Never Can Tell* (deutsch: *Man kann nie wissen*), das ab 1899 ein Publikumserfolg wird.

1896 Arbeit an *The Devil's Disciple* (deutsch: *Der Teufelsschüler*; früher u. d.T. *Ein Teufelskerl*). Das Stück wird

1897 in New York uraufgeführt und verschafft seinem Autor den ersten großen Durchbruch als Dramatiker mit internationaler Resonanz.

1897–1903 Stadtrat von St. Pancras/London.

1898 Heirat mit Charlotte Frances Payne-Townshend, die ebenfalls aus Irland stammt. Entstehung von *Caesar und Cleopatra* (deutsch: *Cäsar und Cleopatra*), *Captain Brassbound's Conversion* (deutsch: *Kapitän Brassbounds Bekehrung*) und des Wagner-Breviers *The Perfect Wagnerite*/Kommentar zum Ring der Nibelungen.

1901 Frankreich-Reise; Sommer in Dorset.

1901–1903 *Man and Superman* (deutsch: *Mensch und Übermensch*)

1902 Aufenthalt an der Küste von Norfolk.
Bekanntschaft mit seinem deutschsprachigen Übersetzer Siegfried Trebitsch, der Shaw binnen eines Jahres den Weg auf die Bühnen Deutschlands und Österreichs ebnen wird.

1903 Frühjahr: Italienreise; Sommer: Schottlandreise.

1904 *John Bull's Other Island* (deutsch: *John Bulls andere Insel), How He Lied To Her Husband* (deutsch: *Wie er ihren Mann belog*).

1905 Umzug nach Ayot St. Lawrence/Hertfordshire. In London behalten die Shaws eine Zweitwohnung, in der sie wöchentlich einige Tage verbringen.
Major Barbara.

1906 *The Doctor's Dilemma* (deutsch: *Des Doktors Dilemma;* früher u. d. T. *Der Arzt am Scheideweg).*

1907–1908 *Getting married* (deutsch: *Heiraten;* auch *(W)Ehe).*

1909 *The Shewing-Up of Blanco Posnet* (deutsch: *Blanco Posnets Erweckung*).
Misalliance (deutsch: *Mesallianz*).

1910 *Fanny's First Play* (deutsch: *Fannys erstes Stück*).

1912 *Androcles and the Lion* (deutsch: *Androklus und der Löwe); Pygmalion*; beide Stücke werden uraufgeführt in der deutschen Übersetzung in Berlin bzw. Wien, 1913.
Overruled (deutsch: *Es hat nicht sollen sein*).

1913 Tod der Mutter.
Freundschaft mit der Schauspielerin Stella Patrick Campbell.
Reisen nach Irland, Deutschland und Frankreich.
Great Catherine (deutsch: *Die große Katharina*).

1914 Shaw gilt in England als persona non grata, da er sich deutschfreundlich äußert; schreibt *Commonsense about the War* (deutsch: *Der gesunde Menschenverstand im Krieg*) (1914; deutsch 1919), eine umfangreiche Abhandlung, die ihn noch unbeliebter macht.

1916–1917 *Heartbreak House* (deutsch: *Haus Herzenstod*).

1918–1920 *Back to Methuselah* (deutsch: *Zurück zu Methusalem*): Fünf Stücke, zu spielen an fünf aufeinanderfolgenden Abenden.

1923 *Saint Joan* (deutsch: *Die heilige Johanna*).

1925 Nobelpreis für Literatur.

1926 Shaw erhält den Nobelpreis rückwirkend für 1925 verliehen; hatte zunächst die Annahme verweigert, willigt dann ein unter der Bedingung, daß er der offiziellen Feier nicht beiwohnen muß und das Geld zur Förderung des schwedischen und englischen Literatur- und Kunstaustausches verwendet wird.

1928 *The Intelligent Woman's Guide to Socialism and Capitalism* (deutsch: *Wegweiser für die intelligente Frau zum Sozialismus und Kapitalismus).*

The Apple Cart (deutsch: *Der Kaiser von Amerika)*; das Stück wird

1929 in Warschau (14. Juli) uraufgeführt.

1931 *Too True to be Good* (deutsch: *Zu wahr, um schön zu sein).* Rußlandreise.

1932 Reise nach Südafrika.
The Adventures of the Black Girl in Her Search For God (deutsch: *Die Abenteuer des schwarzen Mädchens auf der Suche nach Gott;* früher u. d. T. *Ein Negermädchen sucht Gott).*

1933 USA-Reise.
Village Wooing (deutsch: *Ländliche Werbung).*
On The Rocks (deutsch: *Festgefahren).*

1934 Weltreise.
The Simpleton of the Unexpected Isles (deutsch: *Die Insel der Überraschungen).*
The Millionairess (deutsch: *Die Millionärin).*

1936 *Geneva* (deutsch: *Genf*); Revision des Stückes 1939.

1936–1937 *Buoyant Billions* (deutsch: *Zu viel Geld)*; das Stück bleibt vorerst Fragment.

1938 Shaw erkrankt an perniziöser Anämie.

1938–1939 *In Good King Charles's Golden Days* (deutsch: *Die goldenen* Tage des guten Königs Karl; früher u. d. T. *Der gute König Karl*).
Aufzeichnung autobiographischer Miszellen u. d. T. *Shaw Gives Himself Away.*

1943 *Everybody's Political What's What* (deutsch: *Politik für Jedermann).*
Tod Charlotte Shaws (12. September).

1947 *Buoyant Billions* (deutsch: *Zu viel Geld)* beendet; das Stück wird

1948 in Zürich uraufgeführt.
Farfetched Fables (deutsch: *Phantastische Fabeln).*

1949 *Sixteen Self-Sketches* (deutsch: *Sechzehn selbstbiographische Skizzen)*; Revision der Texte von 1939 u. d. T. *Shaw Gives Himself Away.*

1950 Arbeit an *Why She Would Not,* einer Kurzkomödie, die unvollendet bleibt. 2. November: Bernard Shaw stirbt in seinem Haus in Ayot St. Lawrence an den Folgen eines Sturzes, den er sich Anfang Herbst bei Gartenarbeiten zugezogen hatte.